Diogenes Taschenbuch 24747

SIMON FROEHLING, 1978 geboren, ist Absolvent des Schweizerischen Literaturinstituts in Biel und machte sich Anfang der Nullerjahre vor allem als Lyriker und Dramatiker einen Namen. Sein erster Roman *Lange Nächte Tag* erschien 2010 im Bilgerverlag. Neben seiner Tätigkeit als Autor arbeitet er als freier Dramaturg fürs Tanzhaus Zürich. *Dürrst* war 2022 für den Schweizer Buchpreis nominiert und erhielt einen Anerkennungspreis des Kantons Zürich.

Simon Froehling
Dürrst

ROMAN

Diogenes

Veröffentlicht als Diogenes Taschenbuch, 2024
Alle Rechte an dieser Ausgabe vorbehalten
Copyright © 2024
Diogenes Verlag AG Zürich
www.diogenes.ch
20/24/36/1
ISBN 978 3 257 24747 3

Für André und für Philipp, endlich.

... I have only just found out that I want to live.

James Baldwin, *Giovanni's Room*

Du bist gesund genug, dich zu verlieben, beschließt du an einem selbst für Athen ungewöhnlich heißen Oktobermorgen – ja, traust dich sogar zu sagen: gesund genug für die Liebe.

Nur wenige Tage verbleiben dir in der Stadt, die du als deine zweite Heimat betrachtest, auch wenn du kaum da bist, und dir graut vor dem kalten, regnerischen Zürich, von dem Yuri & Nils berichten.

es pisst pausenlos. auf dem balkon sollte alles oke sein. die pflanzen drinnen gehen wir morgen nochmals machen. – keine post. in der wohnung alles bestens. – es schneit! – um wie viel uhr am sonntag? wir holen dich ab.

Vor deiner Abreise spürst du den bissigen Herbst, jene Zeit, die für dich am schwierigsten ist, nach deinem Gemüt schnappen und nimmst kurzfristig vierzehn Tage frei, teils Überstundenkompensation, teils Urlaubsguthaben, obwohl eine der beiden Wochen in die städtischen Schulferien fällt, wo immer viel los ist im Museum. Aber du musst der Tristesse der kürzer werdenden Tage etwas Sonne entgegensetzen, willst du den kommenden Winter überstehen, redest du dir und deiner Chefin ein.

Jene Sonne, die bis spätabends die Steine der kleinen

Nacktbadebucht von Limanakia wärmt, gleich außerhalb der Stadt, und jene, die hinter dem Tempel des Poseidon auf Kap Sunion, knapp zwei Busstunden von deiner Wohnung entfernt, über den Saronischen Golf abtaucht. Die gleißende Morgensonne auf deinem Balkon und die warmrosa Abendsonne über den wie von Götterhand hingekullerten Felsformationen von Meteora in Thessalien, an denen unzählige mittelalterliche Klöster kleben, ebenfalls wie hingezaubert, oder die Sonne auf deinem Fußmarsch runter von Delphi nach Itea auf dem antiken Pilgerweg, die dir das Gesicht verbrennt trotz Kappe *Made in* PRC, die du dir in einem Souvenirladen gekauft hast.

Glücklich und sonnenmüde kehrst du nach deinem Ausflug nach Athen zurück. Zum ersten Mal warst du als Tourist im Land unterwegs, geht dir durch den Kopf, als du beim Pedion Areos, der riesigen Parkanlage am Rande deines Quartiers, von der neuen Regierung jüngst mit einem Polizeigroßeinsatz von den Junkies und Flüchtlingen gesäubert, aus dem Fernbus steigst, denn seit dem Wohnungskauf vor zwei Jahren hast du jeweils deine Ferien hier verbracht, die Stadt aber nie verlassen, so beschäftigt, wie du warst mit der Renovation und der Einrichtung.

Du kannst bis heute nicht glauben, dass die fünfunddreißig Quadratmeter am Rande Exarchias, dem sogenannten Anarcho-Viertel mit seinen Squats und Graffiti, seinen Cafés und Kneipen, ganz allein dir gehören – und alles darin ebenso. So sehr dir, wie noch nie etwas dir gehört hat.

Die neue, neuerdings von der Eigentümergemeinschaft

vorgeschriebene Sicherheitstür mit den beiden Schlössern und zwei verschiedenen Schlüsseln, die du anfänglich ständig verwechselt hast.

Der enge Flur mit dem dunkelroten, schwarz-beige gesprenkelten Terrazzoboden, wo du deinen Rucksack fallen lässt und den Schlüsselbund in die Bronzeschale vom Markt in Monastiraki legst, in die du jeweils auch die lästigen Euro-Cents schmeißt und die auf dem schmalen Schuhschrank steht.

Die offene Küche, die du eigenhändig eingebaut hast und die in den Essbereich mündet mit der dunkelgrauen Wand und dem metallenen Gartentisch, dessen rissigen, rostigen Lack du abgebeizt und den du mit einer schwarzen Glasplatte ausgestattet hast, auf die du deine Trainerjacke und die Kappe wirfst.

Der Kronleuchter aus bernsteinfarbenen Glastropfen, der über dem Tisch hängt und den du anmachst und runterdimmst mit dem speziellen Schalter, den der Elektriker zuerst einzubauen vergaß.

Und dahinter das Wohn-Schrägstrich-Schlafzimmer, dessen Parkett du in ein paar Jahren wohl doch wirst abschleifen und neu lackieren lassen und wofür du dir bei jedem Besuch vornimmst, ein kleines Pult oder einen Sekretär und einen Lesesessel zu kaufen.

Wo du dich auszieht und nackt aufs kühle weiße Bettlaken legst und den ebenfalls weißen Vorhängen zuschaust, wie sie sich vor der schräg gestellten Balkontür in der leichten Abendbrise aufblähen wie Segel.

Dein mediterranes Möglichleben, denkst du. Dein Vielleichtleben, Plan-B-Leben, Sollten-alle-Stricke-reißen-Leben. Dein Irgendwannleben. Und döst kurz ein, bevor du wieder aufstehst, um in der Bäckerei an der Alexandras eine Spanakopita und einen Schokomuffin sowie ein Joghurt für morgen zu holen und Zigaretten zu kaufen beim fliegenden Händler, der nie weit weg ist.

Du verdrückst die Spinatpastete und den Muffin vor dem Laptop, schaust Folge um Folge einer seichten Krimiserie, die du dir eigentlich für die Weihnachtsferien aufsparen wolltest. Vom Binge Drinking früher zum Binge Watching heute.

Kurz nach Mitternacht und für deine Verhältnisse bereits spät klappst du den Laptop zu, kannst es aber nicht lassen, nochmals die Kuppel-App auf deinem Handy zu öffnen.

hi.

Ein bildloses Profil lediglich mit einer Altersangabe: *20.*

Das sind achtzehn Jahre Unterschied, rechnest du dir aus – eine ganze Volljährigkeit jünger.

pics?

Die Gegenfrage kommt postwendend: *where are u from?*

Sie kommt immer gleich zu Beginn. Nicht, weil die Person hinter dem Profil wirklich daran interessiert ist, woher du stammst, sondern zur Vergewisserung, dass du eben nicht von hier bist, dass Diskretion gegeben ist.

i live in zurich. pics?

Du musst schmunzeln, als du die Fotos siehst.

we know each other.

oh, i didn't realize. u look different.

Ihr habt euch bereits vor mehr als einem Jahr, während der Renovationsphase, einige Male getroffen, du und Pavlos aus Chania auf Kreta, der in Athen Architektur studiert und eine Freundin hat.

Pavlos mit der hellen Haut, heller sogar als deine nordeuropäische, und dem beinahe schwarzen Haar, den beinahe schwarzen, borstigen Augenbrauen. Pavlos mit den langen Händen und den schmalen Fingern, mit denen er sich die langen Fransen aus der Stirn streicht. Pavlos mit den O-Beinen und dazwischen der hübsche, nach links gekrümmte Penis und dem beinahe schwarzen, wild wuchernden Schamhaar darüber.

Der dir jeweils spätabends schreibt, auf dem Heimweg von irgendwo.

can i come by?

* * *

»Illegal ist das«, bemerkt dein Vater an deinem fünfzehnten Geburtstag, nachdem du den neunzehnjährigen Frank nach Hause gebracht und als deinen Freund vorgestellt hast, worauf nach einem angestrengt gesitteten Abendessen inklusive Verwandten väterlicherseits Zeter und Mordio auf dich einbricht.

Ja, illegal und amoralisch sei das, was dieser Bursche mit ihrem Sohn mache, und du habest Ausgehverbot auf unbestimmt, und überhaupt werde man dir diese Flausen austreiben, es sei an der Zeit, dass du deine Position in der Gesellschaft, in deiner Familie ernst nehmest, und möglicherweise ginge das am besten, wenn man dir deine Privilegien streiche, ob du dir überhaupt je Gedanken machest, woher das ganze Geld käme für deine Kapriolen, und dein Großvater würde sich im Grab umdrehen.

Dein hämisches Lachen klatscht von der geschmackvollen Seidentapete des Foyers ab, in dem ihr steht, nachdem deine Eltern den ungebetenen Gast höflich verabschiedet haben.

Du hättest darauf wetten können, dass sie Opa irgendwann heraustrotten lassen wie ein altes Zirkuspony, um dir ein schlechtes Gewissen einzujagen. Aber diesmal gehst du nicht darauf ein, sondern nimmst dein Portemonnaie aus der Gesäßtasche, öffnest es und fächerst deinem Vater zwei Fünfziger- und ein paar Zwanzigernoten hin.

»Hast du das Gefühl, das kommt von dir? Wann hast du den letzten Barbezug gesehen auf meinem Konto?«, sagst du extra laut, damit man dich auch in der Bibliothek hört, wohin sich deine verstaubte Tante und zwei viel ältere Cousins mitsamt ihren lauten blonden Frauen verzogen haben, je mit einem Glas Portwein in der Hand. »Oder willst du behaupten, du schaust die Auszüge nicht mehr an?«

Verwirrt blicken deine Mutter und dein Vater abwechselnd auf das Geld in deiner Hand und einander an.

»Ihr habt schon von überhaupt nichts eine Ahnung, was?«, sagst du und wendest dich deinem Vater zu. »Vielleicht solltest du nach Feierabend mal im Bahnhofsklo am Stadi vorbeikommen, um dich ein bisschen abzureagieren.«

In der Stille, die darauf folgt, befürchtest du, die Seidentapete, ein Familienfabrikat aus Großvaters Zeiten, würde von der Wand bröseln und, Asche geworden, euch ersticken in einer pompejischen Szenerie: *Die letzten der Stützli-Durrers.*

Stattdessen schlägt dir deine Mutter mit voller Wucht ins Gesicht und bricht dann weinend zusammen, gekonnt dramatisch auf dem schlichten dänischen Designsessel, der neben dem schlichten dänischen Designtisch steht, immer mit frischen Blumen, wo sonntags dein Taschengeld liegt in einem cremefarbenen gefütterten Kuvert mit vorgedrucktem Absender: *Hans-Peter Durrer*.

Der aus dem Haus stürmt.

Der wochenlang kein Wort mit dir redet.

Der dir den Geldhahn tatsächlich zudreht, wie er es formulieren würde, spräche er noch mit dir.

Was deine Mutter jedoch unterwandert: Jede Woche findest du das Dreifache des ausgemachten Betrags in deiner Unterwäscheschublade.

Als bräuchtest du jemals so viel. Und ist ihr die Komik nicht bewusst? Aber sie hat Angst, dass du wieder abdriftest in eins deiner Tiefs, weißt du – und dass du sie in der Hand hast, ohne es zu wollen. Oder nur ein bisschen.

Trotz Verbot deiner Mutter gehst du weiterhin in die Klappen am Stadelhofen und am Bellevue, am Bürkliplatz und in der Urania, und später (du weißt mittlerweile, dass das, was du tust, »Cruisen« heißt) nach Eindunkeln ins Arboretum oder zur Bäckeranlage.

Bei jedem Besuch beschleicht dich dasselbe Kribbeln wie damals, erst wenige Monate ist es her, als du mit Demir am Bahnhof rumgelungert bist und er dringend aufs Klo musste.

Während du im Vorraum auf ihn wartest, merkst du, wie sie dich alle von Kopf bis Fuß mustern, die Männer, die an dir vorbeigehen. Einige drehen sich im Türrahmen nach dir um, und einer zwinkert dir sogar zu. Du spürst sofort, was vor sich geht – du wirst begehrt, und das Gefühl elektrisiert dich.

Demir ist in eine der Klokabinen verschwunden, wohl weil alle Pissoirs besetzt sind.

Aber sind sie das wirklich? Von hier draußen siehst du nur die ersten beiden.

Es fühlt sich an, als tätest du etwas Verbotenes, dabei betrittst du lediglich in einem Bahnhof das WC und stellst dich vors Lavabo, weil ja: Alle Pissoirs sind besetzt.

Um nicht auf die urinierenden Männer zu starren, studierst du den Ausschnitt Wand, wo der Spiegel fehlt, begutachtest die kruden Penisse, die schweinischen Sprüche, die Telefonnummern, schnell hingekritzelt und kaum lesbar, welche die weißen Kacheln überziehen. Sie kommen dir vor wie schamanische Beschwörungen, ein Lockruf.

»Bist du fertig?«, fragt eine Stimme ganz nahe hinter dir.

Du erschrickst.

»Gehen wir!«

Es ist Demir.

Schnell drehst du den Wasserhahn auf, hältst deine Hände unter den eiskalten Strahl.

»Mann, stress nicht!«, sagst du, und wider Erwarten ist deine Stimme fest, obwohl alles in dir bebt.

Draußen zieht dich Demir hinter einen der Ticketautomaten und entrollt ein Heft, das er gefunden hat.

»Lag auf'm Spülkasten. Voll geil! Schau mal die Titten!«

Dann rollt er das Heft wieder ein, schiebt es in seine Jacke.

»Ich muss mal«, sagt er und deutet eine Wichsgeste an.

In dem Moment weißt du, dass du ihn verloren hast, deinen Kindheitsfreund, und gleichzeitig ahnst du, dass hinter der Tür zum Bahnhofsklo eine ganze Welt aufgeht, wenn du dich getraust.

Und du getraust dich Woche um Woche.

Beim zweiten oder dritten Mal, als du dir in einer der Kabinen einen blasen lässt, drückt dir der schmierige, eheringtragende Anzugtyp eine Fünfzigernote in die Hand, und von da an lässt du dich meist bezahlen.

Es geht dir nicht ums Geld, begreifst du schon damals, aber erst später kannst du benennen, dass du deinen Eltern etwas heimzahlen möchtest und du nicht nur die Gefahr genießt, in die du dich bringst, sondern auch die Macht, die du über die Männer ausübst, die etwas von dir wollen, was du ihnen für eine kurze Zeit gewährst und dann wieder entziehst. Deine eigene Lust kulminiert in der blanken Furcht in ihren Augen, nachdem sie gekommen sind. Wie ausgeliefert sie dir sind, buchstäblich, mit offener Hose vor dir auf den Knien. Weil du schreien könntest oder sie anzeigen oder erpressen. Es ist eine ähnliche Furcht wie jene, die im Gesicht deines Vaters aufblitzt, wenn er dich vermeintlich unbemerkt beobachtet: Ist diese Sissy wirklich mein Sohn?

* * *

In den Halbschlaf ist dir Pavlos geschlichen, bemerkst du heute beim Aufwachen, und hat dir die erste Morgenlatte seit Langem beschert, wohl weil es zu nichts gekommen ist gestern Nacht.

Du fühlst dich schmutzig, als du versuchst, ihn dir aus

dem Kopf zu rubbeln, den niedergeschlagenen Pavlos, der dir zur Begrüßung im Flur lediglich einen Kuss auf die Wange drückt und murmelt: *»I have nothing with me.«*

Als wäre er nur zugekokst oder zumindest bekifft genießbar.

Pavlos, der in die Küche geht und sich ein Glas aus dem Schrank nimmt, es mit Wasser füllt und sagt: *»My girlfriend left.«*

Der sich auf dem Weg ins Schlafzimmer die Schuhe abstreift und sich im Schneidersitz aufs Bett setzt.

Griechischer Halbgott, denkst du.

»I wanted to take her to Crete at Christmas.«

Du bist froh, dass er bei dir gelandet ist und nicht bei irgendwem sonst, irgendeinem anderen älteren Typen mit wer weiß was für Drogen und Absichten.

»You don't understand«, sagt Pavlos in die Stille. *»I can't be gay.«*

Gleichzeitig fährt er dir ins Nackenhaar, zieht dich zu sich und küsst dich endlich richtig.

»Take me with you.«

»To Zurich?«

»Yes.«

»You wouldn't fit in my bag.«

Pavlos deutet ein Lächeln an.

»But can I sleep here tonight?«

Jetzt, im Bett, stellst du dir Pavlos mit der falschen Blondine aus der Bäckerei vor, mit der Kassiererin im Supermarkt, mit der jungen Studentin aus dem Erdgeschoss, was aber dazu führt, dass du dich nur noch schmutziger fühlst.

Denn bist du nicht genau gleich wie all die anderen Daddys, die es bestimmt gibt und die aufzusuchen Pavlos nicht lassen kann, wenn er ausreichend betrunken oder zugedröhnt ist, damit sie ihn fesseln mögen und bestrafen? Und bötest du ihm nicht auch Drogen an, hättest du welche im Haus? Um ihn zum Bleiben zu bewegen, ihn willig zu machen?

Du schüttelst den Gedanken ab, stehst auf und gehst in die Küche.

»*Yes, Daddy!*«-Pavlos, »*Please, Daddy!*«-Pavlos, »*Give it to me, Daddy!*«-Porno-Pavlos folgt dir, will dich zurück ins Schlafzimmer kriegen, um zu Ende zu bringen, womit ihr gestern angefangen habt.

»Schluss damit!«, sagst du laut, setzt Wasser auf für den Instantkaffee, nach dem du süchtig bist, und holst das Joghurt, das du gestern gekauft hast, aus dem Kühlschrank.

Aber Pavlos, der schlussendlich doch nicht bei dir übernachtet hat, weicht nicht von deiner Seite, lässt euch nochmals rumknutschen, rumfummeln, euch gegenseitig die Hose aufknöpfen, bis er – du bist längst auf dem Balkon angekommen mit deiner Tasse und den Zigaretten – irgendwann eingesteht: »*Sorry, I can't tonight.*«

Und du: »*You don't need to apologize.*«

Schluss mit den Jünglingen und ihren jugendlichen Dramen, schwörst du dir und reckst dein Gesicht in die Sonne, bevor sie, wie immer recht früh im Herbst, hinter dem Strefi-Hügel verschwindet und dich erst gegen Abend und durchs Küchenfenster wieder beglückt.

Schluss mit den schnellen Nummern aus Langeweile, um

dein Ego zu füttern, um die Feierabendleere, die Sonntags-leere, die Herbstleere zu stopfen.

Schluss damit.

Du wirst die Dating-App ignorieren, solange du in Athen bist, und die letzten Tage hier genießen. Wirst die Wohnung gründlich reinigen, damit sie bereit ist für die nächsten Gäste, auch wenn du das Nancy überlassen könntest, die sich in deiner Abwesenheit um alles kümmert. Du wirst den Vorratsschrank, den Putzschrank auffüllen. Wirst ein letztes Mal nach Limanakia ans Meer fahren und erholt und glücklich zurück nach Zürich fliegen, gewappnet für die Suche – nein, fürs Finden.

Ja, du bist definitiv bereit, dich zu verlieben, definitiv gesund genug für die Liebe.

Beweisen es die letzten Jahre nicht? Schaffst du es nicht ganz allein, eine Immobilie zu erwerben, zu renovieren und einzurichten? Recherchierst du nicht monatelang das richtige Vorgehen und die relevanten Gesetze, beantragst eine griechische Steuernummer? Fährst du nicht wieder und wieder nach Griechenland und besichtigst Wohnung um Wohnung? Entschlüsselst das wirre Bus-System der Metropole und flitzt hinten auf Motorrädern von dubiosen Maklern in haarsträubendem Tempo durch die Straßen? Schreibst Mail um Mail, wovon die meisten unbeantwortet bleiben, und tätigst Anruf um Anruf? Stehst in kakerlaken-verseuchten Kellerlöchern, die im Inserat als *Garden Apartment with Charm* angepriesen werden? Machst jeden erdenklichen Fehler, den man machen kann?

Bis du in einer winzigen Wohnung im dritten Stock einer 1970er-Jahre-Liegenschaft in Exarchia stehst und weißt: Das ist sie.

Du siehst sofort vor dir, wie die Wohnung daherkommen könnte, welche Wand herausgebrochen, wie die vermoderten Küchenelemente ausgetauscht und neu angeordnet werden müssen, wie du im Bad zusätzlich Platz schaffen kannst, indem du die eigenartige Sitzbadewanne entfernst. Wo dein Bett stehen wird.

Zugegeben, sporadisch droht dich alles zu überwältigen, dein Eifer gefährlich überzuschäumen. Aber erkennst du die Anzeichen, das Gedankenrasen, die Ein- und Durchschlafschwierigkeiten, den abnehmenden Appetit nicht frühzeitig und passt in telefonischer Absprache mit Dr. Hammer deine Medikation an?

Zugegeben, du kapitulierst beinahe, erwartest nicht, dass sich die letzte von dir kontaktierte Maklerin zurückmeldet, und buchst sogar deinen Flug um: keine Energie übrig für dieses Land, in dem keine einzige gerade Linie zu finden ist, nur Ecken und Kurven, Um- und Irrwege, und weil die Suche zu sehr ins Geld geht, von dem bald nicht mehr genug da ist. Möglicherweise muss es doch nicht sein?

Und zugegeben, ganz allein schaffst du es nicht. Ohne die Immobilienhändlerin, mit der du bis heute befreundet bist, ohne die Ingenieurin, die bei den Behörden den Umbau durchbringt, ohne die Notarin, die die Verträge macht und die Einträge in den beiden Grundbuchämtern, dem alten analogen und dem neuen digitalen, ohne Nancy – ohne das große Glück, das du mit all diesen Frauen hast, ginge es nicht.

Ja, du vermagst es trotz aller Widrigkeiten, dir etwas von Bestand zu schaffen in dieser bröselnden, bröckelnden Stadt, in diesem schnellen, schmutzigen, aufregenden Moloch, wo du dich immer ein wenig fremd fühlst, was dir ganz gut gefällt.

Und ja, deine Wohnung ist der beste Beweis dafür, dass du gesund genug bist für alles andere, inklusive die Liebe. Oder zumindest, um eine Beziehung zu führen wie ein erwachsener Mensch. Mit einem gleichaltrigen, bodenständigen, pünktlichen, verlässlichen, gut verdienenden Mann mit breiten Schultern, in dessen Achselhöhle du dich schmiegen kannst und der dir jeden Abend vor dem Einschlafen etwas Süßes oder Schweinisches ins Ohr flüstert.

Du hörst dich selbst lachen.

Und wie, bitte, willst du diesen Pappkartonausschnitt von einem Bünzlischweizer finden? Selbst basteln?

Vielleicht, antwortest du lapidar, sammelst deine Frühstückssachen ein und stellst sie in die Spüle.

Aber vielleicht gehst du genauso hartnäckig vor wie beim Wohnungskauf. Vielleicht passt du dein App-Profil an, löschst alle Angaben zu deinen sexuellen Vorlieben, versiehst es mit dem Emoji einer Kaffeetasse und triffst dich nicht mehr für Sofortsex. Und vielleicht hilft dir im richtigen Moment das Universum. Wie mit der Maklerin damals und dem Glück mit der Anwältin, der Ingenieurin, mit Nancy.

Das Lachen, das nur du hörst, ist ein abschätziges, gefolgt von dieser strengen, von jahrelanger Enttäuschung zynisch gefärbten Stimme, die du so gut kennst: Bist du auch gesund genug, Vera anzurufen?

Du wischst den Gedanken an dein Ex-Leben, wie du es nennst, weg und holst deinen Rucksack aus dem Flur. Beim Auspacken rieselt Sand auf den Boden. Wie schön es im Grunde ist, dein Jetzt-Leben.

In der Küche füllst du die Waschmaschine, spülst das Geschirr, putzt die Arbeitsflächen, putzt auch das Bad und beginnst dann, die Böden zu saugen.

Immer wieder huscht Pavlos durch deine Räume, zieht dich ins nackte, noch ungestrichene Schlafzimmer eurer ersten Begegnung zurück, wo er stehen bleibt.

»*I'm a bit high*«, gesteht er und bittet darum, gefesselt zu werden. »*So that I can't move.*«

Später fällt das Wort »*rape*«.

»*That's not cool*«, sagst du und nimmst ihn trotzdem, so hart du kannst.

∗ ∗ ∗

So etwas hast du noch nie gehört. Es ist nicht der Kuschel-Rock von euren Schülerdiscos und auch nicht der Plastik-House, den du von den paar Klubbesuchen kennst, als du und deine Kameraden euch an den Türstehern vorbeimogeln konntet. Es ist eine magisch anmutende Musik, die sich, ließe man sie nach draußen, aus diesem Keller in die Stadt steigen, kurz aufbäumen würde und dann absterben.

Frank und du seid soeben durch eine stahlverstärkte Betontür im Erdgeschoss eines eigenartigen Gebäudes getreten, das von der Straße her aussieht wie ein Wohnhaus, wo die Fenster vergessen wurden in den ersten beiden Stockwerken. Jetzt steht ihr auf einer Art Galerie, unter der sich das Souterrain als riesige Halle auftut, worin höchstens zwei Dutzend Gestalten im bunten Scheinwerferlicht verloren herumhampeln. Die Lampen sind an einer dicken Metallschiene angebracht, die auf der Höhe der Galerie längs über dem Kellerschlund entlangläuft und von der eine immense Winde baumelt, an der wiederum eine winzig wirkende Spiegelkugel hängt.

Die Musik dockt sich augenblicklich an jede deiner Zellen an, schäumt dein Blut auf und lässt deine Organe anschwellen. Du kannst gar nicht anders, als deine Füße zu bewegen, deine Beine und Arme, deine Hände, jeden einzelnen Finger, deinen Kopf.

Frank steht wie angegossen neben dir und stellt nüchtern fest: »Es ist ja kaum jemand da.«

Ihr installiert euch gegenüber dem DJ-Pult und neben den drei großen schwarzen Plastikwannen, wie man sie auf Baustellen sieht. Alle drei sind randvoll mit Eis und Getränken, zwei davon mit Fünf-Deziliter-Bierdosen, die dritte mit härterem Alkohol und, eher pro forma, wie es scheint, ein paar einsamen Drei-Liter-Softdrink-Flaschen. Dein Körper weigert sich, ruhig zu bleiben, während Frank, ebenfalls eher pro forma, sein Gewicht mehr oder weniger im Takt der Musik von einem Fuß auf den anderen verlagert.

Pro forma: So wie du bislang lebst, um Vorschriften zu erfüllen und Vorstellungen zu genügen. Aber nicht heute Abend. Heute gibt es keinen Schülerdurrer und keinen

Durrersohn, überhaupt gibt es keine Nachnamen und keine Definitionen. Heute bist du nichts als ein Mensch in einer Musik in einem Keller, und es zieht dich ins Zentrum dieser unterirdischen Welt, näher und näher an die wachsende Gruppe Tanzender, denen du dich stärker verbunden fühlst als allen Menschen, die deinen Alltag bevölkern.

Irgendwann treibt euch das viele Bier in die Warteschlange vor den Klos. Frank ist etwas lockerer geworden, hat lässig seinen Arm um deine Schultern gelegt, was er sonst nicht tut in der Öffentlichkeit.

Plötzlich hört ihr hinter euch und über das Wummern des Basses eine weibliche Stimme brüllen: »*Tu étais où?*«

Die ganze Schlange dreht sich um und schaut zu der zierlichen Frau, die in einem wallenden Batikkleid an euch vorbeirauscht und direkt aufs Männerklo zusteuert, wo ein Typ, der sich am Waschbecken das Gesicht benetzt, jedoch den Weg versperrt zu den drei anderen, die am Pissoir stehen. Der hinterste schaut noch alarmierter drein als die zwei vorderen. Es ist klar, dass die Frau ihn meint. Hastig knöpft er seine Hose zu.

»*Tu ne prends jamais de temps pour moi!*«, schreit sie und schleudert ihm ihre Bierdose entgegen.

Der Typ duckt sich, die Bierdose klatscht an die Wand, zerbirst und schäumt das ganze kleine Klo ein.

Du möchtest Beifall klatschen. Es ist die beste Party, auf der du je gewesen bist, obwohl kaum eine Stunde vergangen ist seit eurer Ankunft.

Frank scheint das anders zu sehen. »Lass uns abhauen hier«, sagt er, wieder steif geworden.

»Auf keinen Fall!«, erwiderst du und küsst ihn auf den Mund.

Und jetzt klatscht tatsächlich jemand in die Hände, zuerst langsam, dann immer schneller.

»Frank? Verliebt?«, fragt die Bierdosen werfende Furie, die neben euch zu stehen kommt. »Dass ich das noch erleben darf!« In den Augen der jungen Frau, die sich gänzlich gefasst gibt, als hätte sie nicht gerade einen Gewaltakt verübt, blitzt Schalk auf.

»Ich hätte wenigstens getroffen«, weicht Frank aus. »Ist der arme Tropf dein Freund?«

»Der? Vielleicht. Kommt mit, ich zeig euch die Ausstellung.«

»Es gibt eine Ausstellung?«, fragst du.

»Das hier ist eine Vernissage, *mon chérie*. Hat Bruderherz das Wichtigste unterschlagen? Céleste, übrigens.«

»Céleste?«, fragt Frank.

»Ja, Céleste«, antwortet seine Schwester und wendet sich wieder dir zu: »*Enchanté!*«

* * *

Eine einzige, bereits einige Tage alte Nachricht kommt rein, als du in Zürich die Kuppel-App öffnest. Sie ist von M., einem deiner wenigen Fuckbuddies, der fragt, ob du Zeit habest für einen Quickie, er sei gerade in der Nähe.

sorry, ich war in den ferien, tippst du.

Eigentlich willst du deine Wohnung putzen, die du vor deiner Abreise sträflich vernachlässigt hast, weil du bis spätabends im Büro geblieben bist, um alles aufzugleisen für deine Stellvertretung, und danach schlicht die Kraft nicht fandest. Die Küche und das Bad sind verdreckt, in den Ecken liegen Staubmäuse, die sich mit Haarknäueln paaren, und im Wohnzimmer türmt sich jener Teil der Wäsche, den du nicht mitgenommen hast nach Athen.

Du könntest den Haushalt einfach sein lassen, denkst du, und eine zweite Regel aufstellen neben dem Sofortsexverbot, das du dir bereits in Griechenland auferlegt hast: Geputzt wird erst vor dem nächsten Besuch. Dann müsstest du dich beeilen mit Daten, denn du bist zwar oft faul, im Grunde jedoch ziemlich pedantisch, und lange hältst du es in einer schmutzigen Wohnung nicht aus, bevor dich das Gefühl beschleicht, die Kontrolle über deinen Alltag zu verlieren, was in die Angst mündet, dein ganzes Leben entgleite dir.

Das Problem mit dem Daten ist der Alkohol. Unweigerlich bestellt deine Begleitung zum Apéro ein Bier oder ein Glas Prosecco oder Wein, und unweigerlich folgt auf deine eigene Bestellung (meist eine Cola Zero, manchmal, hast du tagsüber zu viel Kaffee getrunken, eine Apfelschorle) eine Variante derselben Frage: »Du trinkst nicht?« – »Du machst eine Pause? Finde ich super!« – Oder einfach ein: »Oh?«

Du weißt nie, was erwidern.

»Ich mag Alkohol nicht.« – »Ich bin nicht gerne betrunken.« – »Ich hasse es, die Kontrolle zu verlieren.« – Oder aus Lust an der Provokation: »Ich bin Alkoholiker.«

Du hast schon alle möglichen Antworten ausprobiert, sogar ein Zitat von Jarman, den dir Yuri einen Winter lang vorliest (die Frage, ob Alkohol nicht einfach die beste

Droge sei, um die Massen zu kontrollieren, oder so etwas in der Art), aber keine Replik stimmt ganz.

Obwohl dir angezeigt wird, dass M. momentan nicht online ist, starrst du auf euren Chat-Verlauf, als könntest du mit purer Gedankenkraft eine Nachricht heraufbeschwören. Und dann beobachtest du, wie dein Zeigefinger mit ein paar wenigen Berührungen zuerst den Verlauf und danach die App selbst löscht.

Bevor du es dir anders überlegen kannst, legst du dein Handy weg und holst den Staubsauger hervor.

Du wirst den Winter im Büro und im Gym totschlagen, vor dem TV, nein, mit guten Büchern, und somit dem Universum signalisieren, dass du nicht auf der Suche bist.

Als ließe sich das Universum so leicht überlisten.

Aber trotzdem: Es ist besser so.

Du steckst den Staubsauger ein.

Wie sehr viel lieber du in Athen geputzt hast, erst gestern, geht dir durch den Kopf. Und wieder deine Galeristin, Vera. Falls sie überhaupt noch deine Galeristin ist.

Aber was wäre zu sagen? Sie fragen, ob sie Lust habe, Ideen zu brainstormen für dein Comeback?

»Brainstormen«, »Comeback« – nur schon die Wörter!

* * *

Und so etwas hast du noch nie gesehen. Bereits der Warenlift, zu dem euch Céleste führt, ist ein Kunstwerk: eine Höhle, von deren Decke schwarz glänzende Stalaktiten bedrohlich in den Raum ragen (instinktiv duckst du dich, als ihr den Lift betretet), während aus dem Boden psychedelisch-bunte Stalagmiten emporwachsen, sodass ihr aufpassen müsst, wohin ihr tretet, bis ihr in der Mitte des Lifts, auf einer Art Mini-Lichtung, eng beieinander zu stehen kommt.

Als sich die Grotte in Bewegung setzt, ertönt ein metallenes Rumpeln, das in dumpf-düstere Töne übergeht, die sich zum Stakkato emporschwingen, um ganz zum Schluss von einer sphärischen Melodie unterspült zu werden, die anschwillt, lauter und lauter, sodass du das Gefühl bekommst, der Lift werde schneller und schneller.

Frank, dem es schon auf dem Ein-Meter-Sprungbrett schlecht wird, packt dich am Arm und sieht aus, als müsse er gleich erbrechen.

Aber dann reißt die Musik jäh ab, und ihr kommt mit einem letzten Poltern zum Stehen.

»Endlich!«, zischt Frank und verfängt sich beinahe in dem Fischernetz, das über dem Liftausgang hängt.

»*Pussy!*«, lacht Céleste.

Die Höhle mündet in eine surreale, blau-grün-silbern glitzernde Unterwasserlandschaft, aus der nur durch ein etwa hüfthohes Loch zu entkommen ist, worauf ihr euch in einem eigenartigen, gänzlich gelb gestrichenen Wohnzimmer mit viel zu niedriger Decke wiederfindet, in dem die ebenfalls gelben Möbel zerlegt, neu zusammengefügt und mit gelben Schnüren kreuz und quer miteinander verbunden worden sind. Vorsichtig bahnt ihr euch einen Weg durch den Raum, um euch nicht zu verheddern.

Erst auf der Dachterrasse, nach vier oder fünf weiteren Räumen, mit deinem dritten Bier in der Hand, merkst du, wie flach und stockend dein Atem geworden ist.

»Toll, nicht?«, sagt Céleste strahlend, als hätte sie die gesamte Ausstellung allein zu verantworten.

»Ich fange nächstes Jahr den gestalterischen Vorkurs an«, weißt du nichts anderes zu erwidern.

Céleste lacht. »Sag das nicht zu laut! Institutionalisierte Kunstausbildungen sind hier verpönt.«

Aber du hast dich entschieden. Auf der Stelle, hier und jetzt. In Gedanken übst du bereits das Gespräch mit deinen Eltern, die schon einen Aufstand gemacht haben, als du mit vierzehn darauf bestanden hast, aufs Kunstgymnasium zu gehen – immerhin ein Gymnasium. Und jetzt der Vorkurs? Wohin sollte der, bitte schön, führen? Zu einer Berufslehre etwa?

Irgendwann stehst du erneut in der Schlange vor den Klos.

Céleste hat dich nach unten begleitet, aber Frank meinte, er warte auf der Terrasse, da habe es nicht so viele Menschen. In Wahrheit passt es ihm wohl nicht, dass du dich so amüsierst und dich auf Anhieb verstehst mit seiner Schwester. Oder wollte er dich am Ende überraschen mit der Ausstellung, weil er weiß, wie gerne du »bastelst«? Wie rührend! Aber weshalb sondert er sich dann ab?

Was soll's, sagst du dir und merkst, wie still es geworden ist im Flur. Du schaust dich um und glaubst kurz, dich treffe der Schlag: Das kann doch nicht – Mutter?

Aber natürlich ist die gänzlich deplatziert wirkende ältere Frau, die direkt auf dich zuzustaksen scheint, nicht deine Mutter. Sie trägt lediglich das exakt selbe lachsfarbene Chanel-Kostüm. Nur trägt sie es nicht wie eine Rüstung, sondern wie eine zweite Haut.

»Kann mir jemand sagen, wo es hier zur Kunst geht?«

Du hebst die Hand, als seist du in der Schule.

Die anderen in der Warteschlange beginnen wieder zu quatschen.

»Na dann los!«, sagt der lachsrosa Mund und lächelt. Die Frau wirkt auf einmal zehn Jahre jünger, ihr kantiges Gesicht plötzlich weich. Sogar ihre ausgeklügelte Hochsteckfrisur scheint weniger streng. »Ich bin Vera.«

»Andreas Durrer. Aber alle nennen mich Dürrst.«

»Ich habe ebenfalls einen Spitznamen«, sagt Vera, »aber der ist niederländisch und kaum auszusprechen. Können wir? Ich pflege nicht gerne vor Klos rumzustehen.«

Oben angekommen, führst du Vera, die sich bei dir einhakt, stolz durch die Räume, als sei sie das Kunstwerk, bis sie stehen bleibt und fragt, ob du wissest, wo Céleste bleibt.

»Sie kennen Céleste?«

»Die ist bei mir im Stall. Eigentlich waren wir verabredet. Aber bitte nenn mich Vera.«

»Ich habe sie gerade noch gesehen.«

»Sicher dieser Franzose. Der bremst sie total aus. Sie hat sich seinetwegen sogar umbenannt.«

Ihr steht mittlerweile auf der Dachterrasse, aber auch da ist Céleste nicht zu finden. Und Frank ist ebenfalls verschwunden. Spätestens morgen wirst du seinen Groll zu spüren bekommen.

»Ich kann Vernissagen-Geplänkel nicht ausstehen«, erklärt Vera, und jetzt ist es sie, die dich führt, zurück durch die Ausstellung und zum Lift. Was dir recht ist, denn du musst immer dringender aufs Klo.

»Du bist auch Künstler?«

»Ich bin noch gar nichts«, sagst du, als ihr euren Weg durch die Stalagmiten in die Mitte des Lifts bahnt, und bist selbst erstaunt, wie nonchalant du klingst. Wie erwachsen.

Aber etwas stimmt nicht. Müsste da nicht Musik –

In dem Moment bleibt der Lift stehen. Zum Glück gehen die Lichterketten nicht aus, die sich um die Stalaktiten schlängeln. Wahrscheinlich batteriebetrieben, denkst du. Und dass du wirklich unbedingt pissen musst, ausgerechnet jetzt.

Vera greift in ihre überdimensionierte Handtasche und zieht einen vorgedrehten Joint hervor.

»Machen wir das Beste draus«, sagt sie und setzt sich, Chanel-Kostüm hin oder her, auf den Boden, dass es kracht.

»Scheiße«, sagst du, als auch bei dir ein paar Stalagmiten abbrechen.

Vera schmunzelt, zündet den Joint an und hebt anschließend einen der losen Stäbe vom Boden auf, sagt »billiger Bauschaum« und steckt ihn in ihre Tasche. »Kunst ist nicht heilig, *mi amor*!«, schiebt sie nach, als sie dein empörtes Gesicht sieht. »Schreib dir das auf die Ohren.«

»Hinter die Ohren.«

»Du wagst es, mich zu korrigieren?«

»Sorry, ich –«

Vera kichert, was so gar nicht zu ihr passt, und reicht dir den Joint. »Junger Mann, du gefällst mir!«

Wieder greift sie in ihre Tasche, findet aber erst nach einigem Wühlen, wonach sie sucht: ihre Visitenkarte.

»Komm mal bei mir vorbei. Eine alte Frau wie ich muss am Puls der Jugend bleiben.«

Später erinnerst du dich nicht daran, wie ihr aus dem Lift gekommen seid. Das nächste Bild, das du siehst, ist, wie du am Pissoir stehst und endlich, endlich deine Blase leerst, während Vera sich am Waschbecken daneben die Lippen nachzieht und dann verschwindet, so plötzlich, wie sie aufgetaucht ist.

* * *

Am Sonntag nach deiner Rückkehr aus Athen betrittst du das Dampfbad deines Fitnesscenters und bist irritiert, dass die drei nur schematisch erkennbaren Gestalten sich offensichtlich nicht ihrer Tücher entledigt haben, wie du das aus den Schwulensaunas kennst, die du früher regelmäßig frequentiert hast. Kurz überlegst du dir, nochmals rauszugehen und dein eigenes Tuch, das an einem der bestimmt dafür vorgesehenen Haken neben der Glastür hängt, wieder umzubinden, entscheidest dich jedoch dagegen.

Du setzt dich in einiger Entfernung von der einen und gegenüber den zwei anderen Figuren auf die linke Sitzbank, darauf bedacht, die Beine selbstbewusst männlich zu spreizen. Im heißen Nebel und in der Dunkelheit ist deine wachsende Erregung wahrscheinlich nicht zu erkennen.

Oder doch? Denn zwei der Männer stehen auf und verlassen das Bad, das sich schließlich nicht in einem schwulen Sex-Etablissement, sondern im Umkleidebereich deines Gyms befindet. Vielleicht hast du Glück, dass du nicht angepöbelt wirst oder schlimmer.

Einen Augenblick später erhebt sich auch der verbleibende Mann, aber anstatt den Raum zu verlassen, setzt er sich in kaum zwanzig Zentimetern Entfernung neben dich.

Du hörst dein Herz pochen und wartest vielleicht eine halbe, eine ewig lange Minute, bevor du deine Hand auf den fremden Oberschenkel legst.

Der Mann, der relativ muskulös sein muss und, zumindest in Sitzposition, einen leichten Bauchansatz hat, was du seit jeher sexy findest, atmet geräuschvoll aus, fährt dir mit der eigenen Hand deinen bereits schweißnassen Rücken hoch in den Nacken und übt sanften Druck aus.

Du gibst dem Druck nach.

Mehrmals hast du munkeln gehört, dass es samstags und sonntags in deinem Gym ziemlich abgeht, was du jedoch, gemessen an der Klientel, auf die du wochentags beim Workout triffst, als urbane Legende abtust. Du trainierst nicht sonderlich gerne, versuchst, an Randzeiten und nie am Wochenende zu gehen, und duschst jeweils zu Hause. Dein Gaydar schlägt höchst selten aus, und wenn du früher zwischen den Übungen jeweils die Dating-App geöffnet hast, war kaum je einer näher als ein paar Hundert Meter.

Aber siehe da, der Sonntag erwischt dich im Dampfbad auf den Knien. Wobei das wirklich Unerwartete draußen im Umkleidebereich passiert.

* * *

Du brauchst eine Weile, bis du begreifst, mit wem und wo du aufwachst, und als die Erinnerung einsetzt, gleicht sie eher einer Diashow als einem Film: das eigenartige Gebäude. Die viele Kunst. Frank und Céleste. Die Galeristin, Vera, und ihr Kärtchen in deiner Hosentasche.

Aufstehen und nachschauen, ob du nicht träumst?

Doch deine Arme, deine Beine, dein Schädel sind aus Watte, und das einzige Geräusch, das du hörst, ein leises zufriedenes Japsen, scheint aus meilenweiter Entfernung zu kommen.

Das nächste Dia zeigt die Tanzfläche und danach einen Jungen in ausgewaschenen Jeans mit roten Hosenträgern über der nackten haarlosen Brust. Der Junge hält ein Silbertablett und offeriert dir ein Shot-Glas randvoll mit einer pinkfarbenen Flüssigkeit. Er wartet, bis du es geleert hast, und zwinkert dir zu.

Dann bist nur noch du zu sehen. Wie du tanzt und tanzt.

Kurz darauf oder nach einer Ewigkeit, du hast jegliches Zeitgefühl verloren, wieder der Junge. Diesmal ohne Tablett. Seine Haut schimmert feucht unter den vielen Lichtern. Du willst deine Hand ausstrecken und ihn berühren, seinen Oberkörper nachzeichnen mit all deinen Fingern, deine Fingerkuppen ablecken.

Du berührst seine Schulter, berührst die Stelle, wo sein Schultergelenk in den Pectoralis übergeht.

Dieses Wort aus dem Zeichenunterricht. Pectoralis.

Es kullert aus deinem Mund, es dehnt sich aus. Pectoralis major.

Er fängt es auf, ihr küsst euch.

»Dein erstes Mal?«, fragt der Hosenträger-Träger, der sich als Yuri vorstellt.

Du weißt nicht, ob er den Kuss meint oder dieses unbeschreibliche Glücksgefühl, in dem du dich aufgelöst hast wie Honig in warmer Milch, und auch seine Zunge ist süß und nichts an euch hart, alles nur zartweiche Haut.

Ein Grinsen breitet sich aus auf deinem Gesicht.

»Oh ja«, flüsterst du, »oh ja.« Und meinst beides.

Der Junge, der, du weißt es, genau gleich alt ist wie du und der, du spürst es, genau so ist wie du, nein, der du ist in einem Parallelleben, legt seine Hand über deine, die immer noch auf seiner Brust ruht, die deine Brust, die eure Brust ist.

»Komm, tanzen wir«, sagt er, und die Diashow bricht ab, wie auch das Geräusch neben dir.

Deine Eltern werden dich umbringen, denkst du und drehst dich zu Yuri, um den Kuss von gestern Nacht zu Ende zu küssen.

* * *

Ihr verlasst hintereinander das Dampfbad, verschwindet je in einer Duschkabine und erscheint beinahe zeitgleich vor den Garderobenschränken, wo ihr euch nebeneinander anzieht, den Blick ins Leere gerichtet und den großen Spiegel an der rechten Wand vermeidend. Mehr oder weniger im selben Moment setzt ihr euch hin, um euch die Schuhe zu binden, und erhebt euch gleichzeitig, um eure restlichen Sachen, eure Mützen und Schals und Handschuhe aus euren Spinden zu fischen, um diese dann wie einstudiert synchron zu schließen. Worauf der Mann neben dir, der in der Tat muskulös ist, ein bisschen größer als du und dunkler, mit fast schwarzem Kopf- und Brusthaar, mit feinen schwarzen Haaren auf den Unterarmen und einem flauschigen Teppich auf dem unteren Rücken – worauf er sich umdreht, dieser Mann, und dir in die Augen schaut.

»Du bist bildhübsch.«

Du kannst nicht anders, als laut herauszulachen.

»Wie willst du das wissen? Du hast mich gar nicht ange-schaut.«

»Aber jetzt schaue ich dich an.«

»Selber«, sagst du.

Nach der schnellen, etwas anrüchigen Begegnung im Dunkeln trifft dich dieses offene, schalkhafte und gleichzeitig entschlossen wirkende Gesicht mit der markanten Nase und den grünen, mit Bernsteinsplittern durchzogenen Augen wie ein Schock.

»Selber?«

Du fragst dich, ob die Begegnung die Belohnung dafür ist, dass du wenige Tage zuvor die App gelöscht hast. Denn es ist, als winkle das Universum beide Ellbogen an und drehe die Hände gen Himmel wie dieses Emoji-Männchen, von dem niemand weiß, was es genau bedeutet.

»Sieh nur, was ich alles kann«, scheint das Universum zu sagen.

»Selber hübsch«, präzisierst du.

Dann geht ihr gemeinsam zum Empfang, wo ihr die Schlüssel für eure Garderobenkästchen austauscht gegen eure Mitgliedskarten, die ihr beide in eure Jackentaschen steckt und nicht wie gewöhnlich in euren Geldbeuteln versorgt, damit ihr sie nächstes Mal auf Anhieb findet, geht gemeinsam ins Treppenhaus und die Treppe runter und auf die Straße, wo ihr stehen bleibt.

»Ich bin übrigens Paul.«

»Dürrst«, antwortest du. »Ich war mal sehr dünn«, schiebst du nach. Und hörst, wie bescheuert das klingt.

»Und jetzt?«

»Jetzt bin ich nicht mehr so dünn.«

Paul lacht verlegen. »Ich meine, was machen wir jetzt?«

Ihr schaut euch an, und es ist dir, als spiele sich die Szene auf einem entfernten Meeresgrund ab. Du bist dir zwar des Verkehrslärms und des Stimmengewirrs der anderen Leute, die an euch vorbeieilen, bewusst, aber sie treten nur gedämpft und von weit her an dich heran.

»Darf ich dich küssen?«, fragt Paul.

Plötzlich beschleicht dich ein Unbehagen, das du zuerst nicht einordnen kannst und das sich zu einer Panik auszuwachsen droht. Du spürst bereits, wie sich deine Brust zusammenzieht, wie dir das Atmen schwerfällt.

Giovanni's Room, schießt dir durch den Kopf.

Das Bild vom Meeresgrund, es stammt nicht von dir, sondern aus dem Buch von James Baldwin, das dir – vor wie viel Hundert Jahren? – als Vorlage diente für deine erste große Installation.

I remember that life in that room seemed to be occurring beneath the sea …

That room. Dieses Zimmer. Das du nachgebaut hast im Maßstab 1:1, detailgetreu bis zur letzten Deckenlampe, die der Autor beschreibt.

Dein erster internationaler Ausstellungserfolg.

That life. Dieses Leben, damals.

An das du jetzt nicht denken darfst, willst du die beginnende Panik abwehren, also greifst du nach Pauls Kinn und ziehst ihn zu dir, küsst ihn auf die Lippen, lässt deine Zunge spielen und deine Hand in den Haaransatz an seinem Hinterkopf wandern, lässt dich gehen mitten auf dem Gehweg an der Langstrasse an einem hundsgewöhnlichen Novembersonntagnachmittag.

Bis Paul euren Kuss unterbricht: »Ich wohne ganz in der Nähe.«

»Ich auch.«

»Komisch, dass wir uns noch nie gesehen haben.«

»Ja.«

»Oder willst du was essen gehen?«

»Wir können gerne zu mir«, sagst du, nachdem du dir den Zustand deiner Wohnung vergegenwärtigt hast.

Die Wäsche ist eingeräumt, in der Küche stapelt sich zwar Geschirr, aber dreckig ist sie nicht, und das Bad sollte ebenfalls in Ordnung sein. Lediglich im Schlafzimmer herrscht etwas Unordnung. Aber man will ja nicht als Pedant dastehen.

»Hast du Haustiere?«, fragt Paul.

Du lachst, wenn auch mehr über die Weise, wie dich die Erinnerung anspringt, ganz unerwartet, als über die Erinnerung selbst: Eine Sommertanznacht in einem der Klubs beim Viadukt, gegen zwei Uhr morgens. Du knutschst mit einem Typen im Lärm, im Licht, im Disconebel herum, bevor er ablässt von dir, als hättest du ihn gestochen – mit der Begründung, er müsse seinen Pfeilgiftfrosch füttern gehen. So fadenscheinig kommt dir die Erklärung vor, dass du zu Hause das Fressverhalten dieser Amphibien googelst. Und siehe da, ein- bis zweimal die Woche reiche. Von Nachtfütterung steht nichts.

Bist du wieder an einen Spinner geraten? Denn es muss einen Haken geben. So einfach kann es nicht sein.

»Ich bin allergisch.«

»Auf alle Tiere?«

»Machst du dich lustig?«

»Vielleicht ein bisschen«, sagst du und lehnst dich vor, um Paul erneut zu küssen, der jedoch schnell seinen Kopf zur Seite dreht.

»Dann gehen wir zu mir.«

»Ich habe keine Haustiere.«

»Trotzdem. Und ohne Abendessen ins Bett.«

* * *

Ziemlich genau ein Jahr nach dem Eklat an deinem fünfzehnten Geburtstag trittst du nicht nur den Vorkurs an der Schule für Gestaltung an, sondern verlässt auch die elterliche Villa und ziehst zu Yuri in die Psetzi, das besetzte Industriegebäude in der Nähe des längst stillgelegten Letten-Bahnhofs.

Du bist dir sicher, dass deine Eltern nicht gegen dich vorgehen werden, denn das bedeutete, die Polizei einzuschalten – und wie würde das aussehen?

In den ersten Wochen nach deinem Auszug ignorierst du die Anrufe deiner Mutter, worauf diese dich an einem Dienstagabend vor der Schule abfängt und zu dem Taxi führt, das mit laufendem Motor halb auf dem Gehweg wartet. Du wirst ins Seefeld kutschiert zu Mutters Lieblingsrestaurant. Auf der Fahrt tupft sie mit einer Puderquaste in ihrem Gesicht herum, blickt dabei in ihren Taschenspiegel.

»Es wird so laufen«, erklärt sie. »Wir treffen uns jeden zweiten Dienstag zum Essen. Dazwischen lasse ich dich in Ruhe. Einverstanden?«

Sie klappt den Spiegel zu und strahlt dich an.

»Einverstanden.«

Du bist erstaunt, dass sie nicht aufs Geld zu sprechen kommt.

Und ob sie dich nur zu dem Lokal mit dem schrillen schwulen Besitzer führt (Ueli, wenn dich nicht alles täuscht), mit dem sie schäkert, als seien sie beste Freundinnen, weil ihr Mann dort garantiert nicht auftaucht mit irgendwelchen Geschäftspartnern? Oder um dir unbeholfen zu signalisieren, dass sie – ja, was? Cooler ist, als du denkst, und kein Problem hat mit deinerlei? Dich trotzdem liebt? Denn dass es ein Trotzdem wäre, da bist du dir sicher.

»Gut. Und jetzt erzählst du mir, wo du wohnst und wie dein Tag war und überhaupt.«

Das Geld kommt dann, wenn nicht zur Sprache, doch auf den Tisch. Buchstäblich.

Nach dem Dessert, ein winziges geschäumtes Etwas mit Waldbeerengeschmack, zieht deine Mutter zwei Kreditkarten aus ihrer limettengrünen Clutch, die zu ihrem limettengrünen Jackett passt. Die eine legt sie neben deine zerknüllte Serviette auf den Tisch und sagt, sie wisse, wie stolz du seist, das hättest du von ihr, während sie mit der anderen Karte dem Kellner winkt.

Ueli eilt persönlich an euren Tisch. »Alles zu eurer Zufriedenheit, Marie?«

»Wie immer bei dir«, flötet deine Mutter.

Kaum ist der Besitzer davongewuselt, setzt sie ihr ernstes Gesicht auf und sagt: »Aber vorher musst du mir versprechen, dass du weiterhin zur Therapie gehst und deine Pillen nimmst.«

Du ziehst die Schultern hoch, deutest ein Nicken an.

»Das ist meine einzige Bedingung.«

Du nickst erneut.

»Die Abrechnungen der Krankenkasse lügen nicht.«

Du siehst dich auf den Tisch steigen und lauthals Placebo singen, eine dieser wütenden Bands, die du zu jener Zeit hörst: *Baby, did you forget to take your meds? Baby …*

»Schon gut«, sagst du stattdessen, nimmst die Kreditkarte und steckst sie in dein Portemonnaie.

Und erscheinst jeden zweiten Dienstag brav im Seefeld. Weil es das kleinere Übel ist, redest du dir ein. Weil es einfacher ist, als sie abzuwimmeln. Aber in Tat und Wahrheit handelt es sich, wie in der Bahnhofsklappe am Stadi, um eine simple Transaktion: deine Gesellschaft und die Gewissheit, dass es dir gut geht, für ihr Geld. Ohne das du nicht über die Runden kämest, egal wie sparsam du lebst und trotz deiner beiden Jobs.

Ob dein Vater über euren unausgesprochenen Deal im Bild ist, weißt du nicht.

Klug fädelt sie die Sache ein, deine Mutter, über Wochen und Monate im Restaurant im Seefeld. Mal fragt sie, ob du nichts brauchst, deine Band-T-Shirts nicht vermisst. Ein anderes Mal, als sie vom lange geplanten Kellerausbau erzählt, erwähnt sie beiläufig, dass sie dein Zimmer unberührt belassen haben (als seist du gestorben).

Tröpfeltaktik, denkst du im Nachhinein, als dir auffällt, dass sie nie von eurer Haushälterin Barbarella berichtet, all die vielen Abendessen lang kein einziges Mal von sich aus, und fragst du nach, sagt sie Dinge wie »Ach, du kennst sie ja!« oder »Die gute Alte ...«, und lässt den Satz auslaufen, lenkt ab aufs Essen, das Wetter – und fragt sogar einmal, ob du jemanden hast.

Du nickst lediglich.

Als deine Mutter nicht nachhakt, beteuerst du: »Ich habe viele.«

Und meinst damit dein ganzes neues Leben mit Yuri und Céleste und ihrem Freund Jules und all deinen anderen Mitbewohnerinnen und Mitbewohnern der Psetzi.

Wie genau sie das geschafft hat, ist dir später ein Rätsel, aber am Abend deines siebzehnten Geburtstags findest du dich im Foyer deines Elternhauses wieder, wo dich deine Mutter empfängt und dir den Rucksack abnimmt.

Dein Vater thront bereits im Esszimmer am Kopfende des Tischs, seine beiden Neffen links und rechts von ihm, breitbeinig und aufgeblasen wie je. Er nickt lediglich, sagt lediglich »Sohn« zur Begrüßung, und du sagst »Vater«.

In dem Moment erscheint eine mittelalterliche Frau in schwarzer Hose und weißer Bluse und trägt Gazpacho auf.

»Wer ist das?«, fragst du deine Mutter.

»Bitte«, antwortet diese und deutet auf einen der beiden leeren Plätze zwischen den lauten blonden Angeheirateten, wie dein Vater die Frauen deiner Cousins nennt, an jenem großen Tisch, unter den du dich als Kind oft verkrochen hast, um Burg zu spielen oder zu lesen, weil das Zimmer kaum in Gebrauch war, lediglich für Familienfeiern, Geschäftsessen und die Dinner Parties deiner Mutter, und du dich dort ungestört wähnen konntest und trotzdem in der Nähe eurer Haushälterin warst.

»Wo ist Barbarella?«

»Bitte«, wiederholt deine Mutter. »Wir sind alle hungrig.«

Dabei sind sie bereits so feist, denkst du, die Männer in deiner Familie. Nicht körperlich, dazu sind sie zu reich und selbstverliebt, die Mitgliedschaft im richtigen Wellnessclub, im richtigen Fitnesszentrum zu sehr ein Statussymbol. Aber ihre Seelen – fette Durrer-Maden, die sich laben am gammelig gewordenen Stützli-Fleisch.

Und dass du klingst wie deine Mutter, geht dir durch den Kopf, die immer leicht abschätzig redet über ihre Schwägerin und deren Söhne, und du vermutest, dass ihr Ehemann, dein Vater, jeweils mitgemeint ist: Zwar hat sie, eine Stützli, alles den Durrers zu verdanken, denn es war die Anwaltskanzlei deines Großvaters väterlicherseits, in Person des jungen ehrgeizigen Hans-Peter des Zweiten, die aus der Konkursmasse rettete, was zu retten war (und vielleicht noch ein bisschen mehr, vermutest du), aber im Vergleich zur Stützli-Dynastie kommen die Durrers aus dem Nichts.

Schweigend löffelst du deine kalte Suppe.

Das Gespräch dreht sich darum, wie schwierig es geworden ist, verlässliche Handwerker zu bekommen: »Alles Pfusch! Und die Sauerei!«

Deine Eltern haben jetzt tatsächlich einen Indoor-/Outdoor-Pool, der vom ausgebauten Keller in den Garten der am Hang stehenden Villa ragt und anscheinend freie Seesicht bietet.

Sie reden über dich hinweg, als säßet ihr alle Abend für Abend hier. Als seist du nie gegangen und dein Gebaren der letzten zwei Jahre normales Pubertätsgetue.

»Du musst ihn unbedingt ausprobieren!«, spricht dich deine Mutter plötzlich direkt an.

»Was?«

»Den Pool! Oben findest du sicher eine Badehose. Wobei dein Vater und ich ja meist im Adamskostüm –«

»Igitt!«, sagst du.

»Apropos Kostüm«, nuschelt deine Tante, die dir gegenübersitzt und dich mit ihren kleinen wässrigen Augen fixiert. »Ist jemand gestorben? Früher warst du immer so bunt.«

Was das heißen solle, könntest du übertrieben effeminiert fragen und das Gespräch hochschaukeln lassen, bis entweder deine Mutter oder dein Vater explodiert: »Das reicht jetzt!«

»Ich habe im Kunsthaus gearbeitet, da muss man Schwarz tragen«, sagst du stattdessen. »Und jetzt müsste ich im Theater an der Garderobe stehen, aber ich habe meine Schicht abgetauscht.«

Deine Tante wendet sich an deinen Vater: »Das lässt du zu, Hansi? Neben der Schule?«

Weiß sie etwa nicht, dass du ausgezogen bist? Dass ihr Bruder seinen Sohn beinahe ein Jahr lang nicht mehr gesehen hat?

»Er ist eigenständig, seit jeher«, antwortet deine Mutter.

»Ach was«, sagt dein Vater. »Dickköpfig ist er.«

»Hallo! Ich bin noch da.«

Eine Sekunde lang friert die Szene ein, und alle schauen zu dir, wie du zu deinem Vater schaust, der dich anschaut, als wolle er dich zu einem Duell auffordern.

Ihr merkt erst gegen Mitternacht, wie hungrig ihr seid, und lasst euch vom Thai-Restaurant ein paar Straßen weiter etwas liefern, weil ihr zu faul seid, aufzustehen.

»Mit Abendessen *im* Bett«, stellst du zwischen zwei Bissen fest.

Paul lacht, beugt sich vor, um dich zu küssen, und murmelt etwas von wegen Nachspeise.

Aber es ist Aziz' lauter Bass, den du hörst in einem anderen Schlafzimmer in einem fernen Leben, ganz unvermittelt.

Das ist also der Preis für diese Begegnung, denkst du. Dass du dich an alles erinnerst, was du die letzten Jahre erfolgreich verdrängt hast. Dass sich alles Vergessene vor dir auffächert und du nicht anders kannst, als hinzuschauen.

»Sind es die Chinesen«, fragst du, »die ihre Vergangenheit vor sich sehen?«

»Wie kommst du darauf?«

»Also räumlich.«

»Weil wir asiatisch essen?«

»Ist doch schön. Vorne können sie alles Erlebte betrachten, während die Zukunft hinter ihnen liegt, wo sie keine Augen haben.«

»Hab ich was Falsches gesagt?«

»Nein, nein. Ich habe mich nur an etwas erinnert, und es kam mir vor, als würde mich das Bild von hinten anspringen.«

Klack! Paul drückt den Deckel zurück auf die leere Plastikbox.

»Was ist deine schönste Erinnerung aller Zeiten?«

Aber du bist noch bei Aziz. Du bist in Kairo im Bett in der Prinzessinnenvilla und versuchst, zwischen zwei Bissen

Pizza deinen Liebhaber zu küssen, der jedoch den Kopf zurückzieht und beinahe rücklings aus dem Schneidersitz auf die Matratze fällt.

»*When we eat, we eat*«, rügt er dich. »*And when we kiss, we kiss.*«

Der große, breite Aziz mit den blauen Augen, von denen du jedes Mal erwartest, dass sie braun wären. Aziz mit der Hakennase, dem schwindenden Haaransatz und dem dichten dunklen Bart, den er sich wachsen lässt, weil es dich glücklich macht und seine Mutter wütend. (Sie sagt, er sehe aus wie ein Fundamentalist.) Aziz mit dem prächtigen beschnittenen Penis, von dem du nicht genug bekommst. Den großen Händen. Das Fiese, das in seinem Blick schlummert und manchmal ausbricht, wenn du etwas sagst, das ihn erzürnt.

Aziz. Was »mächtig« bedeutet. Eine der 99 Qualitäten Gottes. Alle ausgeschildert am Highway-Rand auf dem Weg von Kairo nach Alexandria, wo ihr gegen Ende eurer Liebschaft hinfahrt, um wenigstens ein paarmal gemeinsam aufwachen zu können.

Aziz. Du magst die ganze Masse dieses Mannes mit dem passenden Namen, und du magst es, ein wenig Angst zu haben, wenn er dich in Eile nimmt, zwischen zwei Terminen, weil der Verkehr mal wieder die Hölle ist und sich die Zeit lohnen muss, wie sich alles immer lohnen muss für ihn.

»Jetzt komm«, sagt Paul, »deine schönste Erinnerung?«

* * *

Erst als die letzten Teller des fünfgängigen Gelages abgeräumt worden sind, erst als nur noch Wasser- und Weingläser und Espressotassen auf dem Tisch stehen und die neue Hausangestellte weg ist, getraust du dich erneut zu fragen, wo Barbarella ist.

Du schaust zuerst deine Mutter an. Dann deinen Vater. Seine Schwester. Schließlich auch deine Cousins und deren Frauen, als trügen sie Mitschuld.

»Ich glaube, das ist unser Stichwort«, sagt deine Tante und steht auf. Ihre Söhne und deren Frauen tun es ihr nach.

Dein Vater wartet, bis die alte hölzerne Schiebetür zum Salon, der zu Opa Stützlis Zeiten schlicht Cheminée-Zimmer hieß, auf ihrer gewölbten Eisenschiene zurattert, die ständig rostbehandelt und geölt werden muss.

Tust du dich später schwer, dich an deine Zeit in dem Haus zu erinnern, ist damals jede Ecke und jedes einzelne Objekt darin mit Kindheitsbildern behaftet: zum Beispiel, wie du einmal in Socken auf der frisch behandelten Schiene ausrutschst, weil du Barbarella nachrennst, um ihr beim Einfeuern zu helfen.

»Ich verstehe nicht, was es dich kümmert«, sagt dein Vater, »wo du nicht mehr hier wohnst.«

Sein Ton ist bemüht gesittet, aber du weißt, dass es nur ganz wenig braucht, bis er kocht. Es braucht nur dein Schweigen. Also schweigst du.

»Nein, wirklich! Was geht es dich an?«

»Bitte, Hans-Peter«, sagt deine Mutter, nicht ahnend, dass sie damit deine eigene Wut schürt.

Immer beschwichtigt sie. Immer darf nichts laut sein. Immer darf niemand Gefühle zeigen.

»Es kümmert mich, weil sie die besseren Eltern war.«

Da. Du hast es gesagt.

Deine Mutter ist sichtlich schockiert, während sich dein Vater nichts anmerken lässt.

»Wenn du es wirklich wissen willst«, sagt er, »es sind Sachen weggekommen. Dein hochverehrtes Fräulein hat uns beklaut. Nicht wahr, Marie?«

»Genug!«, sagt deine Mutter und steht auf. »Genug jetzt!«

So laut hörst du sie selten.

»Einer schlimmer als der andere«, sagt sie, mehr zu sich selbst, und dann deutlicher: »Wie habe ich das bloß verdient?«, bevor sie kopfschüttelnd an euch beiden vorbeirauscht und das Esszimmer verlässt.

Worauf du es bist, der deinen verstorbenen Großvater bemüht – mit denselben Worten, die dir dein Vater an deinem fünfzehnten Geburtstag, vor genau zwei Jahren, an den Kopf geworfen hat: »Opa würde sich im Grab umdrehen.«

Du sagst es leise, aber mit fester Stimme. Dann stehst du auf und verlässt die Villa deiner Eltern zum allerletzten Mal.

* * *

»Jetzt komm!«, lässt Paul nicht locker. »Deine allerschönste Erinnerung.«

»Du klingst wie meine Therapeutin«, sagst du, um Zeit zu schinden, denn du willst nicht von Aziz, willst nicht von einer anderen Liebschaft erzählen.

Schnell wühlst du in den wenigen Erinnerungen herum,

die in jener deiner Hirnschubladen liegen, die mit *Kindheit* beschriftet ist.

»Vielleicht mit meinem Großvater in Griechenland«, sagst du. »Wir sitzen am Strand, und er will mir weismachen, dass die siebte Welle immer die größte ist.«

»Und stimmt es?«, fragt Paul.

»Du musst halt mal mitkommen« antwortest du und erzählst von deiner Wohnung in Athen. Dass deine Familie ein Anwesen besitzt auf Mykonos, erzählst du nicht (geschweige denn von den dubiosen Manövern, die dazu führten, dass ebendieses Anwesen aus der Konkursmasse ausgeklammert wurde), obwohl du gerne mit Paul darüber lachen würdest, wie ironisch das ist – ausgerechnet Mykonos, die Schwulendestination schlechthin.

Die meisten deiner Kindheitserinnerungen beruhen auf Erzählungen oder Fotos, zumindest mit den schönen verhält es sich so.

Deine ersten Jahre stehen in nachtblaues Leder gebunden auf Augenhöhe in der Bibliothek deines Elternhauses und grenzen an die braun gebundenen Enzyklopädien an – klug soll er werden! –, danach kommen die grünen Jahre, auf dem Regal unterhalb, und dann kommt nichts mehr: Deine Mutter entdeckt die Digitalfotografie (worauf dein Vater ihr Weihnachten um Weihnachten eine neue Kamera schenkt) und brennt die Fotos auf CD-ROMs, die in einer großen, mit schwarzem Leder beschlagenen und afrikanisch anmutenden Schatulle auf einer Kommode im Flur vor der Bibliothek lagern, als sei das Kind, sei der Heranwachsende mit all seinen Problemen den prominenten Platz neben oder unter dem versammelten Weltwissen nicht mehr wert.

* * *

Der nächste Bankomat steht am Stadi. Du rennst den Hügel runter, rennst den ganzen Weg zum Bahnhof.

Was hast du dir bloß gedacht, zurück in die Villa zu gehen?

Du schiebst die Kreditkarte, die dir deine Mutter bei eurem ersten Seefelder Essen überreicht hat, in den Schlitz, tippst *1000* ein und wählst *Große Noten*. Der Automat spuckt ein dünnes Bündel Hunderternoten aus. Du zählst nicht nach, steckst das Geld in deine rechte Hosentasche.

Was hast du bloß erwartet von deinen Eltern? Wie dumm du bist! So dumm!

Du tippst nochmals *1000* ein, wählst nochmals *Große Noten.*

Beklaut? Können sie haben!

Hinter dir kommt jemand zu stehen, viel zu nahe, und dir wird bewusst, wie außer Atem du bist, wie verschwitzt und zerzaust du aussehen musst in deinen schwarzen Klamotten, deinem schwarzen T-Shirt, das an deiner Haut klebt. Du packst auch das zweite Bündel in deine Hosentasche, drehst eine Runde um den Platz und gehst zum Bankomaten zurück. Viertausend Franken gibt er insgesamt aus. Dann erscheint die Nachricht: *Tageslimit erreicht.*

Auf dem Weg in die Psetzi überlegst du dir, wo du deine Beute verstecken könntest in eurem Zimmer, denn Yuri wirst du nichts davon erzählen. Zu oft zankt ihr euch wegen

Geld, über deinen nonchalanten Umgang damit, der deiner Herkunft geschuldet sei, über dein fehlendes Verständnis der teuflischen Hintergründe, über den Kapitalismus, der dich weiterhin fest in seinen Klauen habe, die Schere zwischen Arm und Reich, Lohnungleichheit – du kannst es nicht mehr hören!

Du musst lachen. Jetzt haben es deine Eltern tatsächlich geschafft, dass du auf Yuri wütend bist. Und überhaupt: War deine Aktion nicht ganz in seinem Sinne? Aber wahrscheinlich würde er das Geld dem Kollektiv vermachen oder irgendeiner Organisation spenden wollen. Dein Schmerzensgeld. Denn so siehst du es, als Schmerzensgeld.

Du könntest ein Buch aushöhlen. Oder vielleicht findet sich eine Ecke, wo sich das alte Linoleum in eurem Zimmer, ein ehemaliges Büro, anheben lässt. Doch darunter käme wohl Beton zum Vorschein. Du siehst dich schon mit einem Meißel aus dem Gemeinschaftsatelier. Nein. Unter den Stuhl geklebt, auf den ihr eure Kleider werft? Doch der müsste nur einmal umfallen. Oder in einen der Cowboy-Stiefel, die du unbedingt haben musstest, aber nie trägst? Aber was, wenn Yuri sie bei der nächsten Party anziehen will? Ihr habt dieselbe Schuhgröße, dieselbe Größe bei allem, und eure Kleider haben sich längst vermischt. (»Dieses Possessiv ständig«, hörst du Yuri sagen. »Es sind einfach Kleider, und sie sind einfach da. Weshalb müssen sie jemandem gehören?«) Unten in die Kiste mit eurem Papierkram, das Kuvert mit *Kunsti* beschriftet oder *Steuern*? Oder ganz klischiert unter euer Bett?

Du musst erneut lachen, lachst laut heraus, denn du bist in einem Film, du bist der bekannteste Trickbetrüger der

Stadt, nein, des Landes, man fahndet schon seit Jahren erfolglos nach dir, und die junge Frau, die dich gerade überholt auf dem Limmatquai, erschrickt ob deines Lachens.

»Sorry!«, sagst du.

Die Frau, die einen knallgelben Plastikregenmantel trägt, der knistert, obwohl es schon seit Wochen nicht mehr regnet und viel zu warm ist für eine Jacke, dreht sich um und strahlt dich an.

»Kein Problem!«, sagt sie.

Ja, die Matratze wird es sein.

Noch viermal lässt dich die Bank in Tausender-Schritten viertausend Franken abheben, dann kommt die Nachricht: *Monatslimit erreicht.*

Aber du hast Glück. Es ist der Neunundzwanzigste, und zwei Tage später spuckt dir der Automat erneut viertausend aus und am nächsten und übernächsten Tag wieder. Dann die Nachricht: *Konto gesperrt. Bitte wenden Sie sich an unseren Kundendienst.*

Du erstarrst – sind sie dir also auf die Schliche gekommen –, aber nicht, weil du aufgeflogen bist, sondern weil du so lange unentdeckt geblieben bist. So viel Geld! Du magst aus reichem Haus kommen, du magst immer alles gehabt haben und noch mehr, aber so viel Bargeld!

In der Psetzi wartest du, bis Yuri weg ist, bevor du die vordere der beiden Euro-Paletten hervorziehst, auf denen eure Matratze liegt. Danach holst du ein Kuvert und den doppelseitigen Haftkleber, den du extra gekauft hast, aus eurer Ramsch-Schublade. Die letzten viertausend Franken kommen mit den restlichen achtundzwanzigtausend ins neue Kuvert, weil das alte jeweils zerreißt, wenn du es vom Holz ziehst. Du klebst das beachtliche Paket in den Hohlraum zwischen zwei Latten und rückst alles wieder zurecht. Danach zerschneidest du die Kreditkarte deiner Mutter und wirfst die kleinen Stücke im Innenhof direkt in den Container anstatt in den Abfall in eurem Zimmer oder in der Küche.

Nur selten malst du dir in den kommenden Wochen und Monaten aus, was du mit der riesigen Summe alles machen könntest, aber das Geld gibt dir ein Gefühl von Sicherheit, wie du es noch nie verspürt hast. Du ahnst, dass du sofort wissen wirst, wann die Zeit reif ist, es auszugeben. Und wofür.

* * *

Die schwere Brandschutztür zum Serverraum, wo der Drucker steht, fällt ins Schloss, bevor du den Lichtschalter findest. Nie findest du auf Anhieb den Lichtschalter im Serverraum, immer fasst du zuerst an die Steckdose. Und wie zum Hohn piepst der Drucker bereits um Aufmerksamkeit. Wahrscheinlich klemmt wieder etwas, oder es ist kein Papier mehr da. Regungslos stehst du eine Weile in dem fensterlosen Räumchen, in dem das ganze Jahr über kühle zwanzig Grad herrschen, lauschst dem Brummen der EDV, wie ihr die Geräte immer noch nennt, und versuchst, das insistierende Piepsen zu ignorieren.

Du bist zuständig für die Vermittlungsformate im relativ jungen Museum für Zeitgenössische Kunst, das sich im Gießwerk befindet, dem großen Kulturkomplex im Industriequartier. Deine Arbeit beinhaltet die Koordination der öffentlichen und privaten Führungen, die du jedoch nicht selbst vornimmst, denn es fehlt dir neben dem Kunstgeschichtsstudium auch das nötige Faible, sowie die Organisation aller Schulveranstaltungen und besonderer Events.

Wobei du dir gerade wenig koordiniert und organisiert vorkommst.

Was willst du überhaupt ausdrucken?

Nachdem ihr den ganzen Montag, den ganzen Dienstag und den halben Mittwoch zusammen verbracht habt (du hast bei der Arbeit angerufen, um dich krankzumelden, und Paul meinte, er habe keine Termine), hört ihr ganze zwei Tage nichts voneinander und du willst dich schon damit abfinden, dass es das wohl gewesen ist, eine schöne Begegnung, ein buchstäblich verficktes verlängertes Wochenende, mehr nicht. Und besser so. Wiederherstellen ließe sich der Zauber dieser ersten Begegnung ohnehin nicht. Bestimmt legt ihr es beide unbewusst auf ein flüchtiges Abenteuer an, eine kurze und dafür umso leidenschaftlichere Begegnung, an die man sich später leicht wehmütig, aber mit einem wohlig warmen Gefühl erinnert. Oder weshalb sonst gebt ihr beide kaum etwas von euch preis? Klar, ihr seid hauptsächlich mit euren Körpern beschäftigt, und zwischendurch döst oder schlaft ihr – aber trotzdem.

Du tastest nach dem Lichtschalter und nimmst dir vor, Paul für den Rest des Tages aus deinen Gedanken zu verbannen, nimmst dir vor, jedes Mal, wenn du dich dabei erwischst, wie du trotzdem an ihn denkst, innerlich »Stopp!« zu rufen und an etwas Schönes zu denken, am besten immer an dasselbe, was die Übung, den Skill, wie du in der Klinik zu sagen gelernt hast, leichter macht. Vielleicht daran, wie du im Sommer auf dem Floß liegst in der Seebadi. Oder besser an Athen, was weiter weg liegt. Aber das ist zu vage. Vielleicht der Ausblick von deinem Balkon auf den Lykabettus, den städtischen Hausberg, im Abendlicht.

Deine Maklerin pries die Aussicht während der Besichtigung an, aber du warst zu aufgeregt, um ihn wirklich zu beachten. Erst bei deinem nächsten Besuch, als du Pavlos nach einem Mittagsdate im Apartmenthotel im selben Quartier, wo du dich für ein paar Wochen eingenistet hast, um die ersten Bauarbeiten zu begleiten, stolz deine neue, wenn auch unbewohnbare Wohnung präsentiert hast – erst da, wie du Pavlos von hinten umschlungen hieltest auf deinem (ja, deinem!) Balkon, würdigst du die majestätische Schönheit des Hügels.

»*Athina placed the hill there to create a shield for the Acropolis*«, erklärte Pavlos. »*At least according to the myth.*«
»*Athina built the Acropolis?*«
»*Yes, with limestone from the Pallene peninsula. And then she dropped this great big piece. Isn't it beautiful how it shines?*«

Aber an Pavlos willst du nicht denken. Also doch der See.
Du findest den Lichtschalter und in dem Moment –
Pavlos … Paul …
Dass dir das nicht früher aufgefallen ist!

Nicht nur haben sie denselben Namen – sehen sie sich nicht auch ähnlich?

Du liegst auf dem Floß im See.

Sieht Paul nicht aus wie Pavlos' älterer, stämmigerer Bruder?

Die Sonne brennt auf dich runter.

Die helle Haut, das dunkle Haar und die grünen Augen.

Du hörst nichts als das sanft tönende Schlagen der Wellen gegen das Floß.

Zurück an deinem Platz, vibriert dein Handy auf der Tischplatte. Du spürst, es ist Paul. Wahrscheinlich mit dem Geständnis, dass er, wie Pavlos, bisexuell ist und eine Freundin hat. Es tue ihm leid. Und wie geil es gewesen sei. Aber man könne sich leider nicht mehr sehen. Du sollest ihm bitte nicht böse sein.

Ein Kursschiff trompetet aus weiter Ferne. Du liegst auf dem Bauch, die Arme und Beine ausgestreckt wie ein Seestern. Deine warme, sommergeschundene Haut riecht nach Sonnencreme. Du fühlst dich schläfrig.

Aber du fühlst dich überhaupt nicht schläfrig. Du fühlst dich wie unter Strom. Und hin- und hergerissen zwischen dem Impuls, die Nachricht, die bestimmt gar nicht von Paul ist, zu öffnen, und jenem, dein Handy in einer Schublade zu verstauen und dich durch deine Inbox zu ackern und all die Mails zu beantworten, die liegen geblieben sind während deiner vorgetäuschten Krankheit. Wegen Paul.

sorry, dass ich mich nicht gemeldet habe. ich musste ein wenig verdauen.

Verstohlen schaust du im Büro umher, aber alle sind konzentriert bei der Arbeit und bemerken dein Lächeln nicht. Du legst dein Telefon auf den Tisch zurück, nur um es gleich wieder in die Hand zu nehmen – *kein problem, mir ging es ähnlich* – und nicht mehr abzulegen.

Stunden scheinen zu vergehen, bis die nächste Nachricht kommt: *von wegen verdauen, magst du heute was essen gehen?*

Du zögerst. Anstatt sofort aufzuspringen, solltest du wohl das Dating-Spiel spielen, dich zieren, ein wenig rarmachen, sagen, du habest schon etwas vor, schließlich ist Freitag.

Ach was!

Du schlägst die Pizzeria bei dir ums Eck vor, die auch bei Paul ums Eck liegt.

* * *

»Aufstehen«, sagt Yuri.

»Hopp!«, sagt Yuri.

»Hey, Hase«, sagt Yuri.

»Hoppelhase, du musst aufstehen«, sagt Yuri schon seit Tagen.

Und heute sagt Yuri: »Heute ist dein großer Tag.«

Yuri kniet auf dem Matratzenrand, beugt sich über dich.

Hättest du die Kraft, du würdest ihn wegstoßen.

Hättest du die Kraft, du würdest dich gegen die Wand drehen.

Yuri fährt dir durchs Haar.

Yuri küsst deinen Nacken, leckt dein Ohr.

Yuri zieht die Bettdecke weg, kitzelt dich.

Schon seit Tagen stupst und schlabbert, motzt und labert

dich Yuri an und voll, bis es einfacher ist aufzustehen, als liegen zu bleiben, es einfacher ist, in die Küche zu schlurfen, dir einen Kaffee machen zu lassen, eine Zigarette gedreht zu bekommen und dich auf Yuris Knie zu setzen, weil alle Stühle verschwunden sind und du nicht stehen kannst, viel zu schwer bist du, ein Sack bist du, Kartoffelsack, kannst dich kaum aufrecht halten, auch nicht angelehnt an die Arbeitsfläche oder den Tischrand, wie das die anderen tun, weil mal wieder –

»Wo kommen bloß die Stühle immer hin? Es wissen doch alle, dass die Stühle aus der Küche in die Küche gehören und nicht auf die Dachterrasse oder als Kleiderständer in die Schlafzimmer.«

Yuri redet und redet für euch beide, sagt »wir, wir, wir«, wenn er dich und sich selbst meint, als gäbe es dich als eigenständige Person nicht mehr. Als hätte er dich geschluckt, wie du jetzt schlucken musst, deinen Kaffee runterschlucken und an der Zigarette ziehen und warten, bis Yuri weg ist, endlich weg ist, auf dem Weg in die Kneipe, wo er gerade als Aushilfskellner jobbt, damit du dich zurückschleppen kannst in euer Zimmer, in euer Bett (da ist es wieder, dieses »Wir« – jetzt benutzt du es selbst schon), in einen Knäuel, ganz eng, du willst dich einrollen und dein Herz ersticken.

»Erklär es mir«, bittet Yuri seit Wochen. »Bin ich es?«

Und du kannst kaum den Kopf schütteln und schon gar nicht den Mund aufmachen. Denn auch wenn es immer wieder Yuri ist, der dich so sehr bedrängt, dass du dich vor ihm ekelst, ist es nicht Yuri.

»Ist es die Ausstellung?«, fragt Yuri seit einigen Tagen.

Und auch wenn es die Ausstellung ist, der Haufen Scheiße, der im Keller steht und den sie so sehr wollen, den Vera
und Céleste so sehr wollen, dass du dich genötigt fühlst, ist
es nicht die Ausstellung oder die Kunst.

Du weißt, was es ist, nur sagen kannst du nichts.

* * *

»Es ist das Wetter«, sagt dein Vater.

»Der Winter, es geht vorbei«, sagt deine Mutter.

»Es ist der Schulstress.«

»Die Hormone. Du bist in der Pubertät.«

»Ja, der Leistungsdruck«, sagen deine Lehrerinnen und
Lehrer am Elternabend.

Es sei eine Depression, sagt die Psychiaterin vom schul-
ärztlichen Dienst und verschreibt dir Pillen, die dein Ge-
hirn in Watte betten, dich dumpf machen und dann immer
schneller immer gesünder.

Man fällt in ein Loch oder die Decke einem auf den Kopf,
sagt der Volksmund.

Aber es ist ein Hund, ein schwarzer. Er lief dir schon in
der Kindheit zu. Wenn er kommt, ist es Zeit, dich ins Bett
zu legen und zu warten, denn er lässt sich nicht aufscheu-
chen, wegjagen, verbannen. Du nimmst an, der Hund hat
mehrere Meister, da er genauso plötzlich verschwindet, wie
er auftaucht. Aber wenn er kommt, bleibt er meistens lange.
Das Einzige, was du an ihm magst – dass du ihn kennst.
Und vielleicht, wie sein Fell riecht an besseren Tagen.

* * *

Bei Dr. Hammer lernst du gleich zu Beginn eurer Beziehung das Konzept der Inneren Helfer kennen.

Jetzt, im Büro, rufst du Simsang an, einen buddhistischen Mönch, den du dir jeweils zur Seite stellst, wenn es gilt, Ruhe zu bewahren und konzentriert eine Sache um die andere anzugehen. Stoisch, mit einer tibetanischen Mönchsrobe bekleidet, einen Arm angewinkelt, den seitlich nach vorne fallenden, weinroten Stoff raffend, steht Simsang hinter dir und erinnert dich daran, auf deine Atmung zu achten, während du Mail um Mail beantwortest oder, entweder als gelesen oder mit einem Fähnchen markiert, in den passenden Ordner ablegst, bis du um 16:16 Uhr fertig bist.

16:16.

Bitte nicht.

»Es ist nur eine Zahl«, sagt Simsang.

Du willst ihm glauben, aber die Erfahrung lehrt dich, dass die Zahlen immer ein Zeichen sind, ein schlechtes. Du könntest darauf wetten, dass dir, egal welche Vermeidungsstrategien du anwendest, egal ob du dein Handy in die Schublade verbannst, in die du es bereits vorher verstauen wolltest, egal ob du zu Hause dein iPad ignorierst (eine Armbanduhr trägst du seit Jahren nicht mehr) – dass dir um 17:17 Uhr von irgendwoher die Zahl entgegenleuchtet. Von der Anzeige in der Tram. Von einer Schaufensterauslage. Oder von einer dieser Leuchttafeln mit wechselnder Temperatur-, Datums- und Zeitangabe, die oft vor Apotheken hängen. Von deinem Backofen.

Und dann um 18:18.

Und um 19:19.

Bis um 20:02, spätestens aber um 20:20, dein Date, erst

gerade begonnen, längst ruiniert ist und die Zahlen laut pochen in deinem Hirn, weil du wahnsinnig bist, schon immer, und nie wieder gesund wirst – nie wieder.

»Machen Sie einen Realitäts-Check«, hörst du Dr. Hammer sagen.

»Hauen Sie ab!«, antwortet deine innere Stimme.

Kaum sprichst du den Befehl aus (zum Glück nicht laut, was dir manchmal passiert), wird dir die Komik bewusst: Sogar im imaginierten Zwiegespräch siezt du deine Irrenärztin.

Wie lächerlich das alles ist, denkst du und fährst deinen Computer herunter. Und wie du gescheitert bist in deinem letzten Leben. Nicht hier und da mal im Kleinen, sondern immer wieder groß und größer. Ständig kommst du darauf zurück, jetzt, da so etwas wie eine Zukunft greifbar scheint.

In einem Interview nach *Giovanni's Room,* deiner Installation, die so unerwartet so erfolgreich wurde, und kurz bevor du dein Studium abgebrochen hast, vergleichst du das Kunstschaffen ab einem gewissen Niveau, will man überregional erfolgreich sein, mit Spitzensport. Talent und Handwerk allein genügten nicht. Man brauche zusätzlich Disziplin und Ausdauer und sehr viel Hilfe in Form von Mentorinnen, Trainern und Managerinnen, nur hießen Letztere in der Kunstwelt Kuratorinnen, Kritiker und Galeristinnen. Auch was das Administrative und Rechtliche angehe, benötige man Unterstützung, insbesondere, wenn die eigene Arbeit beginne, internationale Aufmerksamkeit auf sich zu ziehen. Und zu guter Letzt brauche man eine Portion Glück.

Deine Mitstudierenden machen sich fortan lustig über dich – zu Recht, findest du heute: Wie hochnäsig du warst! –, indem sie die Arme waagrecht nach vorne strecken und eine Kniebeuge andeuten oder einen Bizeps spielen lassen, wenn sie dir begegnen.

Purer Neid, sagst du dir jeweils.

Du findest das Umfeld an der Hochschule erschreckend kompetitiv, Co-Kreationen entstehen kaum welche, und das teurere Equipment ist hart umkämpft, was du während des Interviews ebenfalls anmerkst, jedoch der begrenzten Zeichenzahl zum Opfer fällt.

Der Vergleich ist vielleicht nicht der beste, das erkennst du schon damals, aber du willst letztendlich lediglich dem romantischen Bild des (meist männlichen) Künstlers entgegenwirken, der morgens ausschläft und frei in den Tag hineinlebt, bis die Muse ihn küsst, die Inspiration wie ein Blitz einschlägt, der Schaffensdrang ihn übermannt und er, gleichzeitig leichtfüßig und hyperkonzentriert, ja gänzlich eingenommen vom Prozess und alles vergessend um sich herum, das perfekte Werk erschafft, das zwar für sich steht, aber auch die Verkörperung ist eines vom Himmel verliehenen Talents, ja Genies.

Wie lächerlich das alles schon immer war, denkst du und vergewisserst dich, dass die Schubladen deines Pults abgeschlossen sind.

Bereits deine Anfänge.

Dass der Computer auch wirklich aus ist.

Lange bevor du bekannt wurdest.

Dass keine Lichter mehr brennen.

Angefangen mit deinem Künstlernamen.

Wie lächerlich.

* * *

Es ist die angesagteste Vernissage der Saison. Vera hat einen perfekten Riecher für den richtigen Ort zur richtigen Zeit: Kurz nachdem sie deine Mitbewohnerinnen und Mitbewohner endlich davon überzeugt hat, ihre Herbsteröffnung bei euch in der Psetzi zu machen, betitelt die auflagenstärkste Tageszeitung der Stadt einen Artikel über die *jungen, modernen Squats,* wie es im Anriss heißt, mit *Renaissance der Besetzungen.* Und vor der Ausstellungseröffnung zieht die Wochenendbeilage der zweitgrößten Zeitung nach und bringt eine ganze halbe Seite über den Anlass. Auf dem großen querformatigen Bild stehst du klein und verloren inmitten deiner riesigen Tontafeln.

Du hast dich für die Fotografin aus dem Bett geschleppt und dir mit Célestes Hilfe die Augenringe weggeschminkt. Den schwarzen Hund, der neben dir sitzt, siehst nur du.

Etwas von wegen *postmoderner Auferstehung* und *Anarcho-Pop* steht in der Bildlegende, während du im Artikel selbst als *hoffnungsvoller Zeitgeist-Surfer in der neuen digitalen Welt* bezeichnet wirst, dessen *kluges, mehrschichtiges Werk den Niedergang des Analogen und des damit verbundenen Werte-Kanons einfängt.*

Wenn die Damen und Herren der Kritik wüssten, dass du beim heimlichen Suchen nach pornografischen Bildern auf dem einzigen internetfähigen Computer in der Bibliothek der Kunsthochschule auf den Chatroom gestoßen bist, aus dem die expliziten Nachrichten auf den Tafeln stammen, was würden sie dann schreiben?

Wenn sie wüssten, dass du dir vorgekommen bist wie damals beim ersten Besuch im Bahnhofsklo mit Demir und der Schwulen-Chat zur Erweiterung deiner realen Cruising-Plätze geworden ist.

Wenn sie von der Scham wüssten – jener, die daher rührt, dass Yuri weder von der einen noch der anderen Aktivität etwas ahnt, sowie jener viel tieferen, intimeren Scham, die dich dazu verleitet hat, deinen Namen durchzustreichen auf dem Entwurf der Einladung und deinen Spitznamen darunterzuschreiben.

~~Andreas Durrer~~

DÜRRST

Nur ein Wort. Wie Madonna oder Prince. Oder Banksy.

Und vor allem, wenn sie wüssten, dass dein Kunstwerk nur existiert, weil dir unter Abgabedruck für eine Schularbeit nichts Besseres in den Sinn kam, als die Messages, die du mit einem gewissen *BigDaddy69* ausgetauscht hast, in Steinplatten zu meißeln, wofür dir aber nicht nur die Zeit, sondern auch die Ressourcen fehlten, also hast du grabsteinartige Gebilde aus einem speziellen Ton geformt, der nicht gebrannt werden muss, und die Schweinereien hineingeritzt, bevor du alles hast trocknen lassen – was aber ewig dauerte: Den Abgabetermin der Schule hast du nicht geschafft, und erst wenige Tage vor der Ausstellungseröffnung sind die Tafeln trocken genug, um sie abzuschmirgeln und zu lackieren.

Wenn die Damen und Herren der Kritik wüssten, dass dein einziges Bild, deine einzige Referenz Moses war mit seinen Gesetzestafeln aus deiner illustrierten Kinderbibel und dass du dir sonst überhaupt rein gar nichts überlegt hast, rein gar nichts.

Wenn sie wüssten.

Es ist die angesagteste Vernissage der Saison, aber hier kannst du nicht bleiben.

Leute, die du nicht kennst, stehen mit Plastik-Prosecco-Gläsern und Bierflaschen in eurem Schlafzimmer, das sich, wie alle Räume in der Psetzi, nicht abschließen lässt. Sie sitzen auf eurem Bett, auf dem Fenstersims, auf deinem Pult. Sie labern und lachen und drücken ihre Kippen in Yuris Kaffeetasse von heute und gestern und vorgestern Morgen aus.

Nein, du kannst unmöglich hierbleiben, nicht in eurem Zimmer und auch nicht auf der Dachterrasse, wo ihr diesmal eine richtige Bar aufgebaut habt, mit richtigen Kühlschränken, geliefert von einer Getränkefirma, anstatt selbst herbeigeschleppt, und schon gar nicht im Keller, wo deine beschissenen Tafeln stehen, von denen Vera so begeistert ist. Archaisch und anachronistisch seien sie und gerade deswegen auf der Höhe der Zeit, höchst zeitgenössisch – zwei große Worte mit A, ein Gegensatz, und fertig ist das Kunstgeschwurbel. Falls alles bachab geht, könnte deine Galeristin glatt Kulturjournalistin werden, denkst du.

Von der Psetzi sind nur Céleste und du vertreten. Die anderen Exponate stammen laut Untertitel von *The City's Most Promising Newcomers*. (Immer muss alles englisch sein!) Keine Ahnung, wo Vera, deren Programm hauptsächlich aus arrivierteren Künstlerinnen und Künstlern besteht, die ausgegraben hat. An der Hochschule nicht, sonst würdest du sie kennen. Überhaupt zeichnen sich deine Mitstudierenden, abgesehen von den Lovely Lesbians, durch ihre Abwesenheit aus, was dich mehr trifft, als du zugeben würdest.

Ebenfalls aus Neid sind vier oder fünf Bewohnerinnen und Bewohner des Hauses vehement gegen die Ausstellung unter Veras Namen gewesen, eine drohte sogar auszuziehen, solltet ihr euch derart verkaufen. Als jemand einwarf, dass ihr eure Ideale ohnehin schon aufgegeben hättet mit der Langzeitmiete, die ihr gerade mit der Stadt aushandelt, stürmte sie aus dem Ess-Saal.

»Keine Sorge, ich winde die alle um meinen Winzefinger«, versicherte Vera, aber Céleste hatte Jules längst bezirzt, und was Jules entschied, wurde gemacht. (So viel zu den kollektiv organisierten Lebensformen, über die sich die Zeitung ausließ.)

Ihr habt euch darauf geeinigt, dass die Getränkeeinnahmen an die Psetzi gehen und Vera, wenn schon keine Miete, wenigstens die professionelle Reinigung des ganzen Hauses bezahlt, inklusive aller Schlafzimmer, Bäder und der Gemeinschaftsküche.

Du stellst dir vor, wie morgen eine uniformierte Putztruppe kopfschüttelnd durch die Partytrümmer fegt, verkaterte Besetzerinnen und Besetzer in verschiedenen Kombinationen und verschiedenen Nacktheitsgraden aufscheuchend.

Dummerweise liegt das leere Zigarettenpäckchen mit dem MDMA und Speed für die Bowle in der mittleren Schublade deines Schreibtisches, und eigentlich willst du dich umziehen, denn unter deiner Jeans trägst du noch die Badehose vom Mittagsschwumm, auf dem Jules mit seinem charmanten französischen Akzent bestand – »Vernissage hin oder her!« Womit er meinte: »Depression hin oder her.«

Nach den ersten Wochen, während derer er deine Anwesenheit kaum würdigt, wohl, weil er denkt, dass das Milchgesicht aus reichem Haus nach den ersten paar Duschen im Gemeinschaftsbad wieder verschwinden wird, freundet ihr euch an, da du Jules in seinem Vorhaben unterstützt, im Innenhof Gemüse anzubauen. Du zeichnest die Pläne für die Hochbeete, recherchierst das richtige Holz und hilfst mit, wo du kannst, ohne die Regie an dich zu reißen. Am zweiten Abend offeriert dir Jules ein Bier und dreht dir ungefragt eine Zigarette, was so viel wie »Ich mag dich« heißt auf Heterosexuell, nimmst du an.

Wie rührend sich alle um dich kümmern in der Psetzi. Und wie du das alles gar nicht verdienst. Wie du Yuri nicht verdienst.

»Sorry«, sagst du, »darf ich?«

Der vielleicht fünfzigjährige Mann, der auf deinem Pult sitzt und von dem Céleste zu Beginn des Abends behauptete, er sei ein wichtiger Kritiker, hebt die Beine. Als er sieht, was du hervorholst, fragt er in breitem Österreichisch, ob er auch eine Tschik bekomme.

Du verlässt wortlos das Zimmer.

»Wow, freundlich!«, ruft er dir nach.

Auf dem Flur schiebt eine junge Frau, die trotz der Spätsommerwärme einen übergroßen schwarzen Filzmantel trägt, einen Typen mit Latzhose und Strohhut auf einem Bürostuhl den Flur runter. Der Stuhl dreht sich, der Typ jauchzt mehrmals auf und knallt dann in die Wand beim Lift, gerade als dieser aufgeht und –

Scheiße, ist das Frank?

Und wo bleibt dein Freund?

Es ist tatsächlich Frank, den du seit beinahe zwei Jahren nicht mehr –

Du drehst dich um und eilst zur Feuertreppe.

Die letzten Wochen, die letzten Monate klebt Yuri entweder an dir wie eine Klette oder ist nirgends zu finden, wenn du ihn brauchst.

Auf der Treppe klaubst du die beiden Tütchen mit den Drogen aus dem Zigarettenpäckchen, von dem du die Schutzfolie ziehst. Danach fischst du eines der größeren MDMA-Steinchen aus dem einen Tütchen, bröselst es vorsichtig in die Folie und zwirbelst diese fest zu. Vom Speed lässt du die Finger.

Du spürst, wie sich deine Haut zusammenzieht und sich dein ganzes Sein in konditionierter Vorfreude auf die Substanz bereits leichter anfühlt.

Yuri ist weder im Gemeinschaftsraum noch im Ess-Saal, noch in der Küche, und in die Halle im Souterrain, zurück in die Ausstellung willst du nicht, also drückst du das Zigarettenpäckchen Céleste in die Hand, die in dem riesigen Industriekühlschrank, den ihr euch Anfang Sommer geleistet habt, alle Esswaren und Getränke umzuschichten scheint.

»Ich glaub's nicht!«, sagt sie, als sie dich bemerkt. »Jetzt hat die schon wieder jemand weggefressen.«

»Deine Pflanzenjoghurts?«

»Sie sind auf Cashew-Basis.«

»Das sind auch Pflanzen.«

»Was fickst du mich an?«

»Kannst du das Yuri geben? Ist wichtig.«

»Wichtige Zigaretten?«

»Bums für die Bowle.«

»Kannst du's ihm nicht selber geben? Ich bin hier nicht der Drogenkurier.«

Du schnappst dir eine Flasche Fritz-Kola.

»Ich muss kurz weg.«

»Mit Vera? Die sucht dich schon seit ewig.«

»Genau.«

Im Hinterhof, wo die Abfallcontainer stehen und die Hochbeete, holst du das MDMA hervor, befeuchtest deinen Zeigefinger und dippst ihn in das Pulver, spülst den bitteren Geschmack mit Cola weg, dippst nochmals, spülst nochmals. Dann installierst du dich in der Hängematte, die zwischen dem stattlichen Weidestrauch und dem Veloständer gespannt ist, und wartest auf die wohlige Wärme, die ekstatische Freude, die bald, bald deinen Körper fluten wird.

All deine Velos heißen »Silberpfeil«, weil dein erstes silbrig war. Wird dein Velo geklaut, oder vergisst du, wo du es angekettet hast, und findest du es auch nach einigen Wochen Suche nicht, kaufst du dir ein neues an der Velobörse am Helvetiaplatz. Das aktuelle ist ein türkis-schwarzes Rennrad. Du sprichst mit deinem Silberpfeil, sagst »*Giddy-up!*« und nennst es zärtlich »*Old Boy*«. Warum deine Velos nur Englisch verstehen, hast du dir nie überlegt, bis Yuri dich einmal darauf hingewiesen hat, als du ihn eines Nachts betrunken auf dem Gepäckträger nach Hause kutschiert hast.

»Es ist ein Pferd«, hast du gesagt. »Ein amerikanisches. Ein Western-Pferd. Gibt es das?«

»Jetzt schon«, antwortete Yuri und lachte und bohrte seine Nase dir in den Nacken, küsste dich auf den Haaransatz.

Manchmal beschleicht dich eine Angst, wenn du Yuri beim Schlafen beobachtest oder wie er in der Küche eines seiner elaborierten Menüs kocht, jeder Handgriff so effizient, jeder Weg so kurz wie möglich – eine Angst, dass dein Freund zu viel über dich weiß, mehr über dich weiß als jeder andere Mensch. Weshalb dir das Angst macht, kannst du nicht sagen. Vielleicht, weil du deine ganze Kindheit über das Gefühl hattest, du müssest dich verstecken, dürfest dich unter keinen Umständen je offenbaren. Und jetzt Yuri. Aber manchmal kommt es dir vor wie das schönste Gefühl auf Erden.

»*A horse is a horse is a horse*«, sagst du und schwingst dich lachend auf deinen Silberpfeil: Hat dich nicht gerade das Englische überall genervt?

Du bist erstaunt, dass du keinen Funken eines schlechten Gewissens verspürst, obwohl du sie alle schon hörst, Yuri und Vera und Céleste und Jules, ob es noch gehe, einfach so abzuhauen an deiner allerersten Ausstellung?

»Gruppenausstellung«, hörst du dich korrigieren.

Im Kreis 4 angekommen, beginnen deine Pobacken wieder zu jucken von der Badehose, wie bereits am Nachmittag nach dem Schwimmen. Und jetzt die Reibung des Sattels. Du wirst winzige Pickel bekommen.

* * *

Nach der Arbeit trinkst du zu Hause einen Kaffee, damit du kurz nach dem Eindösen wieder aufwachst, und legst dich aufs Sofa, wo du dich nach Exarchia versetzt und die Liste durchgehst mit den Dingen, die du bei deinem nächsten Besuch erledigen willst.

Das Balkongeländer mit Antirostmittel behandeln und neu streichen.

Die Türen des Einbauschranks nachlackieren.

Den Stauraum über dem Badezimmer, wo sich der Wasserboiler befindet, entrümpeln (*apothiki* auf Griechisch, nicht verwandt mit »Apotheke« – *farmakeio*).

Einen Vintage-Wecker kaufen für den neuen petrolfarbenen Metallnachttisch, den du bei *Retronion* gefunden hast.

Eine bessere Boombox.

Danach bleibt dir nur wenig Zeit, um dich fertig zu machen. Du rasierst dich, duschst, ziehst frische Unterwäsche an und entscheidest dich, dieselben Kleider zu tragen, die du tagsüber anhattest (deine uralte dunkelblaue Jeans, das schwarze Hemd unter einem hellgrauen Hoodie mit Reißverschluss, die silberne Casio-Armbanduhr und deine hässlichen Winterstiefel anstatt der neuen weißen Turnschuhe), als könntest du damit dem bevorstehenden Treffen etwas an Bedeutung nehmen.

Bevor du die Wohnung verlässt, redest du dir vor dem Spiegel im Flur gut zu: Du bist ein ebenso hübscher Mann wie Paul, du bist intelligent, lustig und einfühlsam (wenn du willst), du hast einen ebenso spannenden Beruf wie er, auch wenn du an deiner Berufung gescheitert bist, und deine manisch-depressive Störung hat dich einiges gelehrt über das Menschsein, von dem manch anderer Enddreißiger keine Ahnung hat.

Ja, ja, belächelt dich dein innerer Spötter, sogar deine Bipolarität hat eine gute Seite, die »Krankheit der Kreativen«, van Gogh und Picasso wird sie nachgesagt, Woolf und Plath, Mel Gibson und Mariah Carey.

There's a hero if you look inside your heart. You don't have to be afraid of what you are.

Du musst schleunigst raus hier!

In der Pizzeria angekommen, freust du dich, dass die Kellnerin dich erkennt und fragt, wie es dir gehe, du habest dich eine Weile nicht mehr blicken lassen, und du freust dich, als dir ein Bekannter aus dem Quartier, der mit seinem kleinen Sohn da ist, kurz zuwinkt, nachdem du Paul begrüßt und dich gesetzt hast.

»Du weißt, was du nimmst?«, fragt Paul, weil du keine Anstalten machst, das Menü zu studieren.

»Immer die Diabolo.«

»Möchtet ihr einen Apéro?«, fragt die Kellnerin.

Als junger Erwachsener wolltest du dich als spontaner und chaotischer Mensch sehen, und es hat lange gedauert, bis du dir eingestehen konntest, dass du nur in der Routine aufblühst, dass du Alltagsrituale brauchst. Durch deine Beschäftigung mit fiktiven Orten, die du möglichst realitätsecht zum Leben zu erwecken versucht hast, mit dem Zimmer aus Baldwins Buch und dem orientalischen Basar, den du wenig später in einem schottischen Museum aufgebaut hast, wurde dir bewusst, dass das Konzept eines Zuhauses, von Heimat und Geborgenheit, für dich gerade nichts mit Örtlichkeiten zu tun hat, sondern mit Abläufen und mit den zwar unausgesprochenen, aber doch gesellschaftlich vereinbarten Formen des Zusammenseins. (Die Kellnerin zum Beispiel erkennt dich, wie sie dich jedes Mal erkennt, und sie plaudert ein wenig mit dir, um dies zu signalisieren, aber es ist klar, dass nichts darüber hinaus entstehen wird zwischen euch.) Deshalb reist du am liebsten an die immer gleichen Orte, wo du dich, ohne groß zu überlegen, in die Geschehnisse, in den Alltag einreihen kannst.

Jener Moment bei Paul zu Hause, am Dienstag oder Mittwoch eurer ersten Woche, als du aufs Klo musst und dir Paul, nachdem du die Spülung betätigt hast, zuruft: »Bringst du uns ein Glas Wasser?«

Ohne zu antworten, gehst du in die Küche und öffnest dort intuitiv den richtigen Schrank, holst ein Glas heraus und füllst es mit Wasser. Vielleicht bildest du dir ein, dass Paul »uns« und »ein« sagt, aber es kommt dir nicht in den Sinn, zwei Gläser zu nehmen, und als du ins Schlafzimmer zurückkehrst, ist dir, als hättest du diese Tätigkeit, diesen Gang schon hundertmal vorgenommen – als wärt ihr, als wäre dieses möglicherweise gar nicht ausgesprochene »uns«, längst etabliert.

Aber kaum nimmst du dieses Gefühl der Sicherheit wahr, wendet es sich auch schon in sein Gegenteil: Angst, dass du dir lediglich etwas vormachst, dass Pauls nächste Worte offenbaren werden, warum es ihn und dich nie als »uns«, als »wir« geben kann.

* * *

Auf der Straße vor dem *Freitag* gibt es kein Durchkommen. Hunderte Schwule führen ihre Garderoben aus, stehen ihre neuen Sneakers in den Asphalt, kreischen und klatschen sich kollektiv überexaltiert ab, denn wer weiß, wie viele solche Abende es noch geben wird, an denen es warm genug ist, um draußen zu sein?

Lange tust du so, als suchtest du in den diversen Taschen deiner Jeans nach deinem Veloschlüssel, um ungestört dem Klangteppich zu lauschen und die Szene zu beobachten.

Als du den Schlüssel hervorziehst, nickt dir der große bärige Bündner zu, der dich üblicherweise keines Blickes würdigt. Warum also heute?

Du hebst die Hand wie zum Gruß und streichst dir durchs Haar. Der Bündner grinst, deutet mit dem Kopf Richtung Eingang und dreht sich um. Einundzwanzig, zählst du, zweiundzwanzig, und gehst ebenfalls los.

Bei der Tür zur Bar angekommen, bist du dir plötzlich nicht mehr sicher, ob du dein Velo abgeschlossen hast. Aber es klaut schon niemand deinen Silberpfeil hier draußen vor den vielen Leuten.

Mit leicht gesenktem Kopf, ohne nach links oder rechts zu schauen, denn du willst niemanden grüßen müssen, folgst du deiner Beute ins Lokal – oder bist du die Beute?

Anstatt geradeaus zu gehen in Richtung Bar, biegt der Bündner rechts ab ins Klo. Du ziehst die Kabinentür hinter dir zu, wobei dein Rücken gegen seine breite Brust, seinen Bierbauch stößt. Bereits da könntest du dich fallen lassen in diesen Mann hinein, in irgendeinen Mann, irgendwelche Arme.

Erst jetzt, da die Geräusche der Straße, der Hunderten von Schwulen, erpicht auf einen letzten Sommerspaß, nur gedämpft zu euch vordringen, merkst du, wie müde, wie endlos müde du bist und wie uralt du dich fühlst, deine achtzehn Jahre mindestens verdreifacht im Verlauf eines einzigen nervigen Tages, an dem alle etwas von dir wollen, dein Freund, deine Galeristin, die Ausstellungsgäste, und trotz des MDMAS, das du genommen hast – spürst du überhaupt etwas davon?

Wortlos wird das Koks präpariert auf dem Deckel des Spülkastens, und wortlos werden die vier Linien die beiden Nasen hochgezogen.

Es ist eng in der Kabine, wobei nicht ganz klar ist, was lediglich Enge und was bereits Gefummel ist.

Mit einer Hand löst du den obersten Knopf deiner Jeans, mit der anderen führst du die Hand des Bündners unter den Stoff.

»Ich habe meine Badehose noch an«, sagst du, »gehen wir schwimmen?«

»Aber ohne die Hose«, sagt der Bündner und legt zwei weitere Linien.

»Yihaa!«, schreist du, als ihr die Stockerstrasse hinunterfliegt Richtung See, denn plötzlich seid ihr wieder draußen und auf euren Velos. Wie ihr das schafft, ohne mit jemandem reden zu müssen, weißt du nicht.

»Yihaa!«, jauchzt der Bündner hinter dir.

Blitzschnell entledigt ihr euch eurer Kleider und springt ins Wasser.

Du bist schneller auf dem Floß, dem Frauenfloß, wie der Bündner bemerkt, und legst dich auf den Bauch, damit er nicht sieht, wie schrumpelig dein Penis ist von den Drogen, und denkst kurz an die Pickel, die deinen Arsch übersäen, aber sie werden nicht zu sehen sein, hier im Dunkeln, oder?

Und dann spürst du nur noch das Gewicht des großen bärigen Bündners mit dem sexy Bauch auf dir, dieses pure Gegenteil von deinem schlanken, drahtigen schönen Freund, und du willst nichts anderes als das, was gerade geschieht: aufgehen und verfließen über die Ränder des Floßes in den spiegelglatten, nachtschwarzen See.

In die Stille hinein – es ist eine Minute vergangen oder eine Stunde – fragt der Bündner, ob du *Giovannis Zimmer* kennst.

»Den Roman?«, erwiderst du, weil du dir nicht sicher bist, ob es auch einen Film gibt.

Der Bündner antwortet nicht.

»Ja«, sagst du, »war mein erstes schwules Buch.«

»Meins auch.«

»Aber weshalb –«

Der Bündner spielt mit deinem Schwanz, der sich vorher doch noch aufgebäumt und danach zu seiner Normalgröße zurückgefunden hat.

»Hab's neulich wieder gefunden. Schon krass …«, sagt er und streicht dir über den Sack, als sei er ein kleines Tier. Scrotum nocturnum.

»Ja«, antwortest du, obwohl du nicht weißt, was der Bündner genau meint.

Doch der ist schon ganz woanders.

»Jetzt wäre eine Zigarette geil.«

»Warte«, sagst du, »ich schau mal, ob ich welche hab.«

Es dauert lange, bis der Bündner den Witz begreift und lacht.

»Wollen wir zurück?«, fragt er.

»Noch nicht.«

Du stellst dir das Zimmer der Titelfigur genau gleich groß vor wie das Floß, auf dem ihr liegt, und dass darin auf ewig dieselbe Dunkelheit herrscht wie jetzt auf dem See, nur schwach beleuchtet von den Lichtern der Stadt.

»Er wird erhängt am Schluss, nicht wahr?«

»Wer?«

»Giovanni.«

»Er kommt unter die Guillotine.«

»Auch schön«, sagst du.

Du siehst das Zimmer vor dir, die alten, zerschlissenen Möbel, die Weinflaschen und vollen Aschenbecher überall. Du riechst den säuerlichen Geruch von alkoholgetränktem Männersex – den Geruch der Scham, der sich durch das ganze Buch zieht, erinnerst du dich richtig.

»Komm, gehen wir«, sagt der Bündner.

»Noch eine Minute.«

Du drehst dich auf den Rücken, schließt die Augen und siehst das Zimmer davonschwimmen auf dem See, und plötzlich siehst du den Flyer, den Veras Grafikerin gestalten wird, siehst deinen Namen darauf, und darunter siehst du den Titel und etwas kleiner den Untertitel – *Solo Show* – und es ist, als tauchtest du nach einem Traum auf in einem ganz neuen Leben, in dem alles möglich ist, in dem die Eiseskälte deiner Kindheit, in dem der schwarze Hund nicht existiert und die ganze Mühsal nicht, die Zankereien mit Yuri, das Rumgeficke, die Lügen und die Leere danach.

Yuri. Du solltest nach Hause zu Yuri, denkst du. Zu deiner Vernissage. Und dass *Giovanni's Room* immer ein Verrat an ihm sein wird, weil dir die Idee mit einem anderen Mann gekommen ist. Auch wenn du sie ihm widmen wirst: *For Yuri.*

* * *

»Ich glaube, wir wissen, was wir wollen«, sagt Paul.

Du möchtest aufstehen und das Lokal verlassen.

»Zweimal die Diabolo und für mich eine Cola Zero.«

Und das Quartier und die Stadt, aber hauptsächlich diese Situation, in der dieser Mann, dem du schon verfallen bist, jetzt auch noch eine Cola bestellt und keinen Alkohol.

»Ich habe nichts zu trinken da außer Wasser«, sagte Paul, als ihr thailändisch bestellt habt an eurem ersten Abend. »Kein Problem«, hast du geantwortet. Und das Thema kam nicht mehr zur Sprache.

Kann es sein, dass du träumst und dich in deinem Traum in dich selbst verliebst in einer anderen körperlichen Ausführung?

»Für dich ebenfalls eine Zero, oder?«, fragt die Kellnerin.

Du nickst. Zählst von zwanzig rückwärts. Überlegst

gleichzeitig, ob du etwas sagen sollst. Ob du jene Frage stellen sollst, vor deren Beantwortung dir selbst jeweils graut. Oder sollst du so tun, als sei nichts? Denn höchstwahrscheinlich ist gar nichts. Höchstwahrscheinlich hat Paul sein Leben im Griff und trinkt nur selten, aber mit Genuss und verantwortungsbewusst, Alkohol. Stelltest du die Frage, käme postwendend die Gegenfrage, und du wärst am selben Punkt wie immer: Wie viel von sich preisgeben? Andererseits: Wenn nicht jetzt, wann dann? Ohne dass es den Anschein macht, du wollest etwas verschleiern?

Du bist bei vier angekommen. Drei, zwei.

»Du trinkst nicht?«, fragst du und hoffst, deine Stimme möge ganz beiläufig, beinahe desinteressiert klingen.

»Schon lange. Du?«

»Auch nicht.«

Dann schweigt ihr lange, lasst aber den Blick nicht voneinander. Irgendwann legt Paul seine Hände mit den Handflächen nach oben auf den Tisch, und du gibst deine hinein, und so verharrt ihr, bis die Kellnerin eure Getränke bringt.

»Erzähl«, sagt Paul, als sie wieder weg ist. »Ich will alles wissen.«

* * *

Das neue Leben, das du hast aufblitzen sehen auf dem See, es wird wahr.

Du flitzt mit deinem Silberpfeil durch die Tage, flitzt von der Psetzi zu Veras Büro, um deinen Abgang während der Vernissage zu erklären, falls sie überhaupt noch mit dir redet, und von dort mit Süßigkeiten und Zigaretten und einem

Rubbellos zu Yuris Arbeit, um denselben Abgang wieder-gutzumachen, wochenlang musst du ihn wohl wiedergut-machen, und von dort flitzt du zur Schule, wo du aufgrund des Ausstellungserfolgs plötzlich ein paar neue Freunde hast, wie es scheint, oder du flitzt zu deinen eigenen Jobs am Pfauen oben, die du längst hättest aufgeben können mit dem gestohlenen Geld, dem Schmerzensgeld, aber jetzt weißt du, warum du es behalten hast, und als du durch die Stadt flitzt, gehst du das ganze Material durch, das du be-nötigst, ordnest Einkaufslisten nach Läden, erstellst ein Budget, unterteilt in Sach- und Personalkosten, getreu der Vorlage, die dir Vera mailt, inklusive Sozialabgaben und Versicherungen, gründest einen Verein, wie sie dir nahelegt, damit du nicht persönlich haftbar gemacht werden kannst, sollte etwas schiefgehen, vergibst die Posten (Präsidium, Kassieramt, Aktuariat) und hältst in deinem Kopf bereits die erste Mitgliederversammlung ab.

Das erwartete Donnerwetter bleibt aus, als du leicht verspä-tet und stark verschwitzt in Veras Büro stehst am Montag nach der Vernissage. Stattdessen sagt sie »gutes Manöver!« und redet von deinem »Abwesenheitsglanz«, als sei das Ganze geplant, gar ihre Idee gewesen, und dass sie eine in-teressierte Käuferin »an der Rute« habe für vier der acht Tontafeln, und sie würde dir raten, darauf einzusteigen, auch wenn ihr besprochen hättet, dass die Serie idealerweise zusammenbliebe, und sie habe sich überlegt, dass sie dir gerne eine Carte Blanche geben würde für die *Lokale* im Frühjahr, die diesmal in der ehemaligen Ziegelei stattfinde, weil die alte Location zu klein geworden sei, und du wissest hoffentlich, wie wichtig die *Lokale* sei, aber anstoßen müsstet ihr schon noch, bevor die Arbeit losgehe.

Nach der Vertragsunterzeichnung – du wirst jetzt offiziell vertreten durch die Galerien Vera van Graefschepe GmbH, obwohl du bislang nur von einer Galerie Kenntnis hast – bewirbst du dich bei der Stadt sowohl um ein Werkstipendium als auch für einen Atelierplatz, und während dir die Damen und Herren der Kommission das Stipendium ausschlagen, geben sie dir ausgerechnet im Sideli ein Atelier, der ehemaligen Seidenfabrik deiner Familie, heute im Besitz der Stadt und als Kulturzentrum genutzt.

Ausgerechnet!

Liebend gerne wärst du irgendwo in Altstetten oder in der Binz eingezogen, aber es muss natürlich die Fabrik am Fluss sein. Ist die Kommission so ahnungslos? Oder ist die Vergabe ganz bewusst geschehen? Eine Art Streich? Du siehst die Schlagzeile schon: *Industriellensohn erhält subventioniertes Atelier in Ex-Familienbesitz.*

Auch Yuri reagiert nicht so, wie du am Samstagmorgen früh befürchtet hast, als du im doppelten Sinne high nach Hause kommst und euer Bett leer vorfindest. Als er am Sonntag ebenfalls nicht auftaucht, fährst du gegen vierzehn Uhr zur Beiz, in der er arbeitet, um ihn abzufangen vor seiner Pause, worauf er dir, als du zum Reden ansetzt, den Zeigefinger auf den Mund drückt und »Sch!« macht und dich dann küsst und ganz ruhig beteuert, er wolle dir keine Szene machen, er sei es satt, immer jener zu sein, der sich beklage, er wolle einfach ein paar Dinge loswerden, ganz nüchtern, damit du wüsstest, wie es ihm gehe und wie er jene Person, die wochenlang morgens nicht aus dem Bett käme, die keine Lust habe auf nichts und sich ihm jeweils total entziehe, nicht zusammenbringe mit Duracell-Dürrst, dem alles so leichtfüßig gelinge, alles zuzufliegen schien, während er nicht vom Fleck käme und schon seit Jahren kellnere zum Mindestlohn in einer runtergerockten Spelunke, wo nicht mal ein nennenswertes Trinkgeld rausspringe, und wie er jedes Mal Angst habe, du würdest ihm entgleiten, würdest ihm ganz davonschweben auf einem deiner Höhenflüge, und was das für ein Scheißgefühl sei, denn eigentlich wolle er sich ja freuen für dich.

Und so kommt es, nach vielen solchen Gesprächen, wovon das in seiner Ehrlichkeit am schmerzlichsten jenes über eure sexuellen Eskapaden ist, dass Yuri und du wenige Wochen später gemeinsam durch die Stadt flitzt, um die Sachbearbeiterin der städtischen Atelierkommission für die Schlüsselübergabe zu deinem neuen Reich zu treffen.

Yuri ist inzwischen angestellt von deinem Verein als Produktionsleiter für *Giovanni's Room*, denn neben dem Schmerzensgeld, dessen Existenz du ihm endlich beichtest, bekommst du von Vera einen Vorschuss für die *Lokale* – die lediglich alle vier Jahre stattfindende wichtigste regionale Kunstmesse, die längst überregional, ja gar international ausstrahle, wie Yuri bei jeder möglichen und unmöglichen Gelegenheit prahlt. Seine Bemerkung, dass ihr mehr von der Kreditkarte deiner Mutter hättet profitieren können, wenn du sie für euren Alltag eingesetzt und nicht aus Trotz in einem Rutsch ausgenutzt hättest, verzeihst du ihm.

»Als du mich nach meiner schönsten Erinnerung gefragt hast«, sagst du, nachdem die Kellnerin die Getränke gebracht hat, »ist mir klar geworden, wie wenig ich weiß über meine Kindheit. Aber an meinen Großvater erinnere ich mich gut.«

»Mykonos. Die Wellen.«

»Er war mein Lieblingsmensch.«

»Aber?«

»Er war Alkoholiker. Wie ich.«

»Verstehe.«

»Vielleicht ist es wie mit den O-Beinen«, sagst du. »Das O-Bein-Gen überspringt auch eine Generation.«

Paul lacht. »Verarschst du mich?«

»Hat dein Vater O-Beine?«

»Nein.«

»Und deine Großväter?«

»Ich kannte nur einen. Und der hatte keine.«

»Dann bestimmt dein anderer Großvater.«

Paul lacht, schüttelt den Kopf. »Du lenkst ab.«

Also breitest du die paar Kindheitsszenen aus, die dir präsent sind, legst das wenige offen, was du über eure Familiengeschichte weißt, erzählst von Barbarella und merkst, wie grell du sie zeichnest, weil du Paul zum Lachen bringen möchtest, überhaupt, wie du ausschmückst und überspitzt oder untertreibst, je nach Effekt, den du erzielen willst.

Paul selbst, ein Einzelkind wie du, ist in Thalwil an der Pfnüselküste aufgewachsen – sprich: auf der falschen Seeseite – in einem Sechzigerjahre-Wohnblock, bis acht mit Sicht aufs Wasser und danach mit Blick auf eine neue Überbauung. Seine Mutter lebt heute noch dort, während sein Vater eine neue Familie hat im Zürcher Unterland. Paul besucht beide nur selten.

Du erzählst von deinen Teenagerjahren, die in deiner sehr gerafften Schilderung hauptsächlich aus Geburtstagen bestehen, an denen sich Dramatisches ereignet, und von Céleste und Jules und vor allem von Yuri – und davon, wie es zu deinem Namen gekommen ist, als ihr euch eines frühen Morgens in ein Taxi gequetscht habt und Céleste sagte: »Du kommst in die Mitte, du bist der Dürrste.« Vom schwarzen Hund erzählst du nur als Nebenfigur.

Paul merkt ziemlich spät, mit achtundzwanzig, dass er schwul ist, weil er sich verliebt in einen Typen, den ein Freund von ihm zum wöchentlichen Squash-Spiel mitbringt. Zwölf Jahre lang sind sie zusammen. Heute lebt er – »Wie passend!«, sagt Paul – nicht unweit von seinem Vater mit seinem neuen Partner in einem Einfamilienhaus hinter einem Zaun. Die Mutter seines Ex-Freunds schreibt ihm weiterhin jährlich eine Weihnachtskarte.

Und du erzählst von deinen beiden Einzelausstellungen, deinen zwei Erfolgen, und erinnerst dich im Erzählen, wie dein damaliges Leben ganz im Zeichen des Flugs zu stehen schien, wie du sogar eine Arbeit machen wolltest daraus, Fliegen als Metapher, also nimmst du das Motiv auf, führst deine künstlerischen Höhenflüge aus und deutest deine psychischen Sturzflüge an.

Paul stürzt sich derweilen mit seinem Freund ins Partyleben, sie organisieren selbst Anlässe, später eine regelmäßige Reihe, worauf sie zusammen jenen Klub übernehmen, den Paul mittlerweile allein führt. Sein Ex, der weiterhin

Mitinhaber ist, interessiert sich nur für die Kontoauszüge und Jahresabschlüsse und will nichts mehr zu tun haben mit der Szene.

Eure Geschichten werden punktiert von der Kellnerin, die eure Hauptspeisen bringt und mehr Cola Zero und die Panna cotte und Espressi. Die eure Teller abräumt und später eure Gläser, während die anderen Angestellten im Hintergrund bereits Stühle auf Tische stellen. Die demonstrativ das Putzlicht anmacht.

* * *

Zu Hause wird während deiner ganzen Kindheit kein Wort verloren über die Seidenfabrik. Auch dann nicht, wenn die Rechten mal wieder versuchen, dem Kulturzentrum, diesem »linken Nest«, wie sie es bezeichnen, den öffentlichen Geldhahn abzudrehen. Das Sideli und dein Großvater sind der blinde Fleck in deiner Familiengeschichte, deren offizielle Version lautet, dass die globale Wirtschaftskrise der 1930er-Jahre den langsamen Niedergang der Seidenindustrie in Zürich bedeutete und somit eures Wohlstands.

Als dein Großvater, alleiniger Vertreter der dritten Generation, seine Firma – oder besser, was davon übrig geblieben ist – Anfang der 1990er-Jahre liquidieren muss und kurz darauf stirbt, bist du zu klein, um zu verstehen, was vor sich geht.

In jener Zeit lernst du, welche Dielen knarren und welche Türen quietschen, denn du darfst niemandem zur Last fallen und keinen Streit entzünden. Ganze Tage verbringst du bei Barbarella in den beiden Zimmern hinter der Küche.

Es ist eure Haushälterin, die dir erzählt, dass dein Großvater sehr krank gewesen sei – alkoholkrank. Nur merkte das niemand, bis man nach seinem Tod überall angebrochene Whiskeyflaschen fand: in seinen Gummistiefeln im Gartenhäuschen, in seinem Orchideengewächshaus, das sogar du nur auf Einladung betreten durftest, in der Zisterne des Klos in seiner kleinen Wohnung im Dachstock, die ein paar Jahre darauf an dich überging.

Später erinnerst du dich an eine zerborstene Vase im Wintergarten, ein Höllenkrach, gefolgt vom Gebrüll deines Vaters, er könne nichts dafür, dass ihr geliebter Paps ihr ganzes Erbe versoffen habe. Sie solle sich glücklich schätzen, dass er wenigstens die Villa und die griechische Bruchbude habe retten können. Als sei das sein Verdienst, hörst du deine Mutter keifen, und nicht jener seines eigenen Vaters. Der habe ihn doch nur in seiner Anwaltskanzlei aufgenommen, weil er sonst nirgends untergekommen sei. Deine Mutter stürmt aus dem Wintergarten und an deinem Vater vorbei aus dem Haus. Du weißt, dass sie beim Abendessen fehlen wird und auch beim Frühstück am nächsten Morgen. Sie habe arbeiten müssen, wird dein Vater sagen, der ihren kleinen Laden nahe des Lindenhofs gewöhnlich als besseres Hobby bezeichnet und die handbedruckten Seidenfoulards, die sie dort verlicht (sein Wort), als Beweis dafür sieht, dass sie die Vergangenheit nicht loslassen kann.

Du hast einen Schlüssel zu dem Lokal, und nachdem du dich mit sechzehn selbst aus deinem Elternhaus schmeißt und in die Psetzi ziehst, verbringst du nach deinem ersten richtigen Streit mit Yuri eine Nacht dort, auf dem Sofa in der Hinterstube. Es ist ein Schlafsofa, stellt sich heraus, und im Stauraum des ausziehbaren Teils findest du ein Kopfkissen, eine Kaschmirdecke und ein riesiges Männerhemd mit dem Monogramm deines Opas, das nach dem Parfum deiner Mutter riecht.

Bei *Giovanni's Room* stellt dich neben den Lichtverhältnissen und dem Überbleibsel Tapete, das Baldwin beschreibt und das es zu malen gilt (eine Frau in einem Reifrock, Hand in Hand mit einem Mann inmitten eines Rosengartens), der Geruch des Zimmers vor die größte Herausforderung, denn du willst ihn so genau wie möglich treffen, nimmst du die Bezeichnung *multimedia installation* doch sehr ernst.

»Gerüche verbinden sich unmittelbar mit Gefühlen«, erklärst du Yuri, als er dich fragt, weshalb du so ein Aufheben machst, solch eine Tüftelei veranstaltest. »Weil sie ziemlich ungefiltert ins limbische System geraten. Im Gegensatz zu unseren anderen Sinneseindrücken, die zuerst vom Thalamus –«

»Schon gut, schon gut«, wimmelt Yuri ab. »Du hast super recherchiert, *I get it*!«

Auf einem großen Stück Packpapier, das du an die Wand heftest, listest du alle Gerüche aus dem Buch auf: abgestandener Zigarettenrauch, eingetrockneter Rotwein am Boden *(it made the air in the room sweat and heavy)*, dreckige Wäsche (sprich: alter Schweiß), Giovannis Pinsel und *the bottles of oil and turpentine* sowie, als erster erwähnter Geruch, *the smell of alcohol he burned in his stove* – und wie riecht Sex?

Tagelang stinkt es in deinem Atelier abwechselnd nach einer verrauchten Bar, einer Schnapsbrennerei und einem Darkroom, wochenlang stehen Ventilatoren, Tupper-Gefäße mit durchtränkten Wattebäuschen und aufgehobenen Zigarettenstummeln herum, eine uralte portable Klimaanlage, ganz grau geworden mit den Jahren und komplett mit Rüssel, sowie offene Flaschen verschiedener Lösungsmittel.

Bis Yuri dir einen jungen Lüftungstechniker vermittelt.

Auf die Frage, woher er den habe, antwortet er lapidar: »Internet – kennst du?« Nur um zwei Tage später eifersüchtig zu werden auf das eifrige neue Teammitglied.

Die beiden (Video-)Fenster, *against which the courtyard malevolently pressed, encroaching day by day, as though it had confused itself with a jungle*, sind ein Kinderspiel dagegen.

* * *

Nach dem grellen Licht der Pizzeria scheint die Nacht dunkler als sonst und gespenstig ruhig. Der Fatalist in dir will die Dunkelheit, die Stille und sogar die Kälte als Vorahnung deuten, dabei läuft alles so gut.

Paul legt seinen Arm um dich, sagt: »Verdauungsspaziergang? Wir sind unterbrochen worden.«

Natürlich ist es still in der Stadt, immerhin ist es ein gewöhnlicher Werktag im Winter, sagst du dir, als ihr in die Langstrasse einbiegt, die wie lahmgelegt wirkt.

Vorher im Restaurant hast du wie beiläufig deine Diagnose aufgetischt, hast ein paar Statistiken eingestreut, zum Beispiel, wie lange es in der Schweiz im Schnitt dauert, um eine bipolare Affektstörung korrekt zu diagnostizieren (acht bis zehn Jahre, weil meist und wie auch bei dir zuerst eine Depression attestiert wird, deren Anzeichen leichter zu erken-

nen sind als jene der Manie). Oder wie viel höher die Sui-
zidrate ist im Vergleich zur Normalbevölkerung (je nach
Quelle bis zu zwölf Mal). Und dass du wohl einfach nur
Glück hattest, früh genug auf die richtige Ärztin gestoßen
zu sein, bevor du dich mit Alkohol und anderen Substanzen selbst zu Tode therapiert hast.

Manchmal bist du dir vorgekommen, als prahltest du mit
deiner Krankheitsgeschichte – »Sieh an, was ich alles erlebt
habe!« –, und dann wusstest du nicht mehr, ob du dich deswegen schämst oder ob all der Abgründe, die du angetippt
hast.

Paul hakte nicht nach, ließ dich ausweichen, auf deine
Kunst ablenken, die, auch wenn du es ungern zugibst, von
deiner manischen Seite befeuert, vielleicht sogar erst ermög-
licht wurde.

Gerade willst du Paul von deinem ersten Klinikaufenthalt
erzählen, als man noch meinte, du seist »lediglich« depressiv, gerade willst du erzählen, wie es laut Yuri irgendwann
nicht mehr gegangen sei, wie er deine Stimmungsschwan-
kungen, deine Tiefs nicht mehr habe mittragen können.

Damals wie heute stellst du dir zwei riesenrunde Ge-
wichte an einer metallenen Stange vor, die sich biegt, und
Yuris Arme zu schmächtig, seine Schultern zu schmal: Die
Gewichte stürzen zu Boden und dein Freund mit ihnen.

Wie er die Angst nicht länger aushalte, wenn du nicht
nach Hause kommst. Wie er die sozialen Medien abklap-
pere, um zu schauen, ob du etwas gepostet hast, weil er
ständig befürchte, du könntest dir etwas antun.

So wie du es dir wochenlang täglich, stündlich vorgestellt hast, als du im Bett gelegen hast und dich nicht regen mochtest.

Mit Célestes Föhn in der Badewanne.

Oder doch die Pulsadern mit einer Rasierklinge.

Oder von der Europabrücke, die müsste hoch genug sein.

Du willst erzählen, wie ein Notarzt plötzlich in der Psetzi stand in Bundfaltenhose und einem karierten Kurzarmhemd, mit einer speckigen ledernen Umhängetasche wie aus einem anderen Jahrhundert, worauf du dich selbst in die Klinik –

Oder besser, wie du zugestimmt hast, dich in die Klinik –

»Oh«, sagt Paul und bleibt stehen, »also geht man immer noch Cruisen.«

Ihr seid auf der Bäckeranlage angekommen, wo beim Brunnen ein paar Gestalten ihre Runden drehen oder auf den Sitzbänken Zigaretten rauchen, halb verschluckt von den riesigen Baumschatten.

»Ich dachte, das sei alles abgewandert in unsere Handys für auf dem Heimweg: *warst du nicht grad? – hast du lust? – was magst du? – pics? – wie groß?*«

Du lachst. »Wir haben uns auch beim Cruisen kennengelernt.«

»Also ich persönlich war zum Saunieren da«, sagt Paul.

»Jaja«, antwortest du. Aber es klingt weniger neckisch als vorwurfsvoll.

Wie viele Sommernächte bist du selbst durch diesen Park gestreift? Durchs Sihlhölzli? Das Arboretum? Sogar in Kairo, Ramses Station, wo der Schmutz, der Gestank, aber insbesondere die Gefahr euer aller Lust potenzierte.

Hat es dich kurz zuvor noch irritiert, dass Paul dich unterbricht, bist du plötzlich froh, nicht von der Klinik erzählen zu müssen und allem, was danach kam. Noch nicht.

* * *

Oder in Alexandria, wo du diesmal allein hinfährst nach einer Auseinandersetzung mit Aziz. Draußen bei den Ruinen. Der hagere Mann mit dem Schnauz, der sich in einer einzigen Bewegung die Hose hoch- und aus der Gesäßtasche seinen Geldbeutel zieht und aufklappt, und hinter dem Sichtfeld ist kein Foto seiner Kinder, sondern ein Polizeiausweis, natürlich gefälscht, aber wie kannst du wirklich wissen, mit absoluter Sicherheit, dass der Mann, der Geld will, kein Polizist ist, jetzt klar denken, er will fünftausend ägyptische Pfund, etwa vierhundert Franken, sonst müsse er dich mitnehmen auf den Posten.

Warum er glaube, dass du so viel Geld dabeihast, fragst du.

»Then one thousand!«

Aber du meinst, du seist ohne Bares unterwegs. Du denkst glasklar, du sagst: *»Come with me.«*

Er durchschneidet die Luft mit seiner Hand, als wolle er dich ohrfeigen.

»We have to go to my hotel.«

»You will not run!«, antwortet er.

Und du rennst nicht, du schlenderst mit rasendem Herzen neben diesem großen, dünnen Mann her, der nur aus Knochen und Muskeln besteht, du hast es gespürt, und du hast mal wieder nur mit dem Schwanz gedacht, und das in einer fremden Stadt, in der dich niemand kennt und du nur

Brocken der Sprache sprichst, »*Enta sharmout!*«, zum Beispiel (»Du Hure!«) – schlenderst verängstigt den Weg zurück, den du vor Sonnenuntergang gekommen bist, den Sehenswürdigkeiten entlang, die Google Maps dir empfohlen hat, an der Statue des Isma'il Pasha vorbei zum Opernhaus, dann das Cavafy-Museum (ein gebürtiger Alexandriner, weißt du, und ob sie ihn zensieren hier – all seine Jünglinge), du bist Rückwärtstourist und kannst doch nichts ungeschehen machen, jetzt die orthodoxe Kathedrale, die Synagoge und direkt auf die Corniche, auf das erstbeste Fünfsternehotel zu, worauf dein Erpresser dich am Ärmel packen will, aber du beschleunigst und bleibst erst ganz nahe beim Eingang stehen, so nahe, dass die automatische Tür mit einem leisen Sausen aufgeht.

So lässig du kannst, sagst du: »*Wanna come up?*«

Der Mann, dessen Haar im Neongrell der Stadt schmierig glänzt und der abgewetzte Kleider trägt und dessen Fingernägel schwarz gerändert sind, macht einen Schritt zurück und brummt: »*I wait here.*«

Du richtest deinen Oberkörper auf, lässt deine Schultern nach hinten fallen und schreitest, den Blick geradeaus, an den beiden Pagen vorbei durch die Lobby, als gehöre dir jeder hinterletzte Kronleuchter.

An der Rezeption thront eine langhaarige Miss Middle East und lächelt dich professionell an. Du machst dich wieder kleiner, als du bist, machst dich die vier oder fünf Jahre jünger, die dich die meisten Leute schätzen, reißt deine großen blauen Augen weit auf.

»*Please*«, sagst du, »*is there another way out of here?*«

Das Lächeln der Miss welkt.

»*Please*«, sagst du nochmals.

Sie schaut unauffällig nach links, nach rechts – kein Vorgesetzter in Sicht – und deutet wortlos auf einen schmalen Flur, der seitlich vom Empfang abgeht und an dessen Ende sich eine Tür befindet, an dem ein *No Entry*-Schild hängt.

Schultern zurück, Ziel im Blick.

Du öffnest die Tür und landest in einem Treppenhaus, von dem ein Notausgang auf einen Parkplatz geht, der auf die sechsspurige Straße führt, welche die Corniche säumt. Und du rennst, rennst kopflos und lange, lange die Straße entlang, bevor du einen großen Bogen in die Stadt zurückschlägst und Haken wie ein Hase durch die Gassen, bis du dein eigenes Hotel findest, eine bessere Pension, wo du die Zimmertür mit der lottrigen Kommode verbarrikadierst (wie du beinahe eine Dekade später in einer anderen Stadt, die ebenfalls mit A anfängt, ebenfalls eine Tür verbarrikadierst), deinen Rucksack packst und dich bekleidet auf die Bettdecke legst, anstatt Aziz anzurufen, er solle dich bitte sofort abholen kommen.

Du denkst an die einzigen vier Nächte, die ihr gemeinsam verbracht habt, ganz in der Nähe, nur ein paar Kilometer außerhalb Alexandrias in der grässlich pistaziengrünen MacMansion von Aziz' Familie in der hoch ummauerten Resort-Anlage, einen Steinwurf vom präsidialen Sommerpalast entfernt, wo zur Zeit eures Besuchs lediglich das Wachpersonal und die Gärtner anwesend sind. Vielleicht sieht einer von ihnen etwas und meldet es Aziz' Eltern? Vielleicht geht es deshalb so schnell mit der Verlobung?

Heute Morgen gibst du den beiden Espressi Schuld an dem Knäuel Angst, der unter deinen Rippen sitzt und ausstrahlt in deinen Bauch und bis in die Brust und der sich erst auflöst, als Paul versucht, dich in der Dusche unter dem Wasserstrahl zu küssen, und sich verschluckt und ihr beide ausrutscht und euch lachend umklammert, bis du nicht weißt, ob du nicht weinst vor Glück.

Nachdem du zu trinken aufgehört hast, verlagerte sich dein Suchtverhalten: Du schüttest literweise Kaffee und Cola Zero in dich hinein und isst fast ausschließlich Süßes, worauf du zusätzlich zu den rund zehn Medikamentenkilos weitere fünf zulegst. Darauf, dass Koffein deine Ängste begünstigt, kommst du erst viel später, nachdem du mal wieder versucht hast, mit deinen verbleibenden Süchten zu brechen. Ohne Zigaretten schaffst du es keinen Tag, aber dem Kaffee entsagst du einen ganzen Monat lang. Du bekommst fürchterliche Kopfschmerzen, bevor du dich ab dem dritten oder vierten Tag blendend fühlst und bemerkst, dass deine Morgenängste schwächer werden.

Dr. Hammer sagt, du solltest dich bei deiner Diagnose möglicherweise mit dem Morgentief, wie sie es nennt, abfinden und es akzeptieren – und vielleicht helfe genau das, es zu schwächen, die Leere zu schwächen, die auf die Angst folgt, das Gefühl, all die winzigen Alltagsschritte, die vor dir liegen, Tag um Tag, nicht zu schaffen, keine Energie zu haben für nichts.

Doch der Kaffee gestern musste sein. Für das Bild, für die Erinnerung an euer erstes richtiges Auswärtsdate. Und wenigstens ist es heute eine konkrete Angst, mit der du ringst: dass Paul sich von dir abwendet, jetzt, da er alles weiß, dass er die Flucht ergreift, sobald sich das Gesagte gesetzt hat. Vielleicht schreibt er dir noch ein paarmal, wie viel er zu tun, wie es ihm gerade einen großen Event reingeschneit habe, wie er dich vertrösten müsse. Bis du schließlich nichts mehr von ihm hörst.

Du versuchst, das Bild von Paul, der deine Diagnose googelt, zu verdrängen.

Es ist in Ordnung, diese Gefühle zu haben, redest du dir ein. Unangebracht wären sie nur, wenn du nichts zu verlieren hättest.

Aber was steht schon auf dem Spiel, hörst du eine zweite, fordernde Stimme fragen.

Wie klein alles geworden ist!

Klein dein Leben in dieser kleinen Wohnung in dieser kleinen Stadt. Klein deine Träume und Pläne. Sogar in Athen lebst du klein, hangelst dich, wie in Zürich, an einem bis ins Kleinste festgelegten Alltag entlang, ständig deine Psyche absuchend nach depressiven oder manischen Anzeichen, wie man eine Kopfhaut nach Läusen oder einen Hund nach Zecken abtastet, jeden Gedanken, jedes Gefühl sezierend, als wärst du dein eigener Therapeut.

Genug jetzt! Es ist Zeit für Großes, sagst du dir.

Es ist Zeit, bereit zu sein. Zeit für Paul und die Welt und die Kunst.

Du bist bereit.

* * *

Hundsjahre. Wie viele Tage sitzt du morgens auf dem Balkon mit Kaffee und Zigaretten und deinem Handy und fürchtest dich? Wie viele Morgen insgesamt? Tausend? Fünfhundert? Tausendfünfhundert?

Oft genug ist es nur eine leise, abstrakte Angst, die wie ein schwacher elektrischer Strom durch deinen Hinterkopf säuselt. Meist verschwindet sie, schließt du für ein paar Minuten die Augen und atmest langsam durch die Nase ein und aus, beim Einatmen auf vier zählend, beim Ausatmen auf acht.

An anderen Tagen wartet die Angst nicht mal, bis du wach bist, sondern schreckt dich aus dem Schlaf mit dem apokalyptischen Bild einer abgestorbenen Welt, in der du zwar am Leben, aber ohne Zukunft bist, gefangen in einer entvölkerten Gegenwart, in der du verarmst und verendest, dick, alt und hässlich, immer bist du dick und alt und hässlich. Das Bild ist schwer zu fassen, ist mehr eine Ahnung als eine Vision, denn die Welt ist nicht untergegangen, nichts ist verbrannt oder verseucht durch eine Katastrophe, auch alle Menschen sind noch da – es ist mehr ein Wissen darum, dass alles vorbei, alles lediglich scheinlebendig ist und dass du keinen Zugriff mehr hast auf jene Personen, mit denen du bislang in Beziehung standest. Diese Angst ist schwieriger abzuschütteln, egal wie konzentriert du atmest und dir einredest, dass sie, wie alle Emotionen, wie alles im Leben, in Wellen kommt und wieder abklingt, wie sie angeschwollen ist.

Schlussendlich gibt es die Steigerung dieser Angst, die gekoppelt ist an das Gefühl zu ersticken. Sie sitzt dir auf der Brust und im Hals, schwer wie ein Kadaver, und du bist chancenlos. Zum Glück erlebst du das nur ein paar Mal, ausgelöst durch das Ausschleichen von Medikamenten.

Es ist immer das Ausschleichen, das dir Probleme bereitet, egal wie langsam du dabei vorgehst, und nie das Ausprobieren neuer Psychopharmaka – den einen neuartigen Stimmungsstabilisator ausgenommen, von dem du einen Hautausschlag bekommen hast.

Noch im Jahr zuvor wolltest du die Dosis des schlafanstoßenden Antidepressivums reduzieren, weil sich dein Schlaf auf gutem Niveau stabilisiert hatte und die aufhellende Wirkung laut deiner Therapeutin ohnehin sehr schwach bis vernachlässigbar wäre, bei der geringen Menge, die du eingenommen hast. Bereits nach drei, vier Tagen hast du jedoch gemerkt, dass die Reduzierung keine gute Idee war. Du fühltest dich gereizt und ängstlich und so, als müsstest du deinen plötzlich sehr schweren Körper durch Wasser bewegen.

* * *

Kurz nach deinem letzten Klinikaufenthalt verpasst du wegen der Angst eine Verabredung mit Yuri.

Aus weiter Entfernung hörst du es klingeln.

Polizei, denkst du. Sie kommen dich holen. Was hast du getan in der Nacht?

Du weißt nicht, wie du es vom Bett auf den Balkon schaffst. Warst du überhaupt im Bett?

Du weißt nur, dass du Luft brauchst, einfach nur Luft.

Warum ist da keine Luft? Warum ist da ein Klopfen?

Jemand ist ins Gebäude eingedrungen, jemand poltert an

deine Tür, und das Poltern lässt nicht nach, auch nicht, als du die Augen schließt. Also stehst du auf, tastest nach der Balkontür, tastest dir deinen Weg durch die Küche, an der Arbeitsfläche entlang – da die Herdplatte, jetzt der Türrahmen, die Kommode im Flur, die Haustür –

Wo du die Augen öffnen solltest, weißt du, um durch den Spion zu gucken. Aber du öffnest die Augen nicht, legst lediglich deinen Kopf, legst dein rechtes Ohr an das lackierte Holz, das glatt ist und kühl.

Du hörst nichts, bildest dir das Poltern ein.

Du machst eine Faust, klopfst von innen an die Haustür.

»Dürrst?«, sagt jemand.

Du erstarrst.

»Dürrst, mach auf!«

Es ist Yuris Stimme.

Als du zuerst die Augen und danach die Tür öffnest, ganz langsam, als könnte Yuri ein anderer sein, als könnte dich jemand anfallen wollen –

»Dürrst«, sagt dein Ex-Freund erneut, tritt in die Wohnung und nimmt dich in den Arm.

* * *

Im Bus in Richtung Atelier, in Richtung große Kunst, fühlst du dich zu überhaupt nichts mehr bereit.

Der Schlüssel zum einstmaligen Reich eurer Familie hängt an deinem Schlüsselbund, den du in der Hand hältst, mit dem du den Rucksack an dich drückst, als befürchtetest du, jemand könne dir alles entreißen. Den Schlüssel hast du nach langem Suchen zuunterst in der Schublade des Küchentischs gefunden, die für Krimskrams reserviert ist.

Was erwartet dich nach all der Zeit?

Du warst, vor sechs oder sieben Jahren, einer der Letzten, die sich einen Langzeitvertrag ergattern konnten. Danach räumte die Stadt aufgrund der ständigen Kritik von rechts im Sideli auf, indem sie das Auswahlverfahren strikter gestaltete und nur noch Zweijahresverträge ausstellte.

Vielleicht passt dein Schlüssel gar nicht mehr? Vielleicht haben sie das Areal renoviert und deinen Raum, nachdem sie bemerkt haben, dass du ihn nicht mehr nutzt, an jemand anderes vermietet? Aber das hättest du mitbekommen: *hey, ich habe gehört, dass sie eure studios renovieren. – ich war im sideli. ist mega schön geworden!*

Mindestens ein Brief –

Vielleicht während eines deiner Klinikaufenthalte, als Yuri deine Post durchgesehen hat? Vielleicht schmiss er ihn mit der vielen Werbung weg.

Wobei das hieße, dass die Stadt jahrelang nicht merkt, dass deine Miete, die quartalsweise per Dauerauftrag von deinem Zweitkonto abgeht, weiterhin reinkommt.

Es bleiben zwei Stationen bis zum Ziel. Noch könntest du aussteigen, noch könntest du umkehren und nach Hause fahren und ein Kündigungsschreiben aufsetzen und die Kunst Kunst sein lassen.

Aber: *danke für gestern*, schrieb dir Paul vor etwa zwanzig Minuten, kurz bevor du die Wohnung verlassen hast, und du hast dir versprochen, erst vom Atelier aus zu antworten.

Also musst du ins Atelier fahren.

Du bleibst sitzen.

Nachdem Yuri dich zum Sofa gelenkt und dir zusätzliche Kissen und eine Decke geholt hat, erlaubst du ihm, Dr. Hammer anzurufen, die möchte, dass du wieder in die Klinik gehst.

Du schüttelst den Kopf.

Oder zumindest ins Kriseninterventionszentrum, nur für ein paar –

Du schüttelst den Kopf.

Nur bis das Neuroleptikum komplett ausgeschlichen ist, nur bis du dich –

Du schüttelst den Kopf.

Ob sie bitte direkt mit dir reden könne?

Deine Therapeutin auf Yuris Telefon im Lautsprechermodus.

Du schüttelst den Kopf.

Jedes Mal, wenn du in der Klinik bist, schwörst du dir, dass du nie mehr in die Klinik gehst, und jetzt hast du es so lange geschafft.

Du schüttelst den Kopf: Nein, nein, nein.

Schlussendlich muss Yuri versprechen, dass er bei dir bleibt, die nächsten Tage und auch Nächte. Er muss versprechen, dass er in die Apotheke geht, wo ein Fax wartet, so deine Therapeutin, mit einem Rezept für ein Beruhigungsmittel.

Ein paar Tage zuvor, in derselben Apotheke, wartete ein junges Paar vor dir. Du schätzt die beiden auf vierzehn oder fünfzehn. Zwei zierliche Personen, er noch schmächtiger als sie, offensichtlich verliebt und doch so ungelenk darin, alle Bewegungen fahrig, die spitzen kleinen Küsse hektisch.

Als sie an die Reihe kommen, fehlen ihnen die Worte. Das Mädchen schaut den Jungen an. Der Junge schaut das Mädchen an. Die Apothekerin schaut hin und her.

»Sag du«, sagt das Mädchen schließlich.

»Nein, sag du, Baby«, sagt der Junge, entscheidet sich aber gleich um: »Also gut. Wir brauchen die Pille danach.«

Die Apothekerin blickt vom Jungen zum Mädchen, zurück zum Jungen und dann wieder zum Mädchen.

»Wie alt sind Sie?«

»Siebzehn.«

»Einen Moment«, sagt die Apothekerin und verschwindet im Raum hinter der Theke. Das Mädchen und der Junge schauen sich fragend an.

»Meine Kollegin hat Zeit für ein Gespräch mit Ihnen«, sagt die Apothekerin, als sie zurückkommt. »Wir sind dazu gesetzlich verpflichtet.«

Das Mädchen und der Junge wollen ihr folgen.

»Nur Sie«, sagt die Apothekerin und deutet auf das Mädchen.

»Baby?«, sagt der Junge.

»Schon gut«, sagt das Mädchen und ist verschwunden.

Du schaust dem Jungen zu, wie er zur Seite tritt und vor ein Regal, wo er so tut, als interessierten ihn die verschiedenen Sonnenschutzlotionen, die im Angebot sind.

Alles, was möglich gewesen wäre zwischen euch, denkst du. Zwischen Yuri und dir. Alles, was ihr verpasst –

Überhaupt alles, was vorbei ist.

Als Yuri zurückkommt, bist du eingeschlafen.

Du stößt die schwere Metalltür zu dem Gebäudetrakt auf, in dem sich dein Atelier befindet, und kommst dir vor wie in einem Thriller.

Das Erdgeschoss ist gespenstisch leer, du hörst niemanden umhergehen in den oberen Stockwerken, hörst niemanden bohren oder fräsen oder auch nur telefonieren. Keines der Geräusche, an die du dich erinnerst. Dafür ist der Geruch derselbe wie eh und je: modriges Holz, abgestandener Zigarettenrauch und etwas Säuerliches (hoffentlich Bier und nicht Pisse), und auch die Treppe ist dieselbe farbverspritzte, durchgetretene Holztreppe wie immer. Bestimmt knarrt die zweitletzte Stufe.

Als du deine Tür aufschließt und vorsichtig aufschiebst, quietscht sie laut. Das ist neu. Fehlt nur eine spannungsgeladene Musik. Und eine Leiche.

Beinahe enttäuscht bist du ob des Anblicks, den dir dein Atelier bietet, denn es sieht genauso aus, wie du es verlassen hast. Nicht einmal eine tote Ratte entdeckst du und auch keinen Penner, wie dir im Bus durch den Kopf ging. Sogar der Staub scheint sich zurückgehalten zu haben, du hast eine zentimeterdicke Schicht erwartet über allem. Wenn du dich beeilst, bist du in zwei, drei Stunden fertig und schaffst die Veranstaltung locker, die du um neunzehn Uhr im Museum moderieren musst.

In der alten Sporttasche, die hinter deinem Lesesessel liegt, findest du ein krustig gewordenes Badetuch, das du zu Lappen zerschneidest, und auf einem der Treppenabsätze steht ein Kessel mit Wischer. Weil du nirgends Putzmittel findest, auch in der Küche nicht, die aufgeräumter ist, als du sie in

Erinnerung hast, wohl des Ämtliplans wegen, den es zu deiner Zeit nicht gab, und weil die Seife in den Klos aus Spendern kommt, die an der Wand festgemacht sind, entwendest du das Geschirrspülmittel. Eine Rolle Abfallsäcke nimmst du ebenfalls mit.

Zurück in deinem Atelier, überlegst du dir, Paul zu schreiben, entscheidest dich aber dagegen: zuerst die Arbeit, dann die Belohnung.

Du öffnest die zwei großen Fenster und ziehst danach das fleckige Spannbettlaken von der schmalen Matratze und den Bezug vom Kissen, um sie zu Hause zu waschen. Oder wegschmeißen und neue kaufen? Du stopfst beides in den ersten der Säcke. Das Kissen legst du zum Lüften über den Fenstersims, und die Matratze lehnst du gegen das einzige freie Stück Wand links der Tür – an der deine Uniform an einem Haken hängt: eine Trainingshose, Marke unbekannt, aus dem astronomisch teuren Secondhandladen im Niederdorf, und ein ausgebleichtes weites Kurzarmhemd, vormals hellblau, das ein Date von dir und Yuri vor vielen Sommern, vor Lebzeiten, bei euch liegengelassen hat und lange nach dessen Schweiß roch.

Du erinnerst dich an keinen einzigen Arbeitstag im Sideli, an dem du deine Uniform nicht trägst. Ist es warm genug, wäschst du sie periodisch in dem kleinen Waschbecken, das an dem schmalen Stück gekachelter Wand neben dem Fenster angebracht ist (wie später in den Mehrbettzimmern der Klinik), und hängst sie über Nacht zum Trocknen über einen Tischbock. Auch nach Edinburgh, für die Arbeit an *Bazar*, deine zweite große Installation, nimmst du sie mit. Du weißt noch, wie Yuri dich auslacht, denn obwohl ihr euch kurz zuvor endgültig getrennt habt, kommt ihr nicht los voneinander und er mit nach Schottland für die Vernissage. Sie bringt dich weit, deine Uniform, und sie ist das Einzige, was du nicht wegschmeißen darfst.

* * *

Bei deiner Therapeutin stehen drei Sessel um ein Nierentischchen herum. Alle drei sehen genau gleich aus. In jenen mit dem Rücken zur Tür setzt du dich nie. Dort lässt sich bei der ersten Sitzung Dr. Hammer nieder, und seither gehört er ihr. Am liebsten magst du den Sessel beim Fenster, neben dem überdimensionierten, von einem Generika-Hersteller gesponserten Wasserspender, bei dem du nie weißt, welcher der beiden Plastikhähne, der graue oder der blaue, für gekühltes und welcher für zimmertemperiertes Wasser ist. Aber du hast dir angewöhnt, zwischen diesem Sessel und jenem mit dem Rücken zum Bücherregal abzuwechseln, so wie ihr in der Sekundarschule periodisch eure Sitzordnung aufbrechen müsst – alle an ein anderes Pult mit einer neuen Sitznachbarin oder einem neuen Sitznachbarn –, um nicht »festzufahren«, wie euer Klassenlehrer es ausdrückt.

Die Schematherapie ist gerade in Mode, und wenn es um dein inneres Kind geht, sitzt es jeweils im leeren Sessel. Wobei dir nicht auffällt, dass sich etwas an eurer Beziehung verändert mit der Sesselwahl: Auch nach mehreren Sitzungen zum Thema verspürst du nichts als Abscheu für Kleinwehwehandi. Andisensibelchen. Sissyandi. Vielleicht solltest du deine Dr. Hammer mal bitten, ihren Platz Kleinandilein zu überlassen, diesem Diminutiv, für den sie sich so sehr interessiert.

»Schließen Sie die Augen, und nehmen Sie das Kind an die Hand.«

Aber du willst das Kind nicht berühren, kannst es nicht berühren. Das Kind ist schwach und bedürftig, und die Distanz zwischen euch ist ein Kontinent.

Alles, was an dir falsch ist, war schon am Kind falsch.

»Es macht nichts«, sagt deine Therapeutin. »Wir versuchen es nächstes Mal wieder.«

Du bist selbst erstaunt, als du ihr in der folgenden Woche gegen Ende eurer Sitzung und mit gesenktem Blick eine Erinnerung vor die Füße legst, die nicht aus den Fotoalben in der elterlichen Bibliothek stammt.

Erst elf oder zwölf Jahre alt bist du, und du brauchst eine Brille. Der Optiker, groß und breit, geht vor dir auf ein Knie, als wolle er dich bitten, ihn zu heiraten. Er setzt dir die Brille auf und streicht dir mit je zwei oder drei Fingern oberhalb des Bügels über die Kopfhaut, um sicherzustellen, dass die Bügel richtig sitzen. Dann streicht er dir erneut über die Haut hinter den Ohren, und seine Hand bleibt lange dort liegen. So lange, bis du befürchtest, deine Mutter könne bemerken, dass gerade etwas Verbotenes vor sich geht. Die Finger des Optikers üben einen leichten Druck aus, und dein ganzer Körper wird warm.

Ob sich das gut anfühle, fragt der Optiker.

Ginge deine Therapeutin auf die Szene ein, anstatt die Stunde, die nur fünfzig Minuten umfasst, zu beenden, würdest du vielleicht sagen: »Das war der Moment.«

Dir sei warm geworden, du seist errötet, und du habest dem Optiker, der immer noch vor dir kniete, nicht in die Augen schauen können.

»Ich wollte, die Berührung hörte nie auf«, würdest du vielleicht sagen, »und gleichzeitig wollte ich wegrennen.«

Was du sicher nicht erzählen würdest, ist, wie du das Bild des Optikers am Abend mit dir ins Bett trägst, wo du deinen Penis zwischen dem Laken und deinem Kissen wund reibst und weinst, weil nichts passiert, wie deine Kameraden ständig behaupten.

Etwas stimmt nicht mit dir.

Deine Eichel bleibt tagelang gerötet, und du traust dich eine Weile nicht mehr, dich anzufassen.

Auch als das erste Mal eine klebrig weiße Soße aus dir herausschiesst, weinst du, obwohl das Gefühl, das dich umspült, unbeschreiblich gut ist. Aber du hast Angst, dass du wieder bluten wirst, wie damals bei Demir zu Hause.

Nächtelang kriegst du das Bild von dir als altem Mann im Negligé deiner Mutter nicht aus dem Kopf – mit einer blonden Perücke, unter der deine grauen Schläfen hervorlugen, und einem grellrot bemalten Mund, die runzligen alten Hände blutverschmiert vom Rubbeln, die langen Fingernägel französisch manikürt. So wirst du enden, wenn du weiter an dir reibst und an den Optiker denkst und an deinen Lehrer und seine Beule in der grauen Trainingshose im Turnunterricht. Woher du das Bild hast und wie du weißt, dass es eine französische Maniküre gibt, bleibt dir unerklärlich.

Als du beginnst, deine Sachen auszusortieren, erinnerst du dich der vielen Regeln und Rituale, die du früher aufgestellt hast, um dich zur Arbeit zu überlisten.

Auch im kältesten Winter lüftest du zuerst das Atelier, wie du es heute automatisch tust. Dann kommt die Uniform, zu der, nachdem es im ersten Herbst kälter wird und du nicht mehr barfüßig arbeiten kannst, bald ein Paar Joggingschuhe gehören. Bist du umgezogen, machst du dir die erste Tasse Instantkaffee. Danach setzt du dich an die Werkbank und notierst im Logbuch auf die vorgedruckten hellblauen Linien dein Tagesziel entsprechend dem SMART-Prinzip: *specific, measurable, achievable, relevant, timebound.* Erst jetzt darfst du dir eine Zigarette anzünden, wofür du dich mit dem Kaffee in den Sessel schräg gegenüber den beiden Fenstern setzt. Diese paar Minuten in der Stille schätzt du am meisten, denn solange du nicht zu arbeiten beginnst, steht dem Gelingen noch nichts im Weg, stehst du dir selbst noch nicht im Weg. Du schaust jeweils in die Kronen der Bäume, die das Flussufer säumen, und stellst dir deine zukünftigen Erfolge vor. Damit du nicht sitzen bleibst und dir Zigarette um Zigarette anzündest, hat das Päckchen, zusammen mit deinem Schlüsselbund, seinen festen Platz in der gehämmerten Messingschale, die du auf dem Flohmarkt von dreißig auf zehn Franken heruntergehandelt hast und die neben der Tischleuchte auf deiner Werkbank steht.

Jetzt bleibt keine Zeit, dich hinzusetzen und den Zweifeln Raum zu geben: dass die ganze Aktion ohnehin keinen Zweck hat, zu nichts außer der erneuten Erkenntnis führen kann, dass du es nie mehr zu etwas bringst, nichts bist als ein Dilettant, früher oder später entlarvt als Hochstapler.

Um deine Gedanken zu übertönen, machst du das altmodische Transistorradio an, das auf die Frequenz des Klassiksenders eingestellt ist, den du früher bei der Arbeit gehört hast. Zu einem impressionistischen Klavierstück, das du nicht kennst (womöglich Debussy), wischst du mit dem Handbesen, der aus irgendeinem Grund in deinem Abfalleimer liegt, den Boden und nimmst ihn zweimal feucht auf. Nach einem Wasserwechsel säuberst du mit einem der feuchten Badetuchfetzen den Kunstledersessel und die wenigen freien Oberflächen.

Im Regal, das den Raum mittig teilt und hinter dem ein Vorhang hängt, an dessen Dahinter du nicht denken willst, findest du unter den Kartonkisten mit Zeichenmaterial und Krimskrams, losem Werkzeug und Mementos von deinen Ausstellungen die Schuhschachtel voller Quittungen, die du für deine Treuhänderin gesammelt hast, als du noch eine Treuhänderin hattest. Du kippst ihren Inhalt in den Abfallsack und machst dich an deine Bücher, nimmst jedes einzelne in die Hand und fragst dich, ob du es je wieder lesen wirst. Oder zumindest konsultieren. Nur wenn die Antwort ein ehrliches »Ja« ist, kommt es auf den »Behalten«-Stapel, der im Vergleich zum »Verschenken«-Turm sehr klein bleibt.

Immer wieder musst du niesen ob des Staubs, der doch reichlich vorhanden ist und den du aufwirbelst beim Aussortieren. Du wirst ein zweites Mal wischen, ein drittes Mal den Boden aufnehmen müssen, wenn du durch bist.

Nach den Büchern widmest du dich den beiden obersten Regalen, wo du deine Vorräte aufbewahrst. Die Beutelsuppen und Instantnudeln, die Energieriegel, Nussmischungen und Dörrfrüchte sind abgelaufen, lediglich die Traubenzuckerbonbons und die meisten Kräutertees sind laut Aufdruck noch genießbar. Ihre Packungen sind aber so verdreckt und mit Spinnweben überzogen, dass du sie ebenfalls wegwirfst. Auch die fünf unverpackten Rollen Toilettenpapier wandern in den Sack, während du die zwei *Mega*-Packungen Haushaltspapier (so sind sie angeschrieben) und die Feuchttücher-Box mitsamt Nachfüllpackung (Feuchttücher? Wann brauchst du jemals Feuchttücher?) behelfsmäßig abwischst und neben die beiden Bücherstapel auf den Boden stellst. Und merkst, dass du zitterst, dass deine Hände –

Du reibst sie zusammen, reibst deine Handflächen aneinander, als wollest du Feuer erzeugen.

Du willst Feuer erzeugen.

Als das Feuer erzeugt ist, machst du ein paarmal Fäuste, spannst die Fäuste fest an, ganz fest, und streckst dann deine Finger vor dir aus. Du zitterst nicht mehr.

Auf dem Regal bleiben nur die gestapelten grauen Logbücher übrig.

* * *

Das Blut, das viele, viele Blut, kommt aus den Blöcken oben beim Balgrist, dem Viertel, wo Demir wohnt und du dich eigentlich nicht herumtreiben darfst. Auch in der Klinik, Jahre später, kommt es noch von dort, als du dir, nachdem alles Schlagen deiner Stirn an die Wand im Ruheraum nichts hilft, ein großes Rechteck in den Oberschenkel schnitzt, einfach, damit die Welt stillsteht und es aufhört, das Gedankenrasen.

Und es hört auf, etwas in dir lässt los mit dem ersten Schnitt, strömt aus dir heraus mit dem zweiten, dem dritten, dem vierten, rinnt über deine Hand, in der du die verbogene Klinge hältst, die du aus dem billigen Einwegrasierer geklaubt, gepult, gehämmert hast mit einer der abgerundeten Kinderscheren aus dem Bastelkorb – die Scheißklinge wollte sich nicht lösen, bis sie sich endlich doch löste mit einem Knall, der Plastikgriff zu Splittern zerborsten in deinen Fingern.

Jetzt schaust du auf deine blutverschmierte Hand und auf das klaffende Rechteck in deinem Oberschenkel, aus dem alles herauspulsiert, die ganzen Wochen und Monate, die vielen Millionen Sekunden, die aus dir herausquellen. Schaust auf deine Hand und dein Bein, als gehörten sie nicht dir, oder als hättest du etwas anderes erwartet, Staub vielleicht oder Sand, aber du zerrinnst nicht, und du spürst nichts, einen Augenblick lang verspürst du rein gar nichts außer einer Leichtigkeit, deine Füße nicht mehr auf dem Badezimmerboden, nichts an dir mehr Körper, sondern nur eine Frühlingsbrise, die durch eine Baumkrone säuselt, und langsam, sanft, die Augen geschlossen, legst du den Kopf in den Nacken, atmest tief ein, so tief.

Und dann kommt der Schmerz. Er springt dich nicht an oder sticht dich, nein, er kommt ganz leise, klopft höflich an und beginnt zu pochen, er pocht auf sein Recht, immer lauter, bis es sich anfühlt, als poltere dein Herz, dein riesiges Herz in dem kleinen Rechteck in deinem Bein, und du weißt, du musst die Augen öffnen und dich anschauen im Spiegel, musst dir ganz tief in die Augen blicken – »Schau, was du getan hast!«, sagt der Schmerz, »Ich bin dein neuer Freund!«, sagt der Schmerz –, und du weißt, der Schmerz hat recht, du darfst das nie mehr tun, denn tust du es nochmals, wirst du es immer wieder und wieder –

»Sie dürfen das nie mehr tun!«, sagt der alte Nachtpfleger, als du im Stationszimmer den blutgetränkten Knäuel Toilettenpapier anhebst, um ihm die Wunde zu zeigen, aber das meiste Papier bleibt kleben, und ein Ziehen durchfährt dein ganzes Bein.

Du atmest zischend ein. Du nickst.

»Ich müsste das melden. Wenn es sich entzündet und ich habe das nicht gemeldet ...«

»Versprochen«, sagst du.

Auf dem kurzen Weg durch den ewig langen Flur vom Badezimmer ins Büro siehst du dich schon auf der Geschlossenen wegen Selbstverletzungsgefahr.

Gefahr der Selbstverletzung.

Als käme die Gefahr von außen.

Selbst-verletzungs-gefahr.

Selbst-ver-letz-ungs-ge-fahr.

Das Wort nistet sich ein. Hämmert sich in dein Hirn zum Rhythmus deines Herzens, das in deinem Bein im Rechteck tanzt.

Hirngespinst.

Hirn-gespinst.

Hirn-ge-spinst.

Und du schaust nicht auf die Uhr an der Wand, denn

sobald die Wörter sich aufspreizen, sind die Zahlen nie weit weg.

»Sind Sie sicher?«, sagt der Pfleger, der kurz vor seiner Pensionierung stehen muss.

»Versprochen«, wiederholst du. »Wirklich. Nie mehr.«

»Ich gebe Ihnen eine Creme mit und Pflaster. Sie haben Glück, dass das nicht genäht werden muss.«

Plötzlich wirst du wütend.

»Melden Sie es doch«, willst du sagen. »Warum tun Sie nicht einfach Ihren Job!«

Und dann denkst du, dass du ihm Blumen bringen solltest, dem Nachtpfleger, der die ganze kommende Woche Schicht haben muss, denn gestern war noch die Igelfrisur da. Dass du zum Stadi runterfahren solltest und Blumen kaufen und ihm bringen, weil er dir glaubt. Weil er dich besser kennt, als alle Ärztinnen und Ärzte es je tun werden. Der Wievielte bist du von wie viel Hundert?

Ja, Blumen. Müsstest du holen.

»Danke«, sagst du.

* * *

Du widerstehst dem Impuls, in den Logbüchern zu blättern.

Aber wohin damit?

Du wischst das Regal um sie herum feucht ab.

Vielleicht solltest du sie verbrennen an der Feuerstelle etwas weiter flussaufwärts?

Du wischst auch das oberste Logbuch ab.

Und was, wenn du – vielleicht nicht nächstes oder übernächstes Jahr, aber in fünf oder zehn Jahren – doch noch einmal erfolgreich wirst?

Der Pappdeckel des obersten Logbuchs beginnt, sich ob der Feuchtigkeit zu wellen.

Du hörst Vera kreischen: »Du hast sie verbrannt, *mi amor?*«

Vera nennt alle »*mi amor*«, wie dir schon bei eurer ersten Begegnung aufgefallen ist, obwohl sie sonst kein Wort Spanisch spricht.

Du wirst den Vorhang, der hinter dem Regal hängt und den Raum zweiteilt, abnehmen und waschen müssen.

Aber nähmest du den Vorhang ab, um ihn zu waschen – wer weiß, was dahinter alles hervorkäme?

»Eins nach dem anderen«, hörst du dich sagen.

Die Werkbank muss aufgeräumt werden, und all die Zettel und Bilder und Pläne, an die Wände geklebt und getackert, müssen weg, und du musst dich jetzt schon sputen, willst du fünfzehn Minuten für dich haben, bevor die Veranstaltung beginnt.

Du entscheidest dich, die Logbücher wegzuschmeißen, Vera hin oder her.

Die beiden vollen Abfallsäcke, die Kartonschachteln mit Zeichenmaterial, Krimskrams, kaputtem Werkzeug und Souvenirs wirfst du in einen der Container, die beim Parkplatz hinter dem Fabrikareal stehen – all das Zeug!

Früher hast du dir oft gewünscht, du könntest singen oder wärst Tänzer, könntest schreiben oder wärst Musiker oder Illustrator. Auf jeden Fall etwas, das keine solche Materialschlacht mit sich brachte wie deine Konzeptkunst. Aber handwerklich bist du nicht sonderlich begabt, weder zeichnend noch malend noch modellierend.

Dumm nur, wurdest du ausgerechnet dank eines Werks erfolgreich, das uferlos war und in das du dich Detail um Detail hineinsteigern konntest, befeuert von deiner Manie oder deine Manie befeuernd. Huhn oder Ei. Wäre es nach dir gegangen, wäre da nicht die Eröffnung der *Lokale* gewesen als Deadline, hättest du wohl ewig weitergemacht, hättest die Backsteine nochmals und nochmals neu arrangiert, die Giovanni und sein Liebhaber im Buch aus der Wand brechen, um ein Büchergestell zu bauen, hättest nochmals und nochmals an der Skulptur aus Kartonschachteln und Reisekoffern gebastelt, die Baldwin beschreibt, und an deiner Methode gefeilt, die schrumpelige braune Kartoffel zu konservieren, die im Roman auf dem Tisch liegt.

Und dumm nur, hast du das viel zu spät gemerkt und bist deinem Konzept, fiktive Räume hyperrealistisch nachzubilden, treu geblieben, hast es gar vergrößert, wurdest größenwahnsinnig, und obwohl du dich zwischenzeitlich glücklich geschätzt hast, dass dein Größenwahn dich so weit gebracht hat, ist die Antwort auf die Frage, die du dir oft stellst, ein klares »Nein« – nein, es hat sich nicht gelohnt, denn es hat dir beinahe alles geraubt.

* * *

Demirs Bett ist ein Kajütenbett. Ihr liegt auf der oberen Etage, wo euch niemand sieht, der ins Zimmer reinschaut, weil das Bett so hoch ist. Die Tür zumachen dürft ihr nicht, sagt Demir, das sehe seine Mutter nicht gerne.

Ihr spielt Spital. Demir muss zuerst krank sein, weil du zwei Monate und vier Tage älter bist als er.

Du hebst deinem Patienten den Pullover an, um ihn abzuhorchen, und ziehst ihm die Hose aus, was umständlich ist dort oben so dicht unter der Zimmerdecke.

Danach ist Doktor Demir an der Reihe. Er erschrickt, als du zu bluten beginnst zwischen den Beinen, und stößt mit dem Kopf an die getäfelte Decke.

Ihr schaut euch an. Eure Lippen zittern, aber ihr entscheidet euch, nicht loszuheulen.

Schnell ziehst du die Hose hoch und rennst durch die Siedlung und den Hügel runter nach Hause.

Das Blut drückt durch deinen weißen Slip und wird vom beigen Manchester-Stoff aufgesogen. Du sollst Buchstaben üben in deinem Schreibheft, Buchstabe um Buchstabe in Schönschrift aneinanderreihen auf die vorgedruckten Linien.

Du bist froh, dass Barbarella freihat.

Unter dem Tisch lässt sich der Fleck gut verstecken, aber das Stechen schwillt an und strahlt bis in deinen Bauch aus. Du beginnst zu weinen und stehst auf, um deine Mutter zu suchen.

Noch am selben Nachmittag wirst du operiert da unten, und die Nacht verbringst du im Spital.

»Zur Überwachung«, sagt der Arzt.

Ob sie denken, dass du davonrennen willst?

»Wusstest du, dass die zusammen zur Schule gehen?«

Und warum flüstern plötzlich alle?

»Jetzt mach nicht so ein Theater.«

»Irgendwas-ić!«

»Bitte, Marie …«

Nachdem du genesen bist, trägst du die beiden Wörter, die du den Arzt hast sagen hören, wie Kostbarkeiten in den Kindergarten. »Pe-nis«, »Phi-mo-se«.

Am Nachmittag fängt dich deine Mutter ab auf dem Weg in die Küche zum Kühlschrank.

Deine Kindergärtnerin habe sie angerufen. Das seien keine Wörter für dich. Und dieser Demian, sie wolle nicht –

»Er heißt Demir«, sagst du und schlägst die Kühlschranktür zu, sodass die Flaschen darin klirren.

* * *

Zurück von deinem Gang zu den Abfallcontainern, machst du die Fenster deines Ateliers zu und blickst dich nochmals um. Nicht schlecht.

darf ich dich heute abend bei der arbeit besuchen? schreibst du Paul, bevor du das Licht löschst. *i feel like dancing.*

»Du bist der *Paul*-Paul?«, hast du in der Pizzeria ausgerufen, als ihr einander von euren Berufen erzählt habt, denn bei eurer ersten Begegnung sagte Paul lediglich, er leite einen Unterhaltungsbetrieb, worauf du meintest, du würdest ein Ein-Mann-Team leiten in einem Museum.

Den Job hat dir Vera besorgt.

»Wir müssen dich wieder auf die Beine bringen«, waren ihre Worte. Sie werde mit der Direktorin sprechen.

Und somit war die Sache beschlossen.

Du bist gerade erst von einem deiner Klinikaufenthalte nach Hause zurückgekehrt und wirst in die Galerie zitiert. Wenn jemand weiß, dass du das Geld nicht wirklich benötigst, noch nicht, dann deine Galeristin. Der Verkauf von *Giovanni's Room* nach Boston hat dich von einem Tag auf den anderen reich gemacht.

»Aber nur künstlerreich«, sagt Vera. Und »Puff!« sei das Geld plötzlich weg nach ein paar Jahren.

Sie bürgt für deine Verlässlichkeit und dein Organisationstalent. »*Mi amor,* habe ich zu ihr gesagt, du hast den *Bazar* gesehen, Dürrsts Monumentalwerk? Der bestand aus 11458 Einzelteilen, den Kran, die Dromedare, Ziegen, den Hund und die Hühner nicht eingerechnet.«

Bei eurem Nachtessen hast du kurz gezögert, bevor du sagtest: »Im *Paul* habe ich theoretisch Hausverbot.«

»Theoretisch?«

»Ich nehme an, es ist verjährt.«

»Will ich es wissen?«

»Gute Frage«, antwortest du, um Zeit zu schinden. Und entscheidest dich, dass eine lustige Geschichte angebracht ist, nachdem ihr eure Alkohol- und sonstigen Probleme auf den Tisch legt, über eure ersten sexuellen Erfahrungen und über die Scham sprecht, die ihr beide lange mit dem Schwulsein verbindet.

Also erzählst du, wie du während einer deiner Nächte ohne Yuri jemanden kennenlernst im *Paul*. Wie ihr ein bisschen plaudert an der Bar, ein wenig zusammen tanzt, alles ganz keusch, und wie, als der Typ sagt, er müsse aufs Klo, du fragst, ob er Hilfe brauche.

»Er stellt sich ans Pissoir und steckt beide Hände in die Hosentaschen. Also trete ich hinter ihn, greife nach vorne und knöpfe seine Jeans auf.«

Paul schüttelt lachend den Kopf.

»Jemand muss sich beklagt haben, denn bevor der Typ fertig ist, steht schon einer eurer Türsteher im Klo und wirft uns aus dem Klub. Wir sollen uns nie mehr blicken lassen.«

»Und jetzt stehst du auf der schwarzen Liste.«

»Wie gesagt, es ist Jahre her.«

»Oje, was mach ich bloß mit dir?«, scherzt Paul.

* * *

Eine weitere Erinnerung, die du deiner Therapeutin verschweigst, ist das Fliegen in deinen Träumen, schon als Kind und ganz ohne Velo.

Es ist ein Anfängerflug, mehr ein Schweben ein paar Meter über dem Boden oder direkt unter der Zimmerdecke. Erst mit den Jahren lernst du (denn die Träume kommen selten und fühlen sich deshalb umso kostbarer an), dich leicht nach vorne zu neigen, um an Höhe zu gewinnen, und dich fast in die Horizontale zu legen, um vorwärtszukommen.

Deine Flugträume spielen sich meist im Kindergarten und später in der Schule ab, über dem Pausenhof oder dem Klettergerüst, dem Sportfeld oder in der Turnhalle, dem Klassenzimmer. Jedes Mal steht unter dir eine wütende Meute aus Mitschülern, Lehrerinnen, Eltern, und während sich der Schwebezustand gut anfühlt, wachst du jeweils auf ob des Schreckens, erwischt worden zu sein von den vielen Händen, die nach dir greifen, die Beleidigungen im Ohr, die man dir nachwirft.

Oft stellst du beim Aufwachen mit Schrecken fest, dass du ins Bett gemacht hast. Der Klugscheißer, wie dich dein Vater gerne nennt, ist ein Flugpisser.

Von den Träumen erzählst du niemandem, aber die nassen Sachen kannst du Barbarella nicht verheimlichen. Du flehst sie an, deinen Eltern nichts zu sagen.

Barbarella. Das letzte Bild, das du von ihr hast, ist, wie sie an der Vernissage von *Giovanni's Room* an der *Lokale* leicht abseits der anderen geladenen Gäste steht in ihren Sonntagskleidern, ihre gute Handtasche über dem Arm, ein Glas Prosecco, von dem du sie aber nicht trinken siehst, in der Hand und ein Lächeln auf dem Gesicht.

Der weiße Kubus der Galerien Vera van Graefschepe GmbH steht frei und mitten in der Haupthalle der Ziegelei – wie sie das wohl geschafft hat?

Eine Sicherheitsmitarbeiterin, eine kleine breitschultrige Frau mit schwarz gefärbter Ponyfrisur, sorgt dafür, dass die Gäste das Exponat einzeln betreten (wobei sie bei jedem Gast das Polizeiabsperrband anhebt und nickt), nicht nur des mangelnden Platzes wegen, sondern weil du möchtest, dass die Besucherinnen und Besucher den Raum je für sich erfahren und das Erlebnis erst später als etwas Vergangenes teilen können, dass sie das Zimmer rekonstruieren müssen in ihren Gedanken, womit du laut Begleittext den fiktiven Charakter einer jeden Erinnerung unterstreichst.

Als du Barbarella erblickst, ertappst du dich bei der alten Fantasie, sie sei deine Mutter und du ihr uneheliches Kind, aufgenommen von ihrer Arbeitgeberfamilie.

I will show you my room, zitierst du Giovanni und nimmst sie bei der Hand, *it is perfectly clear that you would have to see it one of these days, anyway.*

Eure ehemalige Haushälterin lacht ihr donnerndes Lachen, das so gar nicht zu ihrer Statur passt und das deine Mutter immer zusammenzucken ließ: »Ich bitte Sie, Fräulein!«

Bestimmt hat sie Baldwin gelesen. Sie mag die amerikanische Nachkriegsliteratur, leiht dir *Fänger im Roggen* und *Wer die Nachtigall stört,* schwärmt von Carver und Capote – so abwegig ist es also nicht, dass in ihrem eigenen kleinen Zimmer die Übersetzung von *Giovanni's Room* liegt, das bei seiner Erstveröffentlichung 1956 nicht nur aufgrund des Tabuthemas Homosexualität für Furore sorgte, sondern hauptsächlich, weil ein junger schwarzer Autor es wagte, aus der Perspektive eines weißen Protagonisten zu schreiben, ja ein Buch gänzlich ohne schwarze Figuren zu publizieren.

Aber all das weißt du noch nicht, als du den Roman, ebenfalls in deutscher Übersetzung und lange bevor dir die Idee für die Ausstellung kam, auf einer Bank beim Treffpunkt im Hauptbahnhof findest, zu einer Zeit, als du und deine Schulfreunde oft dort herumlungern – und in der BookCrossing gerade die Schweiz erreicht hat, wobei du das Phänomen damals nicht kennst. Du denkst, jemand habe es vergessen, und steckst das Buch ein, einfach nur, weil du es kannst und es sich ein bisschen anfühlt wie Klauen.

Zu Hause verschlingst du es in einer Sitzung und versteckst es zuunterst in der großen Seemannskiste, in der deine DVDs lagern und die dir dein Vater im Antiquitätengeschäft an der Seefeldstrasse gekauft hat »für all deinen

Ramsch«, nachdem er Barbarella verboten hat, dein Zimmer aufzuräumen. »Irgendwann muss er es lernen!«

Lange sitzt du neben der Kiste am Boden und versuchst, die Gefühle zu sortieren, die alle auf einmal in dir hochsteigen, in deinen Kopf, der heiß pocht wie eine Eiterbeule, die zu platzen droht.

Obwohl die Zeit so vergangen und die Orte so fremd, weißt du jetzt, wer du bist und immer sein wirst. Du weißt, woher die Scham kommt und wohin dich der Trieb führen wird, den du bislang nicht benennen, aber auch nicht unterdrücken kannst. Und du willst nichts sehnlicher, als dorthin zu gelangen, wo dich einer, irgendeiner, dein Lehrer, der Optiker, Demir, in seine Arme nimmt, egal wie schmutzig dieses Wollen ist und egal, dass an deren Ende die Guillotine steht als monströse Metapher.

Nachdem die Ansprachen vorbei sind und du gebührend begossen worden bist, gerade als du dich umschauen willst nach Barbarella, um dich zu bedanken für ihr Kommen, spürst du eine Hand an deinem Ellbogen.

»Aus dir wird Großes, Kleiner«, flüstert dir deine Kindheitsstimme ins Ohr, während deine Galeristin an deinem anderen Ärmel zupft: »*Mi amor!* Da ist wer, den du unbedingt kennenlernen musst.«

»Moment«, sagst du und drehst dich um. Aber Barbarella ist bereits verschwunden im Pulk der Gäste.

Zwei, drei Jahre lang kriegst du je eine Karte zu Weihnachten und zu deinem Geburtstag. Du weißt nicht, woher sie deine Adresse hat. Dass überhaupt Post ankommt in der Psetzi, wunderst du dich, denn ihr verfügt nur über einen

selbst gebastelten und mit Namen vollgekritzelten Brief-
kasten, einige davon durchgestrichen.

Mit dem Umzug in deine erste eigene Wohnung, nach der
Trennung von Yuri, hören die Karten auf, und selbst meldest du dich nie, obwohl du ihr, wie dir jetzt bewusst wird,
vieles zu verdanken hast. Zum Beispiel das Lesen, das sie an
freien Nachmittagen mit dir übt, und die Bücher, die sie dir
ausleiht. Immer wenn du in ihr Zimmer platzt, um dich
wegen irgendeiner Ungerechtigkeit, die dir widerfahren ist,
auszuheulen, hat sie ihre übergroße Lesebrille auf und ihre
Nase in ein Buch vergraben. (»Die strenge Deutsche«, nennt
dein Vater sie manchmal, weil sie mit der Brille, die ihr an
einer Silberkette um den Hals hängt, wirklich aussieht wie
eine altmodische Schulmeisterin.) Deine Eltern blättern
höchstens in Hochglanzmagazinen, und Barbarellas Zimmer ist deine erste Bibliothek, auch wenn wenige Meter daneben eine echte steht.

Jemand will eines der Postkartenbüchlein signiert haben,
die sich jetzt schon als Renner herausstellen. Das Titelbild
zeigt die ramponierte Zimmertür mit dem Absperrband.

Giovanni's Room – Hyperfiction 1

Deine Galeristin besteht auf einem Untertitel und will
lange das Wort *Hommage* durchsetzen.

»Du solltest längerfristig denken, *mi amor*!«, sagt sie.
»Längerfristig und strategisch.«

Ihr einigt euch auf *Hyperfiction,* weil dir *Hommage* zu
eng gefasst scheint, aber vielleicht ist das Wort doch richtig.
Nicht im Sinne einer Hommage an den spezifischen Autor,
den du gewählt hast, und an dessen Buch, das dir zugeflo-

gen ist, oder an die Literatur als solches, sondern eine Hommage an jene Frau, die als einzige Figur in deiner Kindheit zu dir steht.

Now – now, of course, I see something very beautiful in those days, which were such torture then.

Du kennst ganze Passagen aus der Originalversion auswendig, die du dir nach der Floßnacht bestellt hast, und während der Arbeit zogen die Zitate an dir vorbei, als wären es deine eigenen Erinnerungen.

Now – now, erst jetzt, *of course,* erkennst du, dass du dir zwar das Gegenteil deiner elterlichen Villa gezimmert hast, dass aber beide Orte, das herrschaftliche Haus und diese verdreckte Kammer, ein schambehaftetes Gefängnis darstellen und dass ein zentrales Thema beider Werke, des Romans und deiner Nachbildung, jenes des Ausbruchs ist. Der Freiheit. Egal, was es koste.

Jetzt nur nicht melodramatisch werden, rügst du dich. Und wo bleibt Yuri mit dem Koks?

* * *

Die Veranstaltung im Museum ist kurz vor halb neun bereits zu Ende (um 20:27 schaust du auf die Uhr und bist erleichtert, dass die Zahlen dich heute in Ruhe lassen), gegen neun bist du zu Hause, wo du einen Apfel und eine Banane isst und nochmals duschst.

Lange kannst du nicht entscheiden, was du anziehen sollst. Du hast Lust auf etwas Ausgefallenes, und gleichzeitig willst du nicht aussehen, als hättest du dir Mühe gegeben.

Früher hast du dich lustig gemacht über die Grafiker und Architekten und Künstler (und du meinst tatsächlich nur die männlichen), die ausschließlich Schwarz tragen, und über die Theaterregisseure und Autoren und Künstler (ebenfalls männlich), die ständig im Anzug herumlaufen, kombiniert mit T-Shirt und (meist weißen) Turnschuhen. Um zu signalisieren, dass sie es ernst meinen? Zur Welt des großen Geldes gehören? Aber im Herzen Kreative geblieben sind?

Doch hast du dir während deiner Erfolgsjahre neben der Arbeitsuniform nicht auch eine Uniform zusammengestellt für deine öffentlichen Termine? Für die Vernissagen und Künstlergespräche und Interviews? Die übergroßen Hemden, in Weiß, Rosa, Hellblau, Gelb, deren Ärmel du jeweils hochgerollt hast bis vor die Ellbogen, hängen noch im Schrank, wo auch die unifarbenen Nylon-Trainingshosen liegen, die du am Tag der Eröffnung deiner ersten Gruppenausstellung alle zusammen im Secondhandladen einer karitativen Organisation gekauft hast.

Während du durch deine Kleider wühlst, überlegst du dir kurz, ein Ritalin zu zermörsern, um das Pulver anschließend zu sniefen. Du bist zwar nicht besonders müde, aber du befürchtest, dass du den Klub, die Menschen, den Lärm nüchtern nicht aushältst – und gleichzeitig verspürst du diese altbekannte Vorfreude auf eine Tanznacht, dieses ausgelassene Gefühl, das unter deiner Schädeldecke zuerst säuselt und dann aufbraust und dem du mit dem Ritalin zusätzlich Schub geben könntest.

Das Medikament bekommst du, nachdem du im Museum zu arbeiten begonnen hast, von deiner Therapeutin verschrieben. Du fühlst dich von deinem neuen Job, so kurz nach deinem letzten Klinikaufenthalt, überfordert, bist motivationslos und drohst in eine Depression abzurutschen.

Ein ADS oder ADHS hast du keins, das wurde bereits vor Jahren abgeklärt, und das Ritalin-Generikum ist ein Retard-Produkt, das den Wirkstoff in winzigen Dosen über Stunden in deinen Körper ausschüttet. Es soll, nachdem du mit gängigen Antidepressiva solch schlechte Erfahrungen machst, deinen Antrieb und deine Konzentrationsfähigkeit steigern, ohne in deinen Serotonin-Haushalt einzugreifen.

Bei einem deiner Rechercheanfälle findest du heraus, dass sich die verzögerte Wirkung des Präparats umgehen lässt, wenn man die Kapsel öffnet und die kleinen Kügelchen zu Pulver zermahlt und dieses via die Nasenschleimhäute direkt in die Blutbahn befördert – und *Bingo!* – das Medikament wirkt fast wie Koks.

Aber ein Geheimnis reicht, beschließt du und lässt das Ritalin bleiben.

Dass du Paul deinen Atelierbesuch verschweigen wirst, ist längst entschieden, denn egal wie klein der Schritt in dessen Augen erscheinen mag, willst du, abergläubisch, wie du bist, dein Vorhaben, deine neu gefundene Entschlossenheit nicht verschreien. Sobald du mit einer Arbeit beginnst, sobald sich abzeichnet, dass aus der begonnenen Arbeit etwas wird – vielleicht dann. Bestimmt dann. Aber jetzt noch nicht.

Zwar erhoffst du dir eine Warteschlange vor dem Klub, an der du vorbeigehen kannst zum Türsteher, um zu bekunden: »Ich bin auf der Liste.« Aber dass die Schlange so früh bereits so lang ist, erstaunt dich.

Schon seit Jahren gehst du nicht mehr aus. Höchstens zu einer der illegalen Partys, die Yuri & Nils an wechselnden Locations schmeißen, wo du am liebsten an der Bar aushilfst, um beschäftigt zu sein, aber nur während der ersten Schicht, damit du früh nach Hause gehen kannst, sollte dir alles zu viel werden.

Als du die Schlange entlang zum Eingang schreitest und die vielen Augenpaare auf dir spürst, fällt dir auf, dass du es tatsächlich geschafft hast, die beiden verpönten Looks zu kombinieren: Du trägst deine schwarzen Röhrchenjeans (die eigentlich gar keine Jeans, sondern aus einem leichteren Stoff sind), ein schwarzes T-Shirt unter dem grauen Jackett (das du vor Ewigkeiten für eine Beerdigung gekauft hast), weiße Turnschuhe, deinen schwarzen Anorak und einen schwarzen Schal.

Kurz überlegst du dir umzukehren. Du traust der Hoffnung nicht, die du schon den ganzen Tag verspürst. Dass du zurück in die Arbeit findest. Dass sich mit diesem Mann, für den du dich zurechtgemacht hast, eine Zukunft gestalten lässt. Und du bist viel zu schnell unterwegs. Spürst die Gier an dir nagen, die immer gefräßiger wird.

Vorne an der Tür sitzt eine Dragqueen mit einem iPad auf einem Barhocker. Sie trägt ein bodenlanges silbernes Paillettenkleid und einen falschen schneeweißen Pelzmantel.

Das blonde Polyesterhaar ihrer Perücke hat sie mit einem Plastikknochen zum Knoten hochgesteckt.

»Hey«, sagst du lässig, »ich bin auf der Liste.«

»Ja?«

Natürlich. Sie braucht deinen Namen.

Umständlich, denn sie hat lange, aufgeklebte weiße Fingernägel, scrollt Frau Flintstone mit der Kuppe ihres Zeigefingers auf dem Screen. Als sie dich findet, nickt sie dem Türsteher zu, der wortlos die Absperrkordel löst und ebenfalls nickt.

* * *

Keine Ahnung, wer nach der Vernissage von *Giovanni's Room* auf die Idee kommt, in den Klub mit dem Männernamen zu gehen, den du dir nie merken kannst (*Peter* oder *Paul* oder so was). Kommerzielle Partys sind bei den meisten Psetzis verpönt, aber in jener Nacht scheinen alle mitgekommen zu sein, nicht nur deine Mitbewohnerinnen und Mitbewohner, sondern auch Vera und irgendwelche Hotshots aus der Kunstwelt und Matse aus dem *Tuntenhaus* in Berlin mit seinem Zürcher Freund, der morgen oder übermorgen oder nächste Woche nach Deutschland zieht, du hörst nicht richtig zu. Alle wollen sie unbedingt zu dem Slow-Techno-Abend, eine neue Reihe, erst im zweiten Monat und schon total angesagt. Alle außer dir scheinen davon zu wissen. Yuri, dieser Heimlifeiß, denkst du, hat dir wohl nichts davon erzählt, weil dir langsamer Techno nicht sonderlich liegt und du die schnellere, härtere Gangart magst. Aber »Nein« sagen kannst du schlecht, wo alle so darauf erpicht sind, und überhaupt: Du fühlst dich aufgehoben in der Gruppe, findest es schön, dich treiben zu lassen nach all der Anstrengung, der minutiösen Planung der letzten Wochen, den verlorenen Nerven – was, wenn die Kritiken vernichtend ausfallen? Oder, noch schlimmer, es gar keine Kritiken gibt? Also lässt du dich treiben, Yuri voraus oder hinterher, grüßt hier Leute und hältst dort einen Schwatz, läufst zurück zur Garderobe, um Ohrstöpsel zu holen und einen Lollipop für deinen Freund, der mal wieder nicht raucht und damit er im Fumoir nicht in Versuchung kommt, wo du kurz zuvor durch die gläserne Tür Matse erspäht hast, den ihr beide heiß findet, aber auf dessen Platz sitzt jetzt eine Frau mit weit aufgerissenen Augen und hält ihre Handtasche umschlungen.

»Stört es dich?«, fragst du.

Die Frau zuckt zusammen, schaut auf.

»*Sorry?*«

Yuri und du, ihr quetscht euch neben sie auf das viel zu kleine Kunstledersofa, das immer besetzt ist – sogar auf den Armlehnen sitzen immer Leute, nie findest du auf Anhieb Platz im Fumoir.

Dein Knie berührt den Oberschenkel der Frau, und du drehst dich zu ihr: »*Are you having fun?*«

»*Not particularly*«, sagt sie, steht auf und verlässt den Raum.

Sofort nimmt eine andere Frau ihren Platz ein und fragt, ob du Dürrst bist, sie habe deine Vernissage leider verpasst, habe aber gehört, sie sei ein voller Erfolg gewesen, und sie arbeite für ein Kunstmagazin und ob sie dich mal interviewen –

Hämmern ihre Sätze auf dich ein wie der fette Bass, der

die Glastür scheppern lässt, und wahrscheinlich siehst du genauso erschrocken und verstört aus wie die Frau mit der Handtasche vorher, denn auf einmal schlägt es bei dir ein wie ein Drogenflash: dass du genau da bist, wo du seit jeher sein willst.

Und dass du keinen Plan hast, wie es weitergehen soll.

Du sitzt in einem Kartenhaus, das zusammenkracht in einem Monat oder einem Jahr oder schon übermorgen oder nächste Woche.

»Ich muss raus hier«, sagst du und stehst so schnell auf, dass dir schwarz wird vor Augen.

* * *

Du spürst das Wummern des Basses, bevor du die Musik hörst, und es ist dir, als würdest du umspült von einer warmen Flüssigkeit, die mit jeder Stufe des Treppenschlunds, den du herabsteigst, einen stärkeren Sog auf dich auswirkt.

An der Garderobe gibst du deinen Anorak, den Schal und das bescheuerte Jackett ab.

Als du den schweren Vorhang zum Klub zur Seite schiebst, schlägt dir die Musik entgegen wie eine Flutwelle. Du bleibst stehen, suchst die Bar, die rechter Hand der Tanzfläche entlangläuft, nach Paul ab (nichts) und lässt deinen Blick über die bereits beachtliche Anzahl Tanzender bis zum DJ-Pult schweifen (wieder nichts), hinter dem ein großer, asiatisch aussehender Mann in einer Art Kaftan auf einem Mini-Synthesizer herumklimpert und winzige melodische Silberfische erzeugt, die in den Wellen aufblitzen, bevor sie weggespült werden von der Brandung.

Paul taucht irgendwann schon auf.

Zuerst tanzt du auf der Stelle und versuchst, das Publikum einzuschätzen. Wie betrunken, wie high ist es schon? Und wohlig high oder aggro high? Speed und Koks oder Keti und Ecstasy?

Es sind deutlich mehr Männer anwesend als Frauen, und die meisten Frauen machen die Hälfte eines Paars aus, während die restlichen Typen in kleinen Gruppen an der Bar stehen und rumgrölen oder auf diese leicht vertrottelte Art tanzen, von der sie hoffen, man könne sie als ironisch lesen. Die meisten haben nur einen oder zwei Schritte drauf und behalten ihre Arme dicht am Körper oder vergraben die Hände in den Hosentaschen. Einige strecken ab und zu eine Hand in die Luft und machen eine fahrige Bewegung, als wollten sie die Musik ankurbeln.

Definitiv Speed und Koks.

Du schließt die Augen und stellst dir vor, du seist ein Stück Seetang, wie damals in der Bewegungstherapie, in deinen Einzelstunden, du und die Therapeutin, die eine helle Freude daran hatte, wenn sie dir etwas Neues beibringen konnte. Philippinischer Stockkampf, zum Beispiel, was weniger ein Kampf ist als ein Tanz. Wie heißt die Therapeutin bloß?

Zu den Einzelstunden kommst du, nachdem sich die Musiktherapie als zu laut herausstellt und du dich standhaft weigerst, in die Ergotherapie zu gehen, wo du inmitten von Töpferscheiben, Steckrahmen für die Seidenmalerei und Korbböden fürs Flechten (»Wir basteln uns besser!«, witzelt eine Patientin) damit konfrontiert wirst, dass du als Künstler gescheitert bist, wie du der Oberärztin klarzumachen versuchst. Und gehe es nicht darum, dich gerade nicht mit deinem Beruf, gerade nicht mit künstlerischen Ausdrucksweisen beschäftigen zu müssen?

Aber du willst nicht an die Klinik denken, konzentrierst dich auf deine Glieder, lässt sie weich werden, lässt deine Arme und Hände von der Strömung, den Unterwasserwirbeln hin und her, auf und ab bewegen. Sollen sie schauen, all die Hetenböcke, deren Blicke du in deinem Nacken –

Plötzlich spürst du eine Hand nach deiner greifen. Alarmiert reißt du die Augen auf und willst deine eigene –

Aber es ist Paul, der dich anlacht, nicht loslässt, dich einmal um deine eigene Achse wirbelt, unter seinem Arm hindurch.

»Ganz allein, der Herr?«

»Endlich nicht mehr.«

Paul küsst dich und zieht dich Richtung Bar.

Wie selbstbewusst er durch diesen Pulk von Möchtegernmachos schreitet. Wie selbstverständlich er Zärtlichkeit zeigt in der Feindeszone, als die dir der Klub vorkommt.

So wie du früher. Als du jung warst. Als du mit Yuri oder allein durch den Unterbauch dieser Stadt gezogen bist, die dein Zuhause war und dir gehörte, euch gehörte.

»Let's go wild«, sagt Paul und bestellt zwei Club Maté.

Er hält weiterhin deine Hand, und du spürst mit dem Daumen den schwieligen Stellen auf seiner Handfläche nach. Woher er die wohl hat? Vom Getränkekistenschleppen? Aus dem Gym? Und wie warm und trocken seine Hände sind.

Mit Holz, denkst du, du solltest mit Holz arbeiten.

Paul reicht dir eine Flasche Maté, sagt »chin-chin«, aber

ohne Anstalten zu machen, mit dir anzustoßen, denn er weiß, dass du das aus Prinzip nicht tust.

»Es ist ein Trinkritual, und ich trinke nicht«, hast du ihm in der Pizzeria am Freitag erklärt. Außerdem genießt du, wie wütend manche Menschen werden – insbesondere jene, die sich bereits ob deiner Abstinenz irritiert zeigen: »Nicht mal ein Glas? Nicht mal zum Anstoßen?« –, konfrontierst du sie derart mit ihren Gewohnheiten oder Süchten.

»Komm, ich zeig dir was!«

Paul zieht dich erneut über die Tanzfläche und zu der schmalen grauen Tür, die kaum sichtbar neben dem DJ-Pult in die Wand eingelassen ist.

Die Tür führt in einen ebenso schmalen, niedrigen Raum, nur von einem Spot beleuchtet, der eine kleine Discokugel anstrahlt, und in dem ein Paar Hocker stehen und ein schmales Metalltablar längs der Rückwand läuft, gedacht als Getränkeablage.

»Unser Backstage.«

Du verrätst nicht, dass du die Kammer gut kennst.

Wie viele Male bist du hier gelandet, vor deinem Rausschmiss, mit oder ohne Yuri, weil immer irgendwer irgendwen kannte? Wie viele Male hast du im nervösen Licht der Discokugel verzitterte Linien auf dem kalten Metall gezogen?

Und wie eigenartig es ist, dass du Paul nicht mindestens vom Sehen kennst.

Paul schließt die Tür von innen ab und klaubt ein kleines Tütchen aus der Münztasche seiner Jeans.

»Ich habe uns was besorgt«, sagt er. »Aber wir müssen nicht, wenn du nicht willst«, schiebt er nach.

»Oh doch, ich will«, sagst du und spürst, wie sich deine Gedärme zusammenziehen, wie sich ein Kribbeln ausbreitet in deinen Händen, deinen Unterarmen, wie du Gänsehaut bekommst – wie sich dein Körper erinnert.

»Bist du sicher?«

»Außer es ist Speed.«

»It's Peruvian cocaine, babe. The best.«

Du lachst, denn: *»It's cocaine, the best«*, beteuerte auch Yuri an seinem Geburtstag vor bald einem Jahr, als du zum letzten Mal Drogen genommen hast – nicht vorsätzlich zum letzten Mal, es ergab sich einfach nicht seither –, und auch Yuri fragte damals, ob du sicher seist, weil er genauso wenig versteht, wie du abstinent sein kannst beim Alkohol, abstinent sein musst, aber mit anderen Substanzen kein Problem hast. Dass du monatelang Gras oder Restkoks und ein LSD-Spray zu Hause haben kannst und nie Lust darauf. Oder selten. Selten genug.

Kommt das gut, schießt es dir jetzt durch den Kopf, wenn Paul bereits am ersten Wochenende mit Drogen auffährt?

Sei kein Heuchler, sagst du dir, als du Paul zuschaust, der das körnige Pulver mit einer Supermarkt-Bonus-Karte zerhackt. Wolltest du dir vor einer knappen Stunde nicht ein zermörsertes Ritalin die Nase hochziehen?

Ihr habt das Sucht-Thema in der Pizzeria gestreift, als es um den Alkohol ging. Ihr habt beide gestanden, dass ihr »ab und zu« etwas konsumiert. »Eigentlich nur Koks«, hast du geantwortet, als Paul dich fragte, ob das keine Probleme gäbe mit deinen Medikamenten. Der MDMA-Comedown sei für dich zu gefährlich und Speed ohnehin des Teufels. Ihr habt einander versichert, dass ihr nie wirklich ein Problem – nicht so wie mit dem Alkohol. Auf keinen Fall. Und überhaupt, ohne Alkohol habe man selten einen Drogenkater. Solange man schaue, dass man irgendwann schlafe.

»Eigentlich nur« – »nie wirklich« – »auf keinen Fall« – wahrscheinlich habt ihr beide gemerkt, dass ihr euch etwas schönredet, denn ihr habt schnell das Thema gewechselt.

»*So here we are*«, sagst du, um deinen Gedankenstrom zu unterbrechen.

»*Here we are indeed*«, antwortet Paul und küsst dich, bevor er dir eine zusammengerollte Zehnernote reicht.

* * *

Später erzählt Yuri, du habest an jenem Abend im Klub endlich richtig streiten gelernt, laut und direkt, auch wenn er bis heute nicht wisse, worum es ging. (Männer und Drogen und wer von wem zu viel, wahrscheinlich.) Aber endlich hättest du ihn mal angeschrien, hättest alles Aufgestaute ihm an den Kopf geworfen, anstatt wegzulaufen wie sonst immer.

Später könnt ihr euch nicht mehr erinnern, wer zuerst aus der Kammer neben dem DJ-Pult stürmt und zur Garderobe und nach Hause und ins Internet.

Später, als die Nacht längst zur Anekdote eingedickt ist, gebt ihr euch erstaunt darüber, wie leicht es schon damals ist, in Zürich an einem Samstagmorgen um fünf in eine Wohnung eingeladen zu werden, von der man nicht weiß, wem sie gehört, weil der gesichtslose Körper, der Arsch, der

Schwanz, schon mit der ersten Chat-Nachricht verschickt *(wir sind zu fünft. – komm vorbei! – wir haben chems. – wann kannst du da sein?)* – weil dieser Körper ziemlich sicher nicht in dieser Wohnung wohnt.

Und später könnt ihr nur sagen, wer von euch beiden als Erster da ist, wer bereits halb nackt auf dem Sofa sitzt in der abgedunkelten Wohnung, die eine Hand in der Unterhose, die andere rauchend und eine fremde auf dem Oberschenkel, immer wieder abgewehrt – »Lass mich zuerst ankommen!« –, weil der Typ alt ist und hässlich, auf den Porno starrend, der auf die Wand projiziert wird, als der andere reinkommt, der eine diesen aber gar nicht bemerkt, bis er neben ihm sitzt und nonchalant beginnt, sich die Schuhe, die Kleider auszuziehen, und dass der Schock, der auf die Einsicht folgt, was gerade passiert, nämlich, dass beide am selben Ort fremdgehen wollen, nur kurz andauert, nur eine Sekunde, dann lachen beide, und der eine verpasst dem anderen eine Ohrfeige, ganz leicht, ganz im Spaß, worauf der andere den einen im Nacken packt und ihn zu sich zieht, und für eine Weile seid ihr allein auf dem Sofa, ohne fremde Hände auf Oberschenkeln, wohl weil sich niemand getraut, euch zu stören, bis ihr schließlich gemeinsam die Wohnung erkundet, in die Küche geht, wo die Lines schon bereitliegen, lediglich das GHB muss man sich erfragen vom Gastgeber, denn mittlerweile ist klar geworden, wem die Wohnung gehört, es ist der Typ in der Küche, der eine Notiz macht mit euren Vornamen sowie der Zeit der Einnahme und der darauf achtet, dass ihr nicht zu früh nachlegt, und euch ein Versprechen abnimmt, das G nicht mit Alkohol zu konsumieren oder mit Poppers und aufzupassen mit dem

Viagra, das Kamagra heißt, weil es ein Generikum ist, und das in Gel-Form aus Sachets kommt, von denen ihr je eins schlürft – »Nur eins!«, sagt der Gastgeber – und die grässlich künstlich nach tropischen Früchten schmecken, und ab ins Schlafzimmer, wo das große Bett mit Frottiertüchern abgedeckt ist und ihr plötzlich Haut an Haut seid mit wechselnden Männern, plötzlich die Attraktion seid, forschende, fordernde Hände überall, Körper überall, neben euch, unter euch, auf euch, in euch, und weil der eine oder andere nicht sauber ist, geht ihr beide ins Bad, um euch zu spülen, und dort liegt eine Spritze auf dem Waschbeckenrand und ein Löffel und ein Feuerzeug, wahrscheinlich für Crystal Meth, und zurück ins Schlafzimmer, und manchmal schaut der eine dem anderen einfach nur zu und fühlt sich dabei warm, so warm, und spürt dabei so viel Liebe für den anderen, den er plötzlich wieder nimmt, als sei es eine Strafe, und manchmal sitzt ihr auf dem Balkon, wo die Sonnenstore ganz ausgefahren und alle Seiten komplett abgeschirmt sind mit diesen Bambusmatten aus dem Baumarkt, und ihr seid in eine Wolldecke gewickelt, schmiegt euch aneinander und teilt euch eine Zigarette, denn Yuri fing schon im Klub wieder mit Rauchen an, aber das ist jetzt egal, wie es auch egal ist, dass die meisten Männer zwischendurch ins Bad verschwinden und mit Fratzen anstelle von Gesichtern herauskommen, mit versunkenen Augen und kieferkauend, Tina oder Tantchen sei Dank, wie Crystal neuerdings genannt wird, alles ist egal, außer eure warme Haut und die Haut der immer neuen Typen, die irgendwer bestellt, bis Samstagnachmittag ist und ihr längst nicht die Letzten seid, die gehen, und draußen blendet die Sonne, und ihr beide, Yuri und

Dürrst, dein Freund und du, ihr seht überall nur Joggerinnen und Jogger und Menschen mit Rollkoffern, so viele Rollkoffer, »*And why the fuck is everyone running?*«, sagt der eine oder andere, und ihr müsst lachen, weil ihr plötzlich nur noch Englisch sprechen könnt, und jetzt einfach nur nach Hause, einfach nur streicheln, alles an euch schlaff, eure Gedanken zerfetzt, keine Worte mehr, bis ihr einschlummert und vor euch hin döst, halb wach oder halb schlafend, definitiv halb schlafend, dem Xanax sei Dank, oder vielleicht ist es ein Valium, das euch der Gastgeber beim Gehen in die Hand gedrückt hat mit den Worten: »Passt aufeinander auf, ja?«

* * *

Und dann seid Paul und du auf der Tanzfläche und an der Bar und im Fumoir, wo du mit wildfremden Leuten redest, die du besser kennst als deine besten Freunde, und wieder auf der Tanzfläche, an der Bar, im Backstage, der nun zum Bersten voll ist und wo Paul, der wirklich alle kennt, mit allen redet, ohne je von dir abzulassen, immer mit einer Hand auf deinem Oberschenkel oder dir im Nacken oder in deiner Gesäßtasche, und die zweite Linie, die ihr zieht, betäubt deinen Rachenraum und flutet, gerade als ihr erneut die Tanzfläche erreicht, deinen Körper mit Hitze, nein, mit warmem Harz, denn ihr seid Bäume, Pauls Haut ist geschmeidige Rinde (definitiv etwas aus Holz wirst du erschaffen), und du weißt nicht, wo deine Äste aufhören und Pauls beginnen, wie ihr euch wippt im Wind und euch verflechtet ineinander, wie ihr wachst und wachst, höher und höher in den Nachthimmel.

Bis es »Schwuchteln!« zischt neben euch.

Du willst dich verhört haben. Bist auf einen Schlag nüchtern. Machst einen Schritt aus Pauls Umarmung. Trittst jemandem auf den Fuß.

»Hey, pass auf!«

Vor euch plustern sich zwei Typen auf, je mit einer Flasche Bier in der Hand.

»Was hast du gesagt?«, fragt Paul. Seine Stimme ist ruhig, fast freundlich.

»Habt ihr keine eigenen Klubs?«

Paul greift nach deinem Handgelenk.

»Komm«, sagt er und zieht dich weg.

»Ja, haut ab!«

Erst als ein Türsteher gefunden ist und danach ein zweiter, weil sich die Typen zu gehen weigern, erst als die Polizei gerufen ist, nachdem einer der beiden einen weiteren Gast bedroht mit seiner Bierflasche – »Was gaffst du, Arschloch!« –, erst als ihr oben in Pauls Büro sitzt, merkst du, dass dein warmer Körper kalt schwitzt.

»Du solltest wieder runter«, sagst du.

»Bist du okay?«, fragt Paul.

»Ich möchte nach Hause.«

»Bleib doch eine Weile hier oben.«

Du schüttelst den Kopf.

»Weißt du was«, sagt Paul, »ich gebe dir meinen Schlüssel, und du nimmst ein Taxi.«

Du siehst dich, wie du den Boden deiner Maté-Flasche, die vielleicht vierte oder fünfte des Abends, gegen die Kante des DJ-Pults schmetterst und den zersplitterten Flaschenhals den beiden Typen in die Bäuche rammst, bis Blut spritzt.

»Ich komme, so schnell ich kann.«

* * *

In Berlin, wohin du fliehst, weil du es trotz Einzelzimmer in der Klinik nicht mehr aushältst, weil alle um dich herum irr sind, du aber nicht, du bist lediglich erschöpft, deine Mutter hatte für einmal recht –

In Berlin, wo du dich Yuri nicht stellen musst, dem ganzen Psetzigewusel nicht, der Gemeinschaftsküche, den kommunalen Duschräumen –

In Berlin gibt es eine Wohnung, wo für immer und ewig Wäsche hängt. Sie hängt auf einem dieser zusammenfaltbaren Ständer auf dem Balkon, den du fälschlicherweise als Loggia in Erinnerung hast. Es sind hauptsächlich Hemden, die dort hängen. Hellblaue Hemden und weiße Unterhosen. In deiner Erinnerung steht der Ständer im Wohnzimmer neben dem knutschblauen Sofa.

Und das ist das Schlimmste: Neben diesem Wäscheständer zu sitzen, halb zu sitzen und halb zu liegen, die Hände auf dem Rücken gefesselt, und nicht zu wissen, wann er wieder aus dem Schlafzimmer kommt, aus dem Zimmer hinter der Tür hinter dem Sofa, wo du ihn im Moment nicht mal hörst.

Das Schlimmste: Wie demütigend das Warten ist.

Aber das kann nicht stimmen. Denn auf dem Glastisch liegt ein Häufchen Koks, oder vielleicht ist es Speed (jahrelang gibt es überall nur billiges Speed), und ein eingerollter Fünf-

euroschein und eine blanke Plastikkarte im Kreditkarten-
format, vielleicht die Schlüsselkarte eines Hotels.

»Bediene dich!«, sagt er.

Und also sind deine Hände nicht gefesselt.

Oder aber: Deine Hände sind gefesselt, und er sagt »Bediene dich!« und lacht.

Lässt dich vor einem Klub aufgabeln. Stehst draußen und
rauchst. Nochmals rein? Oder doch schlafen? Seit Tagen
drückst du kein Auge –

Aber so spitz.

Zündest dir die hundertste Zigarette –

Kommt einer und fragt dich, wo es hier gute Musik –

Deutest du auf den Klub.

»Das ist 'ne Schwulendisco, nicht?«, fragt der Typ.

Sagst: »Schon.«

Worauf der Typ, er sei nicht schwul. Aber man könne ja
bei ihm noch ein bisschen Party.

Weißt du nichts Besseres, als mitzugehen.

Du findest das Haus ein paar Tage später im Netz, als du
mit Handy und Logbuch im *Liebling* sitzt.

Das Haus ist erschreckend nah.

Das Haus ist an der Dunckerstrasse.

Du siehst die Wäsche auf dem Balkon im ersten Stock,
verewigt auf Google Earth.

Und ja, du erinnerst dich.

Aber nur an Einzelheiten, nicht ans große Ganze.

Du erinnerst dich ans Gefesseltwarten.

Ans Geficktwerden.

Du erinnerst dich ans Blasen vorher. Du willst ihn blasen. Du bläst gut. Er hat einen geilen Schwanz. Du tust, was er will. Du lutschst seine Eichel, leckst seine Eier. Du bist auf den Knien.

Vielleicht sogar die erste Ohrfeige findest du geil.

Du erinnerst dich an die Straße vor dem Klub. Erinnerst dich an sein Wohnzimmer, die Wäsche, das Koks oder billiges Speed auf dem gläsernen Tisch.

Du erinnerst dich ans Nichtwollen.

Du erinnerst dich nicht an ein Gefesseltwerdenwollen.

Wolltest du gefesselt werden?

Wie lange lässt er dich warten, da auf dem Sofa?

Du glaubst, du hörst ihn etwas sniefen im Schlafzimmer hinter dir.

Also ist das Koks oder Billigspeed gar nicht auf dem Glastisch vor dir?

Oder es ist überall?

Es gibt Jahre, da ist überall nur billiges Speed.

Du erinnerst dich. Du erinnerst dich nicht. Du erinnerst dich nicht an alles. Warum sollst du dich auch erinnern? So schlimm ist das doch nicht. So eine Geschichte haben doch alle. Du bist doch ein Mann. Du kannst dich doch wehren.

Woran du dich sicher erinnerst: Er ist fertig. Er bindet dich los. Er schmeißt eine Tüte Pulver auf den Tisch, sicher drei oder vier Gramm.

»Nimm, so viel du willst.«

Und dass er dir mindestens einmal ins Ohr zischt, als er dich fickt: »Du Schwuchtel, du!«

* * *

Natürlich hast du deine Pillen vergessen. Bevor du losgegangen bist, gestern Abend, hast du dich nicht einmal gefragt, wo ihr übernachten werdet, bei Paul oder bei dir. Hast dir rein gar nichts überlegt, außer, was du anziehen sollst. Und jetzt fehlt dir nicht nur das schlafanstoßende Antidepressivum, sondern auch das rezeptfreie Mittel, das du vorrätig hast, falls du nach einer Drogennacht nicht einschlafen kannst, sowie deine Morgenpillen (Schilddrüsenhormone und ein Stimmungsstabilisator). Ihr müsst also zu dir nach Hause gehen, sobald ihr aufgestanden seid. Wobei an Schlaf jetzt nicht zu denken ist.

Bereits im Taxi merkst du, dass die Nüchternheit, die auf den Schock im Klub folgte, lediglich eine momentane war und das Kokain deinen Körper weiterhin in seinen Klauen hat, denn obwohl deine Finger und Zehen eiskalt sind, fühlst du dich warm und leicht – und erregt.

Zwischen den beiden Vordersitzen siehst du den Oberschenkel des Taxifahrers, der breitbeinig im Sessel hängt und nach dem Schalten seine rechte Hand jeweils kurz auf sein Bein legt, nahe an seinem Schritt, der dir jedoch verborgen bleibt, auch wenn du dich leicht nach vorne beugst.

Vielleicht ist das bereits der Anfang des Endes mit Paul, denkst du. Denn bist du nicht gerade dabei, alle Fehler, die du mit Yuri gemacht hast, zu wiederholen?

* * *

Wer in die Klinik will oder von seinen Freunden auf Anraten eines Notarztes in die Klinik gewollt wird, muss durch ein Besprechungszimmer, das direkt gegenüber dem protzigen Empfangsfenster mit der riesigen Glasscheibe liegt, hinter der die Informationen aus dem soeben ausgefüllten Formular in einen Computer übertragen werden.

Das Zimmer, in dem entschieden wird, wer aufgenommen und wer abgewiesen wird, ist alles andere als protzig. Es ist klein und mit Linoleum ausgelegt und hat ein einziges schmales Fenster. Ein paar Stühle gegen die Wand, ein kleiner rechteckiger Formica-Tisch mit zwei weiteren Stühlen, ein paar grausame Zirkus-Poster von einem der Knies, bestimmt eine Topfpflanze – überall stehen Topfpflanzen.

Dann endlich die diensthabende Ärztin.

Du schaust auf.

Endlich die geschlossene Tür.

Die Ärztin nickt.

Du schaust wieder zu Boden. Die Ärztin ist so hübsch, so blond, so milchhäutig, so blauäugig, dass es dich blendet.

»Was ist denn geschehen?«, fragt die Ärztin. »Was können wir für Sie tun?«

Sie redet im Plural, obwohl sie allein ist im Besprechungszimmer. Stunden scheinen zu verstreichen zwischen ihren Fragen.

Will sie wirklich, dass du ihr alles erzählst, diese singuläre, blendende Schönheit?

»Warum sind Sie da?«

Will sie wirklich, dass du mit dem schwarzen Hund anfängst aus deiner Kindheit und endest mit dem ersten richtigen Streit zwischen Yuri und dir und mit eurer Eskapade danach?

»Was brauchen Sie von uns?«

Die Heulkrämpfe, die folgen? Dass du nicht mehr schläfst?

Aber du bringst den Mund nicht auf, alles ist verklebt.

Die großen blauen Augen der Ärztin fixieren dich.

Du schaust weg.

»Einen Kaugummi«, stammelst du. »Ich brauche einen Kaugummi.«

Die Ärztin dreht beide Handflächen auf dem Tisch nach oben, spreizt ihre Finger, wie um dir zu zeigen, dass sie nichts versteckt, weder Süßigkeiten noch eine Waffe.

»Ich kann Ihnen so nicht helfen.«

»Ich brauche einen Kaugummi«, wiederholst du, und etwas löst sich in dir, in deinen Gedärmen, und steigt auf in deinen Hals und bricht aus dir hervor, ein Tiergeräusch, und plötzlich sind da Tränen, und Rotz ist da, und du bebst, alles an dir bebt, als du dir übers Gesicht wischst, und du willst dich auf deine Hände setzen, aber die Ärztin streckt dir eine Box mit Papiertüchern hin, und du weißt, du musst dich schnäuzen, man erwartet von dir, dass du dich schnäuzt.

Die Ärztin wartet, bis du fertig bist. Sie schaue, was sich machen ließe, sagt sie und geht nach draußen. Die Tür bleibt offen, und du hörst, wie sie die Empfangsdame bittet, ein Auge auf dich zu behalten.

Später, nachdem die Ärztin dich untersucht hat, deine Lymphdrüsen abgetastet, dir in den Mund geschaut, deinen Kniescheibenreflex getestet hat, musst du etwas unterschreiben am Empfang.

Deine Freunde warten draußen auf der großen Showtreppe des Hauptgebäudes, *das tiefstem Unglück ist geweiht,* unter dem Einweihungsstein mit dem Text von Gottfried Keller anno 1866, *selbst vorgetragen am Aufrichtfest.* Sie warten auf Stühlen neben der Eingangspforte und auf den Bänken in der Sonne. Sie werfen sich aufs Gras und warten rauchend, warten an ihren Handys.

Als die Ärztin mit dir herauskommt, haben sie Hunderte von Fragen.

Die Ärztin will wissen, wer dein nächster Angehöriger ist.

Alle antworten sie: »Wir alle.«

Sie wolle nur mit einer Person sprechen, erklärt die Ärztin.

Jules macht einen Schritt auf sie zu. Welche Abteilung, wie lange, Besuchszeiten, Ausgang?

Die Ärztin wimmelt ab, du müssest zuerst mal auf deine Station kommen, wo ihre kompetenten Kolleginnen weiterschauen würden.

»Besuchszeiten?«

Die ersten vierundzwanzig Stunden sicher niemand, danach sei es an der Oberärztin zu entscheiden, üblicherweise bis zwanzig Uhr, aber man sei da nicht mehr so streng wie früher. Es komme hauptsächlich darauf an, wie gut du kooperierest.

Besuchszeiten. Oberarzt. Station. Kooperieren.

Du lässt dich sinken in das Gefühl der Geborgenheit hinein, das du bereits jetzt verspürst. Bald darfst du schlafen. Du bist froh, als der Lärm deiner Freunde abzieht und man dich aufs Zimmer begleitet.

Als du die Haustür öffnen gehst, stellst du weder den Porno aus noch die Lautstärke leiser: ein Fickgelage mit amerikanischen College Jocks. Der Jüngste von ihnen hängt –

Du hängst mit den Händen auf dem Rücken gefesselt über einer Sofalehne, damit die anderen dich –

Damit die beiden Typen aus dem Klub, damit alle Typen aus dem Klub, die anderen Gäste und die Türsteher, abwechselnd und rücksichtslos –

Es sind erst gefühlte zwei Minuten vergangen, seit dich das Taxi bei Paul zu Hause abgeliefert hat, du eine seiner Trainingshosen angezogen und dich am großen Fernseher im Wohnzimmer via Webbrowser vom Internetschlund verschlingen lassen hast, Zigarette um Zigarette rauchend. Irgendwann bist du aufgestanden, um den Cockring aus Pauls Nachttischschublade zu holen, weil du nicht steif wurdest, aber der Ring war ein wenig zu groß und brachte nichts, worauf du kurz überlegt hast, nach Hause zu fahren, wo du mindestens zwei Sachets von dem Potenzgel hast, das man im schwulen Sexshop kaufen kann, aber nur mit Bargeld, weil illegal, wie auch die Poppers-Fläschchen, von denen ebenfalls eins im Kühlschrank steht.

Paul setzt sich, noch in Straßenschuhen, mit seiner Jacke und dem Schal zu dir aufs Sofa, reibt seine Hände rapide gegeneinander, bevor er deinen Kopf umfasst und dich küsst und nicht loslässt und wieder küsst, bis du lachst, weil du im flimmernden Pornoaquarium des Fernsehers zwei Saugfische aneinanderkleben siehst. Als Paul aufsteht, drehst du den Ton leiser und zwingst dich, die Augen zu schließen.

Dein Freund kommt ebenfalls in einer Sporthose und oben ohne mit einem kleinen quadratischen Spiegel, einem Block Snief-Papieren, die mit *Safer Use*-Regeln bedruckt sind, und mit zwei blauen Pillen zurück ins Zimmer.

»Mein Freund«, hast du tatsächlich gedacht.

Dass Paul, den Utensilien nach zu schließen, häufiger eine Drogennacht durchgibt, als er dich in der Pizzeria glauben ließ, geht dir erst morgen durch den Kopf. Aber morgen, obwohl ihr Streit bekommt, euren ersten Streit, rechnest du Paul hoch an, dass er nicht versucht, dich aus deinem Zustand zu holen, dass er wortlos mitgeht. Und gerade weil alles wortlos abläuft, wirkt der rituelle Charakter des Vorgangs, das Zerhacken der Klümpchen, das Legen der Linien, das Rollen der Papierchen, zusätzlich gesteigert.

Bei eurer ersten Begegnung im Dampfbad bist du dir sicher, dass Paul ausschließlich aktiv ist. Oder du willst einfach nur die Fantasie: Dieser männliche Mann, der breitbeinig sein Geschlecht zur Schau stellt, die Hände auf den Oberschenkeln, den Kopf lässig an die Kachelwand gelehnt. Dieser männliche Mann, der vielleicht heterosexuell ist, sich aber ab und zu bedienen lässt nach dem Sport, weil es bequem ist und er sich bestärkt fühlt in seiner Männlichkeit, wenn einer willig vor ihm kniet. Doch an den darauffolgenden Tagen stellt sich heraus, dass Paul genauso gut und gerne einsteckt, was er so gerne und gut austeilt.

Und jetzt muss Paul einstecken, jetzt wird nach Pauls Hand gegriffen, die dir in die Trainingshose fahren will, und der Arm wird Paul auf den Rücken gedreht, und Paul lässt mit sich machen, Paul ist abwechselnd der eine Typ aus dem

Klub und dann der andere, bis du die beiden Männer nicht mehr auseinanderhalten kannst, nicht mehr weißt, wie sie aussehen, aber es sind die beiden Typen, die sich da winden in deinem Griff, halb auf dem Sofa, halb auf dem Boden, und du fickst sie beide und würgst und schlägst sie und spuckst ihnen ins Gesicht, und nachdem ihr eine Pause macht, um mehr zu koksen, wirst du zu Paul, und Paul ist die beiden Männer, und du kriegst, was du verdienst, immer schon verdient hast, bis Paul dich endlich, endlich kommen lässt und sich selbst auch, worauf ihr lange liegen bleibt in der Stille, in der du dich fühlst wie ein ausgenommenes Tier im Schnee, nein, wie eine Jagdtrophäe an jemandes Wand, und das Gefühl ist schön, so schön.

* * *

Wie oft nach dem Mittagessen und vor den ersten Gruppentherapien spielt ihr Klapsenrundlauf. Ihr seid zu sechst, Feuergesicht, die stille Sandra und du plus die drei Neuen, die sich bereits so aufführen, als würden sie sich seit Jahren kennen.

Du horchst auf, als sich unter das Pingpong ein zweites, ähnliches Geräusch mischt: ein Klip-Klop von hochhackigen Schuhen. Nur zu gut kennst du den Klang, erkennst den Gang vom Hören schon von Weitem.

Aber das kann doch nicht –

Sicher ist es eine der Assistenzärztinnen, die sich gerne auftakeln, um sich von den Pflegerinnen abzusetzen. Wobei sich keine Ärztin je hierher verirrt, in den entferntesten Winkel der Station, wo der Tischtennistisch steht und mangels Fenster auch tagsüber Licht brennt.

Also doch?

»*Shit!*«, flucht einer der Neuen und hechtet deinem flach geschmetterten Ball nach.

Tischtennis kannst du. Tischtennis kannst du, seit du und Iain den Durchschlupf entdeckt habt in der Hecke zwischen euren beiden Anwesen auf Mykonos. Iains Pool, der größer ist, und euer Tischtennistisch, und zwischendurch um die Wette ans Meer runter –

Alles, was schnell ist an dir und flink, entwickelst du im Wettstreit mit Iain, Sommer um Sommer, bis sie aufhören, dich zu hänseln beim Sport in der Schule, weil du, deinen Ferienfreund und den Strand im Kopf, alle abhängst bei jedem Sprint und Hürdenlauf, sodass sie dir den Rest verzeihen, all die verpatzten Goals und unbeholfenen Pässe.

Iain, der ein Jahr jünger ist als du, aber einen Kopf größer. Iain, dessen lange Arme und Beine ihm ständig im Weg sind. Der nur mit Kappe und T-Shirt und unter einer dicken Schicht Sonnencreme nach draußen darf.

Wie lange hast du nicht mehr an ihn und an jenen Sommer gedacht, als sich in der Villa neben eurer nichts mehr rührte, die Fenster blind blieben?

Der Neue kommt direkt vor deiner Mutter zu stehen, den Pingpongschläger in der Luft, als wolle er ihr drohen. Dann hebt er die andere Hand, wie um zu kapitulieren.

»Entschuldigung!«

Deine Mutter mustert ihn kurz, macht einen Schritt zur Seite, mustert auch die anderen, wobei ihr Blick einen Moment zu lange auf Feuergesichts purpurnem Mal ruht, das sich von seiner rechten Schläfe über die Wange bis zum rechten Mundwinkel ausbreitet.

»Schön habt ihr es hier nicht gerade«, bemerkt sie anstelle einer Begrüßung.

Ihr dürft keine Besucherinnen und Besucher mitnehmen auf eure Zimmer, aber du könntest mit deiner Mutter in den Speisesaal, wo sich nachmittags kaum jemand aufhält. Oder du könntest sie zu einer der beiden Sitzgruppen führen, die beim Stationseingang stehen. Oder sie in die klinikeigene Kantine ausführen, denn solange du dich abmeldest, darfst du dich frei bewegen, nur deine Therapien darfst du nicht verpassen, auch wenn du das gerade tust. Oder ihr könntet spazieren gehen auf dem weitläufigen Gelände, den Hügel hoch durch das Wäldchen, zum Beispiel, und zur hölzernen Gartenlaube, von wo man dieselbe Seesicht hat wie von deinem Elternhaus, nur etwas höher. Stattdessen machst du dir den Spaß, deine Mutter in den Ruheraum zu führen, gleich neben der Waschküche, in dem du noch nie jemanden gesehen hast und wo es nur Yogamatten gibt und Gymnastikbälle als Sitzgelegenheiten und wo tönerne Duftlämpchen herumstehen und kitschige Poster mit abgegriffenen Lebensweisheiten über lieblichen Landschaften an den sanft orange gestrichenen, aber mit den Jahren fettfleckig gewordenen Wänden hängen. Du hörst Feuergesicht kurz auflachen und ziehst die Tür hinter euch zu.

Deine Mutter lässt sich nichts anmerken, stellt ihre Handtasche auf den Boden und breitet die Arme aus.

»Lass dich drücken!«

»Was machst du hier?«, fragst du und gehst zum Fenstersims, der knarzt, als du dich setzt. Du drehst dich ab, schaust durch die Gitterstäbe auf den Obsthain, der zur Klinik gehört und in dem vom Aussterben bedrohte einheimische Apfel- und Birnensorten wachsen. Ein Projekt einer städtischen Stiftung, liest du auf einem deiner Spaziergänge. Plötzlich verspürst du eine immense Traurigkeit, die nichts mit der Depression zu tun hat, aufgrund der du hier bist. Wie viele Gärtnerinnen und Gärtner es wohl braucht, um die Bäume zu pflegen, gegen Schädlinge zu schützen, fachgerecht zu wässern, düngen, schneiden?

»Du hast dich nie gekümmert. Warum also jetzt?«

»Schau, ich verstehe, dass du wütend bist, aber –«

»Ich bin schon lange nicht mehr wütend. Ich bin nicht mal mehr enttäuscht.«

»Es gibt Orte, die besser ausgerüstet sind.«

»Und da haben wir's! Dein Sohn in einer öffentlichen Irrenanstalt anstatt standesgemäß in einer privaten Alpenklinik – was denken bloß Herr und Frau Bonzen-Bünzli von nebenan?«

»Das ist unfair.«

»Willst du wissen, wann ich das letzte Mal an dich gedacht habe? An euch?«

Deine Mutter erwidert nichts, schreitet zum Fensterbrett und setzt sich neben dich. Das Fensterbrett knarzt.

Deine Mutter riecht dezent nach Haarspray, ihrem viel zu süßen Parfum und den Spearmintbonbons, nach denen sie süchtig ist. Sie riecht nach der Umarmung, die sie dir vorher geben wollte.

Du stehst auf, bewegst einen der Gymnastikbälle mit dem Fuß vor und zurück.

»An meiner Vernissage war das. Als Barbarella da war und ihr nicht.«

Vor und zurück.

»Das hat wehgetan. Ganz kurz. Und dann habe ich mir vorgestellt, wie ihr reinkommt, irgendein Ehepaar, Bekannte meiner Galeristin vielleicht, und sie stellt uns einander vor, worauf ich höflich grüße – ›Freut mich! Schön, dass Sie da sind!‹ – und mich anschließend meinen Freunden zuwende. Und nie wieder einen Gedanken an euch verliere.«

Du gibst dem Gymnastikball einen sanften Tritt. Er rollt gefährlich nah an dem flachen Korb mit den Massagehölzern vorbei, prallt neben der Tür von der Wand ab und kehrt zu dir zurück.

»Du hast dich übernommen mit der Ausstellung, bist ausgebrannt.«

Du stoppst den Ball mit dem Fuß.

»Also habt ihr meine Einladung bekommen?«

»Dein Vater –«, setzt deine Mutter an. »Ich habe in der Zeitung davon gelesen. Ich wollte nach der Vernissage –«

»Dann muss sie ja gut gewesen sein, wenn euer heiliges Parteiblatt darüber berichtet.«

»Es gibt Kliniken, die auf Burnout spezialisiert sind«, wechselt deine Mutter das Thema.

»Ich habe kein Burnout. Das wurde abgeklärt. Ich habe eine rezidivierende depressive Störung. Hatte ich schon als Kind.«

»Du warst kein Kind mehr. Und du hast dich erholt nach den beiden Episoden.«

»Genau das bedeutet *rezidivierend*. Vielleicht hättest du es nachschlagen sollen.«

Wie arrogant du damals warst, denkst du Jahre später, als du in derselben Klinik nach einem deiner Suizidversuche die neue Diagnose »Bipolare Affektstörung« erhältst und die Szene im Ruheraum vor dir aufblitzt – all die vielen Klinikszenen vor dir aufblitzen, all die vergeudeten Jahre.

»Weißt du«, sagt deine Mutter, »als ich jung war, waren meine Eltern auch an allem schuld. Ich möchte nur, dass du die bestmögliche Behandlung bekommst.«

Du stehst auf, rollst den Gymnastikball langsam zu seiner bunten Schar Freunde in die Ecke, schreitest langsam zurück zum Fenster, wo du vor deiner Mutter stehen bleibst.

»Ich möchte, dass du gehst.«

Du siehst dich schon im Skills-Training im Kreis sitzen und stolz berichten, wie du für dich selbst eingestanden bist, wie du dein Bedürfnis zuerst erkannt und danach klar formuliert hast.

Deine Mutter steht auf, bückt sich nach ihrer Handtasche und klip-klopt zur Tür. Bevor sie den Raum verlässt und die Klinik und hoffentlich dein Leben, sagt sie: »Melde dich, falls du es dir anders überlegst.«

Erst am späteren Nachmittag, als du von der Bewegungstherapie zurück auf die Station kommst, erfährst du, dass deine Mutter es nicht lassen konnte, eine letzte Entscheidung für dich zu treffen. Und zu bezahlen.

Das Einzelzimmer ist viel kleiner als das Dreierzimmer, das du dir die letzten zwei Wochen über mit Feuergesicht und wechselnden anderen Patienten geteilt hast. Auch dieses Zimmer hat einen kleinen Eingangsbereich, eine Art Vestibül mit einer Garderobe, wo in den Mehrbettzimmern das Lavabo angebracht ist. Erst auf den zweiten Blick entdeckst du das schmale Bad, das links von der Garderobe abgeht und in den geteilten Unterkünften fehlt.

Du möchtest Yuri schreiben, ihm Bilder schicken von deiner neuen Bleibe: *schau, giovannis zimmer in antiseptisch!* Denn die Dimensionen stimmen tatsächlich. Aber dann erinnerst du dich an eure Vereinbarung. An das Timeout, wie Yuri es nennt.

Dass du das Zimmer nicht ausschlägst, belastet dich fast mehr als die Sticheleien deiner Mitpatientinnen und Mitpatienten – »Muttersöhnchen« nennen sie dich und »Bonzenbohemien« (ausgerechnet von der stillen Sandra kommt der Begriff) – oder Feuergesichts freundliche Unterkühltheit fortan.

Als dir die Lovely Lesbians, die nach ihrem Abschluss nach Berlin gezogen sind, um der »Geldvernichtungsmaschine Zürich« zu entkommen, unerwartet schreiben, ihr Gästezimmer sei endlich fertig eingerichtet, ob du sie nicht besuchen wollest, zögerst du keinen Augenblick, auch wenn dein Entscheid bei deinen Ärztinnen nicht gut ankommt: Du musst eine Bestätigung unterschreiben, dass du auf eigenen Wunsch und trotz Abraten freiwillig austrittst.

Später, als es dir richtig schlecht geht, bestehst du zwar darauf, wieder in dieselbe Klinik eingeliefert zu werden, aus dem einfachen Grund, dass sie dir nicht fremd ist, aber als Yuri dich mit seinem neuen Freund Nils besucht, der gar nicht mehr so neu ist, verheimlichst du ihnen, dass du den Aufschlag bezahlst für ein Einzelzimmer, über zweihundert Franken pro Nacht, denn auch wenn er sich angesichts deiner Verfassung wohl eine Bemerkung –

Ach, du willst dich gar nicht damit beschäftigen. Damit, dass er recht hat von wegen Privileg und dass Leute wie du –

Dein Versprechen an dich selbst, einen Ort zu finden weit weg von allen Orten, die du kennst, einen Ort nur für dich, falls du je hier rauskommst und noch Geld übrig –

Auch das erzählst du deinem Ex-Freund nicht, der dein liebster Freund geworden ist und ohne den du dir kein Leben vorstellen kannst.

* * *

»Frau Flintstone?«, wiederholt Paul und schaut dich ungläubig an.

»Oder wie sie sich nennt, ja.«

Du siehst die Wut hochsteigen in ihm.

Ihr sitzt nach ein paar Stunden oberflächlichen Schlafs beim Frühstück.

Paul hat dich gerade gefragt, wie es dir geht – »nach gestern?« –, worauf du dich in eine Ecke geredet hast.

Du bist dir sicher, er meint mit »gestern« euren Drogenexzess und nicht den Zusammenstoß im Klub, den ihr mit keinem Wort mehr erwähnt habt. Aber deine alte Bekannte, die Scham, sitzt mit euch am Tisch, also schaust du Paul nicht an, stocherst in deinem Rührei.

Immerhin sei es derselbe Klub, wo du mal wegen einer homosexuellen Handlung rausgeschmissen worden seist. Und jetzt säße da eine Dragqueen vor der Tür wie eine Jahrmarktattraktion, um ein kaufkräftiges schwules Publikum anzulocken, das anschließend von den Heten im Klub ange-griffen werde.

»Wow«, stößt Paul hervor.

Das war's dann wohl, denkst du. Du wirst dich so stark in einen Stellvertreterstreit hereinsteigern, bis es kein Zurück mehr gibt und du aufstehen kannst und gehen.

Paul räumt eure Teller und das Besteck ab.

»Es tut mir leid«, murmelst du.

Paul dreht sich weg von der Spüle und dir zu, zieht die Augenbrauen hoch.

»Bitte setz dich.«

Einen Augenblick lang scheint sich Paul zu überlegen, dich zu ignorieren und sich wieder dem Abwasch zuzuwenden. Dann setzt er sich hin.

»Wir reden ein anderes Mal über Frau Flintstone, das lasse ich so nicht stehen.«

Aber du siehst es ihm an, er hat dir bereits verziehen.

Du blickst an ihm vorbei aus dem Fenster und wünschst dir, in einer der Wohnungen gegenüber würde jemand stehen, euch beobachten und ein ganz normales Paar sehen, das zusammen frühstückt. Würde das Paar sehen, das du unbedingt sein möchtest, sein kannst, wenn du es nicht mutwillig zerstörst.

Gerade willst du ansetzen, von der Angst zu sprechen, dass ihr mit der gestrigen Nacht ein Tor geöffnet –

Dass sich alles wie eine Wiederholung –

Aber Paul steht erneut auf und streckt seine Hand nach deiner aus.

»Komm, wir gehen rüber.«

Du erhebst dich und blickst zu den Wohnungen auf der

anderen Straßenseite. Noch immer niemand. Du fühlst dich Paul unterlegen, wie er dich Richtung Sofa zieht. Paul, der keine Ahnung hat, wie schnell du bei jedem kleinsten Konflikt die Flucht ergreifst, auch wenn du ihn selbst herbei –

Vielleicht sogar herbeiführst, damit du fliehen –

Vielleicht, vielleicht.

Vielleicht hakt Paul nicht nach, denkst du. Vielleicht ist die Sache für ihn bereits gegessen.

»Wovor denn?«, fragt Paul, als ihr eingekuschelt auf dem Sofa liegt.

»Vor mir selbst. Vor gestern. Aber ich weiß nicht, ob ich darüber reden will. Es gibt so viel, das ich dir noch nicht erzählt habe.«

Es klingt alles wie eine Ausrede. Ein Ausweichmanöver.

»Du musst«, sagt Paul und beginnt, dich zu kitzeln, bis du kreischst und um dich schlägst. »Aber nicht unbedingt jetzt.«

Du bist ihm unendlich dankbar, deinem bodenständigen, verlässlichen Mann mit den breiten Schultern, der dir »Scheherazade« ins Ohr flüstert und »Tausendundeine Nacht« und sagt: »Erzähl mir mehr von Ägypten.«

* * *

In Kairo sind die Vier- oder Fünfsternehotels die besten Orte, um sicheren, sprich: importierten, Alkohol zu bekommen. Wollen du und deine neuen Freunde von der Sprachschule der hupenden, brummenden Stadt entkommen, legt ihr euch am Sonntag im *Marriott* in Zamalek an den Pool und bestellt Longdrink um Longdrink. Donnerstags trefft ihr euch im *Nile Hilton* am Tahrir, wo es jeweils

Livemusik gibt. In Heliopolis, wo sich die Schule befindet, setzt ihr euch oft auf die Dachterrasse des *Oasis,* das jedoch nur zwei Sterne hat und wo ihr nur Bier trinkt, weil ihr dem harten Alkohol nicht traut.

Vier Flaschen importierten Alkohols kann man in Kairo auch bei der Einreise kaufen im Duty-Free-Shop, der sich im anderen, nur per Taxi erreichbaren Terminal befindet. Man hat dazu vierundzwanzig Stunden Zeit und muss ein gültiges Einreisevisum und den Flugschein vorlegen. Kommt Besuch, ist Terminal 2 der erste Halt, und die vier Flaschen Gin, Whisky oder Wodka sind eine Art Einreisegebühr.

Das wG-Zimmer in der Prinzessinnenvilla findest du in der Schule, am weißen Brett neben der Rezeption, wo du dich für einen Anfängerkurs eingeschrieben hast. Nicht weil du in den 90 Tagen, die dein Touristenvisum dir im Land erlauben, wirklich Arabisch lernen willst, sondern weil du irgendwo anfangen musst, unter die Leute zu kommen und Kontakte zu knüpfen. Drei Englischlehrerinnen und ein Arabischlehrer plus Rose, die amerikanische Hauptmieterin und eure Landlady, von der gemunkelt wird, dass sie einst mit einem libanesischen Waffenhändler verheiratet war und die Mieteinnahmen nicht braucht, eure Gesellschaft aber schon. Und jetzt du. Sechs Zimmer und ein Esstisch mit Platz für zwölf Leute. Vier Meter hohe Decken mit Stuck. Ein Erker mit Blick auf den kleinen Park der Villa, die früher einer Cousine des letzten Königs gehört hat – jenes Königs, der mittlerweile am Genfersee lebt, finanziert von den Saudis.

Bei deiner Ankunft in Kairo herrscht *chamasiin*, was »fünfzig« bedeutet und die fünfzig Tage ab der Tagundnachtgleiche bezeichnet, während der für eine kurze Zeit Saharasand nach Norden geweht wird. Überall ist roter Staub: in deinen Ohrmuscheln, in deiner Unterhose, in jeder Schublade der wackeligen alten Möbel in eurer Villa. Weil du noch nie etwas vom *chamasiin* gehört hast, denkst du, es sei immer so in dieser Stadt, die dich von der ersten Stunde berauscht mit ihren Geräuschen, Gerüchen, dem ganzen Gerangel am Flughafen, am Taxistand, in der Lobby des Hotels, in dem du für die ersten zwei Wochen unterkommst.

Und im Chan el-Chalili, dem riesigen Labyrinth eines Marktes, der ein ganzes Quartier einnimmt und dessen überdachte Gassen bersten vor Ständen und zeltartigen Gebilden und der zugleich als Vorbild dienen soll für deinen *Bazar* als auch die Hauptbezugsquelle für all die Waren sein wird, die du brauchst. Und den du sofort aufsuchst, um dich schon in der ersten halben Stunde in ein Hinterzimmer ziehen, dich mit übersüßem, aufgeschäumtem Minzentee bezirzen und dir von einem Mann, der behauptet, früher in Bern gelebt zu haben, und der tatsächlich das Guggisberglied singen kann, für eine astronomische Summe zehn mundgeblasene Flacons Parfum andrehen zu lassen.

Du wirst einen Guide-Schrägstrich-Übersetzer-Schrägstrich-Assistenten finden müssen, um dich in deiner Naivität nicht wieder über den Tisch ziehen zu lassen.

Du wirst ein detailliertes Budget erstellen müssen.

Ein ägyptisches Handy organisieren und eine Exportfirma beauftragen.

Und die längste Einkaufsliste deines Lebens machen.

Aziz will zuerst nicht in die Villa kommen, Hisham wegen, dem ägyptischen Arabischlehrer. Erst als sich herausstellt, dass dieser selbst schwul ist, selbst versteckt lebt vor seiner Familie, seinen ägyptischen Arbeitskollegen, willigt Aziz zögerlich ein. Denn wo sollt ihr sonst hin? Aziz lebt bei seinen Eltern, und in ein Hotel zu gehen wäre zu gefährlich. Aber die beiden werden nicht warm miteinander. Aziz misstraut Hisham, der, obwohl ungeoutet, zu offen lebe (womit er meint, dass sich dieser zu tuntig gibt), und weigert sich, mit ihm in der Öffentlichkeit gesehen zu werden, während Hisham sagt, Bonzen wie Aziz seien der Grund, warum in ihrem Land so vieles schieflaufe, alles so korrupt, die Schere zwischen Arm und Reich so groß sei.

Du nimmst Aziz von Anfang an nicht ab, dass er in dich verliebt ist, wie er beteuert. Fasziniert, ja – verliebt, nein. Und wie es wohl aussähe, wärst du Ägypter wie Hisham?

»*Have you ever had an Egyptian boyfriend?*«, fragst du.

»*I've never had a boyfriend full stop*«, antwortet Aziz in seinem perfekten Englisch.

»*Not even in the States?*«

»*No.*«

»*All of college not?*«

»*I only did two years.*«

Ob du in Aziz verliebt bist, fragst du dich selten, und meist ist die Antwort ein »Nein«. Du magst ihn, ja, und er öffnet dir Tore, die dir sonst verschlossen blieben, aber nein, verliebt bist du nicht, kannst du gar nicht sein, dein Kopf zu voll, deine Zeit zu knapp.

»Tell me again why you're doing this? Why a suq?«

Auch ein tolles Wort, denkst du. *Suq.* Vielleicht solltest du den Titel ändern? Aber *Bazar* ist so schön nahe an »bizarr«.

»Because I can«, lachst du. *»Because it's fun.«*

Aziz schüttelt den Kopf. *»You Westerners«,* sagt er.

Worauf er gehen muss, wie er immer gehen muss gegen ein oder zwei Uhr in der Früh, nachdem seine Mutter zum zweiten oder dritten Mal angerufen hat.

»Enta feen, ya Aziz?«, fragt sie.

Nein, übernachten bei seinem Westler, das geht definitiv nicht.

»Taalia!«, sagt Aziz. »Ich komme!«

Als du Monate später an Aziz' Hochzeit seiner Mutter begegnest, streckt sie ihre Hand aus, worauf du nickst und ihr deine gibst.

»Ahlan wa sahlan!«, heißt sie dich willkommen.

»Achlan bik!«, antwortest du und hast das Gefühl, diese Frau, deren Stimme die meisten deiner arabischen Nächte durchdringt, schon oft getroffen zu haben.

Wann ruft sie an? Lässt sie euch bis drei Uhr in Ruhe, weil Donnerstag ist, der Abend vor dem religiösen Freitag? Oder meldet sie sich bereits um Mitternacht zum ersten Mal, weil die Familie etwas Wichtiges zu besprechen hat, zum Beispiel die Umgestaltung des Foyers ihrer Stadtwohnung, deren Front über einen gesamten Häuserblock läuft?

* * *

Die Idee für die Fotos kommt dir, als du auf dem Weg von einem der Ausstellungsräume zurück ins Büro im dritten Stock jene schnellen Stöckelschritte hörst, die unmissverständlich deiner Galeristin gehören. Veras Büro und die kleine Dependance ihrer Galerie befinden sich direkt über den Räumen des Museums im Gießwerk.

Paul und du habt die Nacht zuvor kaum geschlafen, dein Rücken und dein Kiefer schmerzen, und dein Kopf fühlt sich an, als sei er auf Baumnussgröße eingeschrumpft.

Vera hat zwar an dem Tag, an dem du im Museum zu arbeiten begonnen hast, aufgehört, dich über dein Schaffen (oder besser, Nichtschaffen) auszufragen, aber du hast die Nerven nicht, um von ihrem »mi amor!« aufgespießt und mit einer Tirade über irgendeine Inkompetenz an die Wand genagelt zu werden.

Schnell schreitest du zur Mediathek und stellst dich vor die automatische Glastür, die hoffentlich aufgeht, bevor Vera um die Ecke stakst.

Die Tür geht auf, du huschst hinein und stellst dich zwischen zwei Regale. Du liebst den Geruch von frischen Druckerzeugnissen in diesem Raum, den eine anonym bleiben wollende Kunst- und Literaturmäzenin der Stadt vermacht hat und der erst kürzlich eröffnet wurde.

An den Wänden hängen schwarz-weiße Schnappschüsse von amerikanischen Nachkriegsautorinnen und -autoren an verschiedenen europäischen Orten: Truman Capote und Tennessee Williams an der Amalfiküste, Patricia Highsmith im Tessin, Christopher Isherwood in Berlin, James Baldwin in Paris und mit Lucien Happersberger, dem *Giovanni's Room* gewidmet ist, in Leukerbad.

Ach, James, seufzt du innerlich.

Ob Martina, der Kuratorin der Dauerausstellung, bewusst ist, dass sie alle Homos in dieselbe Ecke neben der Tür gedrängt –

Das ist es!

Du wirst wieder fotografieren. Wieder mit Einwegkameras, wie du sie für *Bazar* benutzt hast. Aber diesmal wirst du kein eigenes Werk künstlerisch dokumentieren, sondern dein ganzes Leben kategorisieren, all die Dinge und Menschen darin festhalten. Ein Porträt deiner selbst, zusammengesetzt aus allem, was dich umgibt.

Ursprünglich zu fotografieren begonnen hast du – wie passend – wegen Vera, die bei der Konzeption der Installation auf sekundäre Einnahmequellen pocht, da sie sich zwar optimistisch zeigt, das große Werk verkaufen zu können – aber: »Wir wollen ja auch in Zukunft ein bisschen Moneten machen.«

Du stellst dir vor, dass die Kriminalpolizei nach dem Mord, den Giovanni im Buch begeht, dessen Zimmer aufsucht, also organisierst du diese kleinen Nummernschilder, die zur Spurensicherung verwendet werden, sowie ein Absperrband der französischen Polizei (LIGNE DE POLICE NE PAS TRAVERSER), das du für dein Fotoshooting über die Tür der Installation klebst, und schießt mit einer geliehenen Spiegelreflexkamera grobkörnige monochrome Tatortbilder.

Die limitierte Serie verkauft sich sehr gut, und bis heute sind die Postkarten davon in etlichen Museumsshops der Welt erhältlich, inklusive an deinem Arbeitsort.

Bei *Bazar* strebst du die Ästhetik von Touristenschnapp-schüssen an und arbeitest mit günstigen Einwegkameras, wobei die Touristinnen und Touristen allesamt Statistinnen und Statisten sind, die vorab ein Freigabeformular für die Bilder unterzeichnen müssen – plus Yuri, der das Papier erst unterschreibt, als du drohst, ihn nicht einzusetzen.

»Aber wir sind doch Freunde«, protestiert er.

»Genau deswegen«, konterst du.

Es macht dir großen Spaß, die Bilder zu verwackeln oder leicht schräg aufzunehmen, Sujets abzuschneiden und Fin-gerschatten im Sucher zu platzieren. Die unzähligen Film-rollen wirfst du über ein paar Tage verteilt im selben Laden an der Princes Street in Edinburgh ein, wo du sie gekauft hast, wobei dich der Gedanke, dass einige Rollen verloren gehen oder beschädigt werden könnten, eigenartig beflü-gelt. Alles andere am *Bazar* ist so riesig geworden und ge-wichtig. Deine Tage sind durchgetaktet, und bei jedem Schritt reden dir mindestens zwei weitere Menschen rein.

»Bist du von Sinnen?«, ruft Vera aus, als sie erfährt, dass du die Bilder von einer Supermarktkette entwickeln lässt. Und gibt später zu, dass genau dieser Punkt »die Zunge« gewesen sei in den Verhandlungen mit der privaten Berliner Sammlerin, die die gesamte Erstserie ersteht und insistiert, dass der Künstler die Hängung in ihrer Londoner Woh-nung selbst supervisiert.

»Die Zunge?«

»Du weißt schon, *mi amor,* mit der Waage.«

Ja, du wirst mit dem Medium und mit demselben Werkzeug, mit dem du aufgehört hast, einen neuen Anlauf nehmen.

Du möchtest aus der Mediathek stürzen und Vera im Flur abfangen. Aber sie würde die Idee zerreden, bevor du sie überhaupt richtig ausformulieren kannst, denn sie liebt es, Konzepte ihrer Künstlerinnen und Künstler auf links zu drehen und abzuklopfen, fehlende Stringenz und Logikfehler aufzudecken. Nein, du gehst erst auf sie zu, wenn du einige Bilder beisammenhast, und überraschst sie damit. Lauerst ihr vielleicht sogar auf in den Gängen bei der Arbeit und bemerkst ganz nonchalant: »Gut, dass ich dich sehe. Ich hab was Kleines für dich.«

* * *

Ihr kurvt in Aziz' suv durch die Stadt, die Fenster zu, die Klimaanlage und die Stereoanlage auf Maximum (die Pop-Schnulze *Nour El Ain* von Amr Diab oder die Klassik-Schnulze *Enta Omri* von Oum Kalsoum, beides dir zuliebe), so wie ihr oft ziellos durch die Stadt fahrt nach Feierabend und vor dem Abendessen, zu dem es heute aber nicht kommt. Unerwartet hält Aziz auf einem Parkplatz in Mohandesin, gleich beim Schießklub, an dessen Pool ihr manchmal den Freitagnachmittag verbringt und danach Caesar-Salate esst im klubeigenen Restaurant, und zieht ein klein gefaltetes rosafarbenes Stück Papier aus seiner Anzugjacke. Es ist ein Brief, geschrieben in violetter Tinte, die arabischen Lettern groß und dickbauchig, die Seitenränder verziert mit aufgeklebten Silbersternen und Goldherzen.

»*Eh da?*«, fragst du (»Was ist das?«), denn du übst gerne die wenigen Brocken Arabisch, die du kannst.

»*I said yes*«, antwortet Aziz.

»*Yes to what?*«

»Aya. She's twenty-two. Her father owns the biggest construction company in Egypt.«

Ganz zu Beginn eurer Bekanntschaft – vor ein paar Wochen erst und doch vor Lebzeiten, weil so viel passiert, du ständig auf Achse bist in diesem neuen Land – erklärte dir Aziz, dass er irgendwann heiraten werde. Heiraten müsse. Und zwei, drei Mal sagte er eine Verabredung ab, weil seine Mutter die neueste Kandidatin zum Essen eingeladen hat. Vielleicht weil es nicht in dein Weltbild passt oder dein Vorstellungsvermögen übertrifft, vielleicht weil dir bewusst ist, dass Aziz und du eine flüchtige Affäre bleiben werdet, weil du nur kurz in Kairo bist, eigentlich keine Zeit haben solltest außer für die Arbeit, hältst du dich nicht auf bei Gedanken über seine, geschweige denn eure Zukunft. Oder vielleicht willst du es einfach nicht hören.

Du bist sprachlos, da im Auto vor dem Schießklub.

Er könne dem Druck nicht länger standhalten, sagt Aziz. Und dass Aya und er die perfekte Partie seien.

Es kommt dir vor, als habe deine Stimme, als du sie wiederfindest, deinen Körper verlassen und spreche aus weiter Ferne: *»Yeah, for your family. But what about you?«*

»For my family and for me.«

»And for her?«

»She knows what she's doing. I know what I'm doing.«

»She knows?«

»I didn't say that. I said, she knows what she's –«

»How can she? Without all the information? That you fuck men, for example.«

Einen kurzen Augenblick lang befürchtest du, Aziz könne dich schlagen. Aber als er spricht, scheint er ganz gefasst, und du weißt, dass er sich längst entschieden hat.

»*It's different here*«, meint er. »*Lots of marriages get arranged. It's economics.*«

»*Aziz and Aya*«, sagst du. »*The A-list power couple.*« Und als Aziz nicht antwortet, fragst du: »*And me? Am I just your* khawal *for some fun?*«

Aber was meinst du zu wollen? Du bereitest mit *Bazar* die vielleicht wichtigste Ausstellung deiner Karriere vor. Und dann ist da Yuri. Oder auch nicht. Aber trotzdem. Willst du, dass Aziz zu dir nach Zürich zieht? Oder geht es dir nur darum, gewollt zu werden? Bist du am Ende gar nicht auf Aziz wütend, sondern auf die Welt, in der er lebt und die ihn zu so etwas zwingt? Eine Welt, die du Stück für Stück einkaufst und nach Europa verschiffst, damit du mit einem künstlerischen Statement, einer Provokation zu Ruhm kommen kannst?

»*Don't say that. You know how difficult it is for me.*«

»*Do I? You keep saying so. But I can't feel it, I can't see it, this difficulty. All I can see is a spoilt little rich kid who is used to getting what he wants.*« Dann bittest du ihn, die Zentralverriegelung des Autos aufzuschließen. »*I'll take a taxi.*«

Er weigert sich und fährt dich nach Hause.

Eine Woche lang sprecht ihr nicht miteinander, und du willst ihn beinahe schon abhaken, den großen, breiten Aziz mit den blauen Augen.

* * *

Anstatt Vera im Flur abzufangen, vereinbarst du mit ihrem Empfangsgigolo einen Termin.

Vera nennt alle ihre Mitarbeiter »Gigolo«, und es gibt neben dem »Empfangsgigolo« die »Aufsichtsgigolos«, sowie ihren »Privatgigolo«, während sie ihre einzige Mitarbeiterin, zuständig für Presse- und Öffentlichkeitsarbeit, »Biene« nennt, obwohl sie Bettina und nicht Sabine heißt.

»Hm«, sagt deine Galeristin, nachdem du ihr dein Vorhaben geschildert hast. »Kannst du nicht nochmals bei deinem Konzept bleiben?«

Ihr sitzt euch an ihrem riesigen Schreibtisch, auf dem nur eine filigrane Lampe aus Draht und ihr Laptop stehen, gegenüber.

»Vielleicht mit einem winzigen Ort. Eine Schublade, die irgendwo beschrieben wird. Bei Proust gibt's sicher so was.«

Du lachst laut heraus.

»Eine Schublade, die mich in derselben Schublade belässt?«

»Sei keine Diva, *mi amor*. Es geht mir nur um die Dimension. Die meisten arbeiten von klein zu groß. Du hast ziemlich riesig angefangen, da wäre eine Wendung zum Winzigen doch schick. Zur klitzekleinen Kostbarkeit.«

»Schick?«

»Raffiniert, unerwartet, elegant. Oder du nimmst einen dieser Manga-Romane, die gerade so im Trend sind. Ein hyperrealistisch zum Leben erweckter Fantasmus.«

»Ein Fantasmus?«

»Hör auf, mich nachzuäffen!«

Du hättest wissen müssen, dass deine Galeristin bei einem Künstler wie dir, der so gut wie in der Versenkung verschwunden ist, zuallererst kommerziell und nicht inhaltlich denken würde.

Bereits in der Schule hat man euch vermittelt, dass der Kunstbetrieb genau das ist: ein Betrieb. Das Modul hieß *Positionen im Markt*, und ihr habt zum Beispiel erfahren, dass der größte Teil des Geschäfts in der Preisklasse zwischen eintausend und zehntausend Franken erwirtschaftet wird und es lediglich eine Handvoll darüber hinaus schafft. Vielleicht ist die Kunst die Diva unter den Geschäften, denkst du, in eine schillernde Aura gehüllt, die sie gekonnt selbst produziert, bleibt aber – Bottom Line – ein ganz banales Business.

Zwar hast du dich darauf vorbereitet, dass Vera dich löchern wird (du hast dich sogar ein wenig darauf gefreut), aber hiermit hast du nicht gerechnet.

Du faltest deine Hände im Schoß, um deinem Körper zu signalisieren, ruhig zu bleiben, ganz ruhig.

»Das ist doch nur eine Sache der Kommunikation«, sagst du. »Ich habe bei Baldwin mit Fotografieren und bei *Bazar* mit Schnappschüssen zu experimentieren begonnen, was ich jetzt weiterentwickle.«

Als Vera nichts erwidert, fügst du an, dass du auch die privaten Gegenstände, die du in den beiden vergangenen Werken integriert hast und die ihr nicht katalogisiert habt, sowie einige der doppelt vorhandenen Objekte verwenden willst.

»Deine Fotokünste in Ehren, aber die Serien waren geniales, hochpreisiges Merchandising und nicht mehr.«

»Autsch!«

Paul würde sich das nicht gefallen lassen.

»Schau, ich freue mich, dass du arbeiten willst. Dass du anscheinend schon zu arbeiten begonnen hast«, sagt Vera etwas versöhnlicher, »aber wir müssen dein Comeback gut durchdenken.«

»Also reden wir doch von einem Comeback?«, fragst du, mehr, um Zeit zu gewinnen.

(Da ist es wieder, dieses Wort.)

Wie würde Paul reagieren? Die Sitzung abbrechen, mit dem Versprechen, ein solides Konzept auszuarbeiten? Alle vorhandenen Karten auf den Tisch legen?

Paul. Paul. Paul.

Auch wenn du komplett absorbiert bist von dem, was du gerade tust oder was gerade passiert, und dir Hunderte andere Gedanken durch den Kopf jagen, denkst du parallel immer an Paul – wo ist er, was macht er, was denkt er, wann seht ihr euch wieder? Du fühlst dich besetzt, und du empfindest das Gefühl selten als angenehm.

»Findest du die Bilder stark?«, hörst du ihn nun fragen.

»Ich finde sie vielversprechend«, hörst du dich antworten.

»Na dann …«

Und obwohl du dir versprochen hast, Vera die ersten Bilder nur zu zeigen, sollte sie auf die Idee anspringen, bückst du dich zu deinem Rucksack runter, in dem sich die fünf Stapel aussortierter Fotos in ihren sauber beschrifteten Entwicklungstüten befinden, die du vorsorglich mitgebracht hast: *The Boys – Paul Naked – Chairs – These Houses were Homes – Cigarettes.*

Während deiner Recherche bist du auf Lernkarten für den Sprachunterricht gestoßen und hast dich entschieden, alles, was du fotografierst, in Gänze aufzunehmen und nichts anzuschneiden.

Das Kleinformat und die Schnappschussqualität der Abzüge stehen in (gewollter) Dissonanz mit der frontalen Inszenierung der Sujets (eigentlich Objets) vor möglichst neutralen (aber nicht kontextlosen) Hintergründen, was dazu führt, dass diese nicht für sich selbst, sondern für eine Kategorie zu sprechen scheinen.

Jetzt, da Vera Stapel um Stapel langsam durchgeht, hoffst du, sie würde alles, was du eingeübt hast, sehen in den Bildern – und noch viel mehr.

»Ich stelle mir eine prozessuale Arbeit vor.«

Vera ist beim letzten Bild des letzten Bündels angekommen.

»Es soll von jeder Kategorie immer nur eine Serie geben, aber weil die Anzahl Kategorien endlos ist, wächst und wächst das Projekt. Jede Ausstellung ist vom selben Gesamtkunstwerk, aber jede Ausstellung ist einzigartig. Und neben den Serien könnte jede Show einen Fotoband und natürlich Postkarten generieren.«

Deine Galeristin lehnt sich in ihrem Stuhl zurück und studiert dich wie die Fotos vorher.

Aus Nervosität gewinnst du an Fahrt: »Ich überlege mir, einige der fotografierten Objekte, und vielleicht auch Leute, in der Ausstellung zu platzieren, so unauffällig wie möglich. Das Reale und das Abgebildete geben sich im künstlichen Raum, der jede Galerie schließlich ist, dem Vergleich

preis, was Fragen um Präsentation und Repräsentation auf-
wirft.«

Gestern im Atelier hast du dir Notizen gemacht und hast
sie mehr oder weniger auswendig gelernt, aber bald gehen
dir die vorgefertigten Sätze aus.

»Bezüglich der Zeitspanne bin ich mir unschlüssig. Ich
habe zum Beispiel –«

Vera hebt eine Hand, um dich zum Schweigen zu bringen.

»Gekauft«, sagt sie.

»Gekauft?«

»Ich habe ein paar große Aber – aber ja, gekauft.«

»So schnell?«

Du springst auf.

»Schon mit dem ersten Stapel. Ich wollte dich einfach
zappeln sehen.«

»Du bist unmöglich«, sagt du lachend und umarmst die
sitzende Vera umständlich.

* * *

Das schreibende Fliegen entdeckst du im *Liebling* im Prenz-
lauer Berg, wo nach ein paar Tagen dein Milchkaffee schon
bereitsteht, bevor du dich eingerichtet hast.

Im Gästezimmer der Lovely Lesbians steht ein Pult unter dem Hochbett, das sie selbst gezimmert haben, an dem
du aber nie sitzt, weil du Menschen brauchst um dich herum, ein Hintergrundrauschen, das Gefühl, nicht aus der
Welt gefallen zu sein nach dem Vorfall kurz nach deiner
Ankunft.

Zuerst schreibst du, um dich abzulenken von dem Wäscheständer und dem Glastisch, den hellblauen Hemden und weißen Unterhosen, die in deinem Kopf herumflattern, und dem himmelblauen Höllensofa, auf dem du dich immer wieder sitzen, immer wieder liegen siehst.

Du schreibst, um dich zu beschäftigen, während die Ladys, die von der bildenden Kunst zur elektronischen Musik übergegangen sind, sich in ihrem Studio in Kreuzberg austoben, bevor ihr abends an der Schliemannstraße stundenlang Tischtennis spielt, bis euch der Hunger zum *Kiezburger* oder dem vietnamesischen Restaurant treibt, wo du jeweils zwei Portionen Black Sticky Rice Pudding bestellst.

Ideen für eine neue Ausstellung schreibst du auf und skizzierst Konzepte, die du allesamt verwirfst.

Du seist viel am Lesen, am Recherchieren, meldest du Vera in Zürich, die dir Buchtipps zurückschickt und damit durchblicken lässt, du mögest bitte dort weitermachen, wo du mit Baldwin begonnen hast.

Du schreibst, um nicht untätig herumzusitzen in dieser Stadt, in der du weder ein Atelier noch Werkzeug hast – und auch keine Hoffnung, je wieder etwas zu erschaffen, je wieder eine originale Idee zu haben. Wie das passieren konnte, wunderst du dich. Wo du doch innerhalb weniger Jahre alles erreicht hast, was du dir je zu erträumen wagtest. Oder vielleicht gerade deshalb?

Nachts liegst du im Hochbett in deiner Kammer, fragst dich, wie es Demir wohl geht, was er arbeitet, ob er verheiratet ist, und versuchst, in den Flugtraum deiner Kindheit zurückzufinden, indem du dich beim Einschlafen schwebend vorstellst. Es funktioniert nur ein einziges Mal, aber du gibst nicht auf.

Manifeste schreibst du und bizarre Listen, fein säuberlich auf die vorgedruckten Linien deiner Logbücher, Format A5, die du schon seit jeher in derselben Papeteria am Helvetiaplatz kaufst. Deine eigene Todesanzeige und *Recipes for Disaster,* einfach weil dir der Titel gefällt. Du schreibst Fünfjahrespläne, Zeitungsannoncen, Lösungssätze für Kreuzworträtselbegriffe.

Neben dir am Boden sitzt geduldig der schwarze Hund.

Kommst du nicht weiter, notierst du Dialogfetzen, die du aufschnappst im Café, und schreibst sie fort, bis sich die Figuren verselbstständigen – um dann doch wieder neben dir zu landen dort auf dem Sofa gleich ums Eck an der Dunckerstraße.

Bald werden dir die Hefte ausgehen, und du wirst in die Schweiz zurückkreisen müssen, um dir Nachschub zu holen, so lächerlich abergläubisch bist du.

Sobald du deinen Stift ruhen lässt, stupst dich der schwarze Hund an mit seiner kalt-feuchten Nase, und sein fauliger Atem weht zu dir hoch.

Bleibst du im Kindheitstraum ganz Körper, zu schwer, um voranzukommen, und verlässt du im Drogenflug deine Hülle und kannst dich von außen betrachten, ist der Wörterflug ein körperloser. Du bestehst lediglich aus Gedanken, die sich zu Sätzen formen, die einander jagen, überholen, überstürzen, überbieten. Sätze, die Pirouetten drehen und sich in Spiralen zu Paragrafen hochschrauben, die sich über Seiten ergießen und noch mehr Seiten.

Bis du merkst, dass du die Luft anhältst – und du plötzlich nicht mehr aus Wörtern, Sätzen, Paragrafen bestehst, sondern wieder nur Körper bist, eine linke Schulter, die schmerzt, ein verspannter Nacken, der verkrampfte Daumen deiner rechten Hand, ein rastloses Bein, das Morsezeichen aussendet: S-C-H-A-R-L-A-T-A-N *(Schieber, Schwätzer, Schwindler, 10 Buchstaben).*

* * *

Du beginnst natürlich mit Paul als deinem ersten Fotomodell, wobei du auch diesen Anfang inszenierst.

Nachdem dir die Idee gekommen ist in der Mediathek, machst du früher Schluss im Museum und fährst via Baumarkt, wo du ein paar Umzugskisten kaufst, ins Sideli und vergewisserst dich, möglichst ohne dich an den anderen herumstehenden Sachen aufzuhalten, dass im Lager noch Einwegkameras vorhanden sind und dass sie ordentlich verstaubt und unangetastet aussehen. Danach rufst du Paul an und fragst, ob er dir, bevor ihr essen geht, im Atelier helfen wolle: »Ich möchte ein paar Sachen ausmisten.«

»Du willst wieder arbeiten?«, fragt Paul.

»Ich fühle mich grad so aufgeräumt«, antwortest du. »Zeit, das in der Realität umzusetzen.«

»Was führst du im Schild?«

»Kommst du oder nicht?«

»Natürlich komme ich.«

»Schön hast du's«, sagt Paul, als er bei dir im Sideli steht. Und nach einem Zögern: »Ich muss dir was gestehen.«

»Du willst mit anderen vögeln?«, scherzt du. Oder nur halb, denn dieses Gespräch steht an, denkst du jedes Mal, wenn Paul einen Typen anschaut auf der Straße.

»Ich habe dich gegoogelt.«

»Oh.«

»Schon an unserem ersten Wochenende, als du mal auf dem Klo warst.«

Dabei habe er sich erinnert, wie er vor Jahren im Museumsquartier in Wien alle Postkarten von *Bazar* gekauft und seinen Freunden mit »bombigen Grüßen« aus Bagdad geschickt habe.

»Und du hast nie was gesagt?«

»Irgendwie habe ich gespürt, dass du das nicht willst.«

»Und wenn ich selber nie was gesagt hätte?«

»Hätte ich dir vielleicht ebenfalls eine Postkarte geschickt. Ich habe nämlich noch zwei. Die mit der auffliegenden Taube und eine, wo sich jemand den Schnürsenkel bindet und nicht schnallt, dass er einen Stau verursacht vor dem Gewürzstand.«

»Jetzt verstehe ich wenigstens, warum du mit mir zusammen bist«, scherzt du. »Weil ich mal berühmt war.«

Du könntest dich treten.

Säßest du bei deiner Therapeutin auf dem einen Stuhl und würdest dich selbst beobachten, auf dem anderen Stuhl sitzend, du sähest dich als einen vormals gestandenen Künstler, der sich allein durchschlägt, seit er sechzehn ist, sähest eine ehemals stolze selbst betitelte Schlampe, die über die sich anbahnende Zweierkiste witzelt, nur um davon abzulenken, wie klein du dich fühlst, klitzeklein und unbedarft neben diesem souveränen Mann, dem du längst verfallen bist. Klein und schmutzig. Als verklebte deine Kindheit immer noch jede einzelne deiner Poren.

»Was willst du hier ausmisten?«, fragt Paul.

»Ich war am Samstagnachmittag schon mal da.«

»Aha. Gut zu wissen, dass du mir auch Dinge verschweigst.«

»An die Arbeit!«, sagst du und ziehst den Vorhang zur Seite, um den schmalen Durchgang zwischen Wand und Gestell freizulegen, der in dein Lager führt.

Lange sagt Paul nichts und betrachtet die Objets trouvés, die in und auf dem billigen Fernsehmöbel liegen und die aus dem verbeulten Einkaufswagen herausquellen. Studiert die Bilder und Fotos und Skizzen, die an den Wänden hängen. Betrachtet die Tonminiaturen mit den eingeritzten Chat-Nachrichten, die auf dem Fensterbrett stehen. Und all das andere Zeug, all die Werkzeuge und Farben und Papierrollen und Pinsel und unbenutzten Leinwände, die auf dem Boden liegen oder in Tüten unter dem zweiten Fenster lagern, vor dem eine Stange angebracht ist, an der verschiedene Arten von Schnüren und Seilen und Ketten hängen, die du für eine nie verwirklichte Idee gesammelt und gekauft hast. Versucht, all das aufzunehmen.

Du faltest unterdessen, damit du Paul nicht anschauen musst, die Umzugskisten zusammen.

»Und all das hat nichts mit *Giovanni's Room* oder *Bazar* zu tun?«, fragt Paul.

»Fast nichts, nein. Es gibt ein paar Bilder, die es nicht in die Postkartenserien geschafft haben, und eine Handvoll Dinge, die ich zurückbehalten habe, als das Zimmer verkauft wurde.«

»Und was ist mit *Bazar* passiert?«

»Es wurde in Australien nochmals gezeigt und in Japan. Seither liegt es im Lager meiner Zürcher Galerie.«

»Deiner Zürcher Galerie? Du hast mehrere?«

»Theoretisch eine zweite in New York, ja. Die haben geholfen, das Zimmer nach Boston zu vermitteln.«

Es ist dir unangenehm – seit jeher ist es dir unangenehm –, über deine Erfolge zu reden. In den Augen deiner Therapeutin macht es dich sympathisch.

»Dass ich das Selbstbewusstsein habe einer Maus?«

»Dass Sie nicht prahlen.«

»Aber finden Sie es nicht eigenartig, dass ich mich so sehr nach Anerkennung sehne, und sobald ich sie bekomme, kann ich nicht damit umgehen?«

»Das ist eine interessante Beobachtung.«

Dir wird warm, als Paul dir Fragen über deine beiden Werke stellt. Offenbar hat er gründlich recherchiert und scheint zumindest nicht gänzlich unbeeindruckt. Ganz unabhängig davon, dass er dich nun kennt. Und als Paul laut herauslacht ob der Sprüche auf den kleinen Tontafeln, kannst du deine Genugtuung kaum verbergen.

Von den ersten Tafeln *(how r u? – good thx)* lässt sich noch nicht ableiten, worum es geht, aber die Nachrichten werden immer expliziter und schmutziger *(what u into? – how big is ur dick? – wanna be my cumwhore?)*

»Hast du die wo ausgestellt?«, fragt Paul.

»Nur in einer Gruppenausstellung während des Studiums«, spielst du ihre Bedeutung herunter, »kurz bevor ich es abgebrochen habe. Und nicht in einer richtigen Galerie.«

Du willst dich nicht verletzlicher machen, als du dich ohnehin schon fühlst – das neue Vorhaben ist noch zu fragil –, und schon gar nicht an diesem Ort, an dem du so sehr mit dir selbst und der Kunst gerungen hast und in den du während deiner ganzen Schaffenszeit, abgesehen von Yuri anfänglich, nie jemanden hereingelassen hast. Weder deine Freunde noch deine Galeristin und auch jene Journalistin vom Fernsehen nicht, die dich besuchen wollte, geschweige denn irgendwelche Liebschaften.

Du erzählst nicht, dass die Miniaturen lediglich Prototypen sind und das eigentliche Werk, das aus sechs einhalb Meter hohen Tafeln besteht, als einziges verkauft wurde, noch während der Vernissage, dort in der Psetzi, worauf Vera dich sogleich unter Vertrag nahm.

»Ich möchte alles Werkzeug in einer Kiste haben, alle Farben und Lösungsmittel in einer zweiten und das Papier und die kleineren Leinwände in einer anderen«, sagst du stattdessen, und dein bestimmter Tonfall überträgt sich auf deine Haltung. »Dann die Tafeln, irgendwo ist Zeitungspapier, und danach schauen wir, wie wir den Krimskrams sortieren.«

»Yes, Sir!«

Mit einem Abfallsack in Griffnähe widmest du dich all den Notizen und Zeitungsausschnitten und Zeichnungen, die mit Reißnägeln und Gafferband und Klebemasse an den Wänden befestigt sind. Das meiste schmeißt du weg. Ein paar Skizzen stapelst du auf dem wackeligen, vormals weißen, nun angegrauten Plastikstuhl, von dem Paul gerade eine Keksdose voller Kreiden und ein Stück Fell wegräumt.

»Die *Pelztasse* ist auch von dir?«

»Genau«, antwortest du.

»Erzähl mir mehr vom *Bazar*. Ich hätte ihn so gerne gesehen.«

»Am schwierigsten waren die Tiere«, setzt du an. »Der Bewilligungen wegen. Und weil sie ständig überall hingekackt haben.«

Während du erzählst, tust du so, als entdecktest du gerade erst den kleinen Turm aus Einwegkameras, der neben dem Einkaufswagen steht.

»Oh«, unterbrichst du dich selbst und packst eine Kamera aus.

Aber Pauls Aufmerksamkeit ist immer noch bei der Dose, in der er neben den Kreiden ein Tütchen Gras entdeckt hat. In dem Moment, als er es hochhebt, um es dir zu zeigen, drückst du auf den Auslöser.

Klick, macht die Kamera.

»He!«, sagt Paul.

Und du sagst: »Erwischt!«

* * *

In Berlin, wo du dich seit dem Vorfall, seit dem Ereignis – wie sollst du das Erlebte benennen? – nicht mehr traust, allein auszugehen, triffst du dich mit Matse und seinem Zürcher Freund Tom jeden Dienstag im *Ackerkeller* in Mitte, am Mittwoch bleibt ihr im Kiez und geht zu *Marietta,* und am Donnerstag fahrt ihr nach Kreuzberg ins *Möbel Olfe.* Am Freitag und Samstag herrscht freie Wahl, sprich: Ihr geht in einen der Klubs, die gerade angesagt sind. Der Sonntag findet euch meist in der Panorama-Bar im *Berghain.* Am Montag ist Ruhetag, aber heute betrinkt ihr euch trotzdem zusammen mit den Lovely Lesbians, denn es ist dein letzter Abend in der Stadt. Morgen fliegst du für ein paar Tage nach Zürich und anschließend weiter nach Kairo.

»Endlich ein muslimisches Land«, witzelst du, als ihr auf deine Reise anstoßt und auf den Coup, den deine Galeristin für dich gelandet hat. »Meine Leber wird sich freuen.«

Deine Tasche ist bereits gepackt. Auf dem Küchentisch liegen *For Bread Alone* und *Streetwise* von Mohamed Choukri, die du deinen Gastgeberinnen schenkst. Das erste Buch hast du an einem einzigen Morgen verschlungen, das zweite wirst du nicht zu Ende lesen. Die Geschichten über Choukris Jugend auf den Straßen Tangiers erwiesen dir einen guten Dienst, indem sie dich inspiriert haben, aber dein Konzept hat sich weiterentwickelt, und du willst nicht einer dieser Künstler sein, die ständig dasselbe machen, einfach größer und größer. Die beiden Bücher nicht mitzunehmen ist ein symbolischer Akt: Du willst dich nicht beschweren lassen, nicht an Dingen haften, die du nicht mehr benötigst.

Entdeckt hast du die Romane inmitten von Reiseführern und englischsprachigen Anatomiebüchern in einer Kiste auf dem Gehweg neben dem *Liebling,* das noch zuhatte, so früh, wie du unterwegs warst, weil du gegen Ende deiner Zeit in Berlin kaum mehr schlafen konntest.

Du glaubst nicht an Zufälle, und also kann es keiner sein, dass deine Galeristin dich anruft, gerade als du zum letzten Kapitel von *For Bread Alone* umblätterst. So genervt bist du, aus der Lektüre gerissen zu werden, dass du dir kurz überlegst, nicht ans Handy zu gehen. Neuigkeiten hast du ohnehin keine.

»Edinburgh«, sagt sie anstelle einer Begrüßung. »Das CAM eröffnet ein neues Gebäude, und du kriegst einen ganzen Trakt.«

»Das CAM?«

»Contemporary Art Museum.«

»Ich weiß nicht, was sagen«, stammelst du.

Die Wände des *Liebling* sind aus Pappe, sie fallen geräuschlos zu Boden, und du sitzt mitten auf dem Helmholtzplatz unter den Bäumen und darüber der Himmel, und die ganze Stadt ist aus Sand, und es rieselt dich an einen Strand, wo die Wellen deine Füße umspülen, das Wasser ganz warm.

»Ein überschwängliches Dankeschön wäre angebracht«, sagt deine Galeristin. »Ich habe mir alle Beine ausgerissen.«

Und dann schlagen die Wellen mannshoch aus, und du musst wegrennen, musst um dein Leben rennen vor der Flut, aber du bewegst dich nicht vom Fleck.

»Na, was sagst du?«

Du schaust auf den Roman, der aufgeklappt und mit den Buchdeckeln nach oben auf dem Tisch vor dir liegt.

»Mohamed Choukri. Ein marokkanischer Autor. *For Bread Alone* und *Streetwise*. Schon mal was gehört?«

»Sollte ich?«

»Ich stelle den Schotten einen Markt hin.«

»Vorzüglich«, sagt deine Galeristin. »Aber weshalb zwei Bücher? Ich verstehe nicht.«

»Ich auch noch nicht. Aber es fühlt sich gut an.«

»Ich hasse Gefühle, das weißt du.«

»Wie viel Zeit habe ich?«

»Genau neun Monate. Wie für ein Kind. Wann kannst du in Zürich sein?«, fragt Vera. »Mit einem Konzept, bitte.«

»Ich war wie gelähmt, nachdem ich aufgelegt habe«, erzählst du deinen Freunden. »Falls man vor Freude gelähmt sein kann.«

Dass die Freude nicht lange anhält, erzählst du nicht.

Ein Bazar? Wegen irgendwelchen beliebigen Büchern, die du auf der Straße gefunden hast?

S-T-R-O-H-F-E-U-E-R *(Anderes Wort für Eintagsfliege, engl.* One Hit Wonder, *10 Buchstaben)*, schreibst du auf die haarfeine hellblaue Linie deines Logbuchs.

Plötzlich erinnerst du dich an die E-Mail, die du vor Jahren von Queer Amnesty erhalten hast mit jenem Bild, das du wochenlang nicht aus deinem Kopf bekommen und sogar in einer Collage verarbeitet hast in der Schule.

Der Ort ist Teheran, die Zeit ist jetzt. Auf einem großen Platz, umringt von Schaulustigen, stehen drei riesige Kräne. Von den Kränen baumeln drei Stricke, daran aufgehängt drei Männer. Ihre Körper wie leblose Puppen. Die Köpfe auf die Brust gesenkt wie zur Andacht.

Anstatt sie von einem Galgen in die Tiefe fallen zu lassen, um ihnen das Genick zu brechen, zog man sie langsam in die Höhe, die Männer, die gegen das Sittengesetz verstoßen haben. Bis sie qualvoll erstickten.

S-H-O-O-T-I-N-G-S-T-A-R *(Erfolgsverwöhnter Leuchtkörper, 12 Buchstaben)*.

Nur vordergründig wirst du den Schotten einen Basar hinstellen. Hintergründig – nein, abgründig – wirst du die

Besucher zuerst verführen und dann konfrontieren: von der Touristin zur Gafferin, von der Kaufkraft zur Komplizenschaft.

Es ist das spottbillige T-Shirt von der globalen Bekleidungskette, obwohl man um die Kinderarbeit weiß. Es ist das Fleisch, das man nur aus Gewohnheit zweimal täglich isst, und es ist die Großbank, bei der man aus Bequemlichkeit bleibt, trotz der schmutzigen Geschäfte, die sie tätigt. Es ist überall dort, wo man wissend wegschaut.

Auf dem Handy buchst du deinen Flug nach Zürich für morgen.

Ob sich Yuri freut oder weiter an dem Timeout festhalten will, fragst du dich. Und: Freust du dich?

Aber dafür ist jetzt nicht die Zeit.

»Kommt ihr mich besuchen in Kairo?«, fragst du deine Freunde.

»Aber klar!«, sagt Matse.

Dass du als schwuler Mann nicht in den Iran fliegst, ist dir von Anfang an klar (außerdem vermutest du, dass es ohnehin beinahe unmöglich wäre, für längere Zeit ein Visum zu bekommen – und du brauchst Zeit, wochen- oder sogar monatelang Zeit). Und Marokko, das du, den beiden Büchern sei Dank, bereits zu kennen glaubst, kommt genau aus dem Grund nicht infrage. Nur deiner Galeristin musst du noch erklären, weshalb du die Romane wieder verwirfst.

Deine Suche nach *orientalischer Basar* liefert dir Bilder des Grand Bazaar in Istanbul und des Chan el-Chalili in

Kairo. Und wäre es wohl leichter, die ganzen Waren, die du einzukaufen planst, aus der Türkei nach Schottland zu verfrachten als aus Ägypten, hast du Lust auf ein größeres, ferneres Abenteuer.

»Nein, wirklich! Ihr müsst mich unbedingt besuchen kommen.«

* * *

Vielleicht, weil er fragt, ob er im Atelier rauchen dürfe, oder vielleicht, weil du nichts mehr erzählen magst über den *Bazar,* von Aziz und von Kairo, wovon Paul nicht genug bekommt, du aber ablenken willst von der Kamera, die du in der Hand hältst, vielleicht, weil die Zeit die richtige scheint und auch der Ort stimmt, um alles loszuwerden, alles loszulassen, damit du neu beginnen kannst –

Auf jeden Fall beginnst du plötzlich, von Herrn Schmitz zu reden, deiner ersten Bezugsperson unter den Pflegenden.

Herr Schmitz, der nur Schwarz trägt, selbst gedrehte Zigaretten ohne Filter raucht und sich weigert, als Urgestein, wie er sich selbst nennt, ein Namensschild zu tragen. Und der dauernd mit dir plaudern will.

Anfänglich bist du so weggetreten, dass du nicht begreifst, wer er ist oder was er will. Er kommt immer wieder, immer wieder will er mit dir reden, beim Rauchen, beim Essen (wobei er selbst nie etwas isst), und tagelang nimmst du an, er sei ein besonders nerviger Mitpatient.

Bei deinem nächsten oder übernächsten Aufenthalt in der Klinik wirst du auf eine andere Station gebracht, und als du dich nach ihm erkundigst, heißt es, er arbeite nicht mehr da: »Ein Burnout – Ironie des Schicksals.«

Du siehst Herrn Schmitz in der Raucherkabine im Flur in Flammen aufgehen.

* * *

Bei deinem ersten Aufenthalt verstehst du das Wort »Arealausgang« so, dass du dich auf dem Areal frei bewegen darfst.

Du gehst nach draußen und kaufst dir im Kantinenprovisorium einen Joghurtdrink. Spazierst um die Baustelle herum, wo die neue Kantine entsteht. Schlenderst durch den Obstbaumhain mit den fein säuberlich ausgeschilderten Apfel- und Birnbäumen. Rauchst und trinkst deinen Joghurtdrink. Setzt dich schließlich auf die kühle Steinplatte eines Tischtennistisches und schaust auf die Weinberge, die das Klinikareal säumen, schaust auf den See, den Zipfel des Sees, den du von hier oben siehst, und vermeinst, die Klinik – wie heißt der Film über Jung und Freud? *Gefährliche irgendwas,* oder *Eine dunkle irgendwas?* –, vermeinst, die Klinik hinter dir zu spüren: Ihr Atem liebkost deinen Nacken, sanft und warm. Vielleicht ist das alles gar nicht so schlecht, denkst du, betrachtest du deinen Aufenthalt als Auszeit, als Zäsur, an diesem Nichtort, wo niemand an dich rankommt.

Dein Gesicht in die Frühsommersonne gereckt, überlegst du dir, ins Kantinenprovisorium zurückzugehen, um zu schauen, ob man dort Zigaretten bekommt. Du entscheidest dich dagegen und verirrst dich in den Gedärmen des Gebäudes, bis du schlussendlich deine Station findest.

Höchstens eine Stunde kann verstrichen sein. Auf dem Flur vor deinem Zimmer fängt dich die Stationsleiterin ab.

Wo du gewesen seist? Und du müssest dich ab- und auch wieder anmelden. Die Absprachefähigkeit müsse gewährleistet sein, sagt sie. Sonst werde der Arealausgang gestrichen.

* * *

Irgendwann erzählst du Paul trotzdem von der Hochzeit. Du erzählst, wie Rose und du die einzigen Fremden seid und wie ihr, obwohl weniger bunt gekleidet als die anderen Gäste – oder zumindest weniger bunt als die weiblichen –, auffallt wie der sprichwörtliche bunte Hund. Und wie Hunde, im Gegensatz zu Katzen, die der Prophet Mohammed gerne möge (»Gott segne ihn«, wirfst du spaßeshalber ein), keine beliebten Tiere seien, weil sie, ebenfalls laut dem Propheten (»Gott segne ihn«), unrein seien. Daher sei eines der schlimmsten Schimpfworte *»Ibn il kalb!«* (»Hundesohn«). Fast so schlimm wie *»Sharmout!«* (»Hure«). Oder *»Khawal!«* (»Schwuchtel«).

Natürlich bekommst du zuallererst die Schimpfwörter beigebracht in der WG.

Rose trägt eine atemberaubende, reich bestickte Beduinenrobe, ein bewusster Fauxpas, denn *il badawi* sind bei der Oberschicht unbeliebt, gelten als faule Schmarotzer. Im Vergleich zur Haute Couture, welche die anderen Frauen zur Schau stellen, und den Juwelen, die von ihren Ohren und Hälsen in ihre Ausschnitte tropfen, ist die Robe ebenso unangebracht wie dein kragenloses schwarzes Hemd über der glitzergestreiften Hose und der Lederjacke. Dazu kommt euer Altersunterschied: Rose ist ziemlich genau doppelt so alt wie du.

Aber du bist nicht gekommen, um einen guten Eindruck zu machen. Du bist für ein einziges Wochenende von Edinburgh nach Kairo geflogen, weil du nicht anders konntest. Und, bist du ehrlich, weil du es Aziz ein klein wenig schwerer machen willst, seine elaborierte, teure Scharade durchzuziehen.

Als ihr aus dem Taxi steigt vor dem Hotel in Garden City, wo die Feier stattfindet, winkelst du deinen Ellbogen an und hältst Rose deinen Arm hin, worauf sie sich bei dir einhakt, um den gefährlich unebenen Gehweg zu navigieren.

»*You're hurting me*«, flüstert Rose beim Betreten der Lobby.

Erst jetzt merkst du, wie angespannt du bist und dass du ihren schmalen Unterarm an deine Rippen presst – dass nicht sie sich an dir festhält, sondern du dich an sie klammerst.

»*Sorry*«, flüsterst du zurück. Und gleich darauf: »*Why are we whispering?*«

Die Lobby ist ganz in Weiß und Gold gehalten. Eine pompöse Pyramidentreppe aus hellem Marmor nimmt gut die Hälfte des Raums ein, und auf dem zentralen Absatz sind kolossale Blumenkränze aufgereiht wie für ein Staatsbegräbnis.

Rechts auf dem unteren Treppenlauf steht eine Gruppe Männer in weiß-goldenen Uniformen und macht einen

Höllenkrach mit ihren *mizmars,* einer Art Horn, und riesigen *tablas.*

Und da, auf die andere Seite der Treppe zulaufend, stehen sie alle in Reih und Glied: die ganzen Geschwister und Cousins und Cousinen der Braut, die ganzen Cousins und Cousinen des Bräutigams, die Mutter der Braut und Aziz' Eltern. Aziz selbst steht auf der untersten Treppenstufe und wartet auf seine Aya.

Als sie endlich erscheint, hoch oben auf der Galerie, halb verdeckt von dem mit Kerzen bestückten Kristalllüster, am Arm ihres Vaters, hören die *tabla*-Spieler auf zu trommeln, und nur die Hörner tröten weiter, als kündigten sie königliche Hoheiten an.

Wie Aya und ihr Vater die Treppe herunterschreiten, brechen alle in der Lobby versammelten Frauen in Freudengeschrei aus, erzählst du, wobei du nicht sicher bist, ob alles stimmt, was du sagst. Weder die Fakten und schon gar nicht deine Erinnerung, so lange, wie alles her ist.

Aber wahrscheinlich wird in dem Moment, als Aya ihren Vater loslässt und sich an Aziz hängt, grüner Weizen als Fruchtbarkeitssymbol in die Luft geworfen, und die Musikanten bewegen sich von der rechten Seite des Raums auf die linke, um die neue Union zu symbolisieren.

Oder vielleicht passiert all das, der Freudengesang, der Weizen, der Marsch der Musikanten, Tage oder Wochen früher, an der Verlobungsfeier oder bei der Unterzeichnung des Hochzeitsvertrags vor dem *iman* oder an einem der anderen privaten Anlässe, die zu dieser Feier geführt haben – traditionelle Anlässe, an die du, wie die wenigsten der bestimmt zweihundert Gäste hier, nicht eingeladen warst.

Möglicherweise hast du online nach *muslimische Heirat* oder *ägyptische Hochzeitsfeier* gesucht, bevor du in den Flieger gestiegen bist, inmitten der Hektik kurz vor der Eröffnung von *Bazar*. Auf jeden Fall erinnerst du dich ab dem Punkt, als du Aya siehst, engelsweiß und hoch oben im Hotelgewölbe, bis zu dem Moment, als du vor ihr stehst, nur lückenhaft.

Und trotzdem erzählst du weiter. Du erzählst Paul, wie rasend gut Aziz aussieht in seinem Smoking und wie in dem Augenblick alles, was du in den wenigen Monaten eurer Beziehung für ihn verspürst, von dir abfällt wie tote Haut.

Money monkey, denkst du auf Englisch, der Sprache deiner Zeit in Schottland.

Money monkey in your penguin suit and Mommy's-boy bowtie.

Weil du dich manchmal fragst, wie alles herausgekommen wäre, hättest du dich nicht losgesagt von deinen Eltern?

Aziz' Hochzeitsgeschenk von seinem Vater ist die nahöstliche Handelslizenz einer bekannten und – wie könnte es anders sein? – schweizerischen Luxusuhrenmarke.

Du blickst auf Aya an seiner Seite, die mehr betäubt als berauscht oder berauschend aussieht.

Beruhigungspillen? Botox? Oder beides?

Sie sieht aus wie die Behauptung einer europäischen Braut, ohne eine Spur von Henna, das in ihren Kreisen als unterschichtig gilt, und fest entschieden, die schönstmögliche Hochzeit zu feiern, sich das bestmögliche Leben zu erhaschen.

Nachdem das Ehepaar seinen Platz unten an der Treppe eingenommen hat, nachdem Rose und du euch näher und näher vorgearbeitet habt, Hände um Hände schüttelnd, spürt Rose dich bestimmt zittern, als ihr Aya erreicht, deren Gesicht grotesk überschminkt ist für die Fernsehkameras, die den Event aufzeichnen.

Aya starrt dich an. Nichts in ihrem Gesicht bewegt sich. Es ist, als sei sie festgefroren worden von der Klimaanlage, die in vollen Touren von oben herab auf euch niederbläst.

The Ice Queen, denkst du.

Sie macht keine Anstalten, dir die Hand zu geben. Sie starrt dich an.

Aus der Tiefe deines Bauchs beschwörst du deine männlichste aller Stimmen. »*Mabrouka*«, sagst du. »*Congratulations.*«

Sie starrt dich weiter an. Sagt kein Wort. Nickt dir nicht mal zu. Du machst einen Schritt zur Seite und kommst viel zu nahe vor Aziz zu stehen.

Sie weiß.

* * *

Gerade als ihr das Atelier verlassen wollt, du mit den Einwegkameras im Rucksack, eine davon bereits voll mit Bildern von Paul, sowie drei noch eingeschweißten grauen Notizbüchern, kommt eine SMS rein: *keine ausreden mehr,* schreiben Yuri & Nils in eurem Gruppenchat. *wir haben dich seit athen nicht mehr gesehen. punkt 7 bei uns. es gibt veganen fleischkäse.*

Du prustest laut los.

»Was ist?«, fragt Paul.

»Meine Freunde machen veganen Fleischkäse.«

»Dann kennen sie dich aber schlecht, oder nicht?«

»Heute um sieben. Mein Ex-Freund ist für seinen Freund vor Kurzem Vegetarier geworden. Oder sogar Veganer, keine Ahnung.«

»Oh, also treffe ich sie endlich. Ach nein, stimmt! Du hast ihnen gar nicht von mir erzählt.«

»Ich habe sie auch nicht mehr gesehen seither.«

»Oder mit ihnen gesprochen oder ihnen geschrieben.«

Obwohl Paul scherzt, fühlst du dich bedrängt – und entscheidest dich für die gegenteilige Reaktion von Trotz: Du tippst auf das Telefonsymbol oberhalb des Nachrichtenverlaufs und legst das Handy an dein Ohr.

»Was machst du?«, spielt Paul erstaunt. Aber bestimmt will er genau das bewirken mit seinen Sticheleien vorher.

»Dich einladen. Ich hoffe, du magst Pflanzenkäse.«

»Wie alt ist er was macht er wo hast du den her wie lange läuft das schon?«

Nils zieht dich in die Küche. Vordergründig des Kartoffelsalats wegen: »Irgendetwas fehlt noch.«

Yuri ist mit Paul im Wohnzimmer und erklärt diesem, wie man Hundekrallen korrekt schneidet.

Die beiden sind ständig beschäftigt, wenn du zu ihnen gehst. Sie backen gerade Brot oder baden Scotch, der mit vollem Namen Scotch von und zu Soda heißt, oder legen auf oder handeln online mit Aktien oder putzen oder topfen Zimmerpflanzen um oder hecken eine neue Geschäftsidee aus oder streiten sich darum, wie die Messer in die Geschirrspülmaschine einzuräumen sind, oder zeichnen Entwürfe für ihre alte Geschäftsidee, einen Versandhandel für Fetisch-Kleider, mit ironischen Sprüchen bedruckt, oder bereiten Bärlauchpesto zu für die Gefriertruhe oder Holundergelee für ihre Freunde oder packen selbst gezogenes Gras ab zum Verticken. Meist halten sie nur kurz in ihrer Tätigkeit inne, um dich zu begrüßen, und machen anschließend weiter, worauf du dich entweder beteiligst oder dich zu Scotch aufs Sofa legst. Zwei- bis dreimal, manchmal vier- oder fünfmal die Woche schlüpfst du in ihren Alltag, und oft schlaft ihr am Freitag- oder Samstagabend nach einem Fressgelage (süß, dann salzig und wieder süß, salzig, bis ihr nicht mehr könnt) vor dem Fernseher im Schlafzimmer alle zusammen ein. Je nachdem, wann ihr zum letzten Mal mit ihm rausgegangen seid, weckt euch Scotch in den frühen Morgenstunden, oder er erlaubt euch, gemütlich zu frühstücken. In beiden Fällen bringen Yuri & Nils dich bis vor dein Haus ein paar Straßen weiter, und wenn du deine Wohnungstür öffnest, fühlst du dich immer ein bisschen leer und verloren in deinem Leben so ohne sie.

»Wir wollen auch zuhören!«, protestiert Yuri und kommt mit Paul und Scotch im Schlepptau in die Küche.

Während du und Paul erzählen, während ihr gemeinsam und zum ersten Mal an eurer Kennenlerngeschichte spinnt (ihr beäugt euch schon durch die Fitnessgeräte hindurch – ihr wimmelt im Dampfbad einen Dritten ab – ihr lasst auch unter der Dusche nicht voneinander ab), gehst du in den Flur, um eine Kamera aus deinem Rucksack zu holen.

Yuri & Nils hassen es, fotografiert zu werden, aber du

gehst richtig in der Annahme, dass sie dich gewähren lassen werden, solange Paul und du sie mit den intimen (wenn nicht ganz wahren) Details eurer ersten Begegnung füttert.

»Und dann habt ihr Nummern getauscht?« (Yuri).

»Oder euch online gefunden?« (Nils).

Klick. Ratsch, ratsch.

»Nö, ich habe ihn gleich mitgenommen«, sagt Paul.

Du bist ein wenig erstaunt, dass er so bereitwillig mitmacht.

Klick. Ratsch, ratsch.

Aber anscheinend gefällt es ihm genauso gut wie dir, zwei Zeugen zu haben für das Wir, das ihr zu formen beginnt.

Klick. Ratsch, ratsch. Klick.

Gerade als du denkst, wie sehr du die Geräusche magst, die deine billige Wegwerfkamera macht, wie gut sie sich anfühlt in deiner Hand, als hättest du nie aufgehört damit nach *Bazar*, sagt Yuri: »Sag mal, hast du dein Handy verloren, oder kann das Ding auch telefonieren?«

Du drehst das gezackte Rädchen mit dem Daumen nach rechts, bis der Film im Gehäuse einschnappt, und steckst die Kamera in deine Gesäßtasche.

»Er legt sie seit Stunden nicht mehr weg«, verbündet sich Paul mit deinen Freunden.

»Die lagen im Atelier rum«, erwiderst du so nonchalant wie möglich. »Paul hat mir beim Aufräumen geholfen«, fügst du hinzu in der Hoffnung, Yuri & Nils würden einen Witz machen über die Geschwindigkeit, mit der Paul und du unterwegs seid – vielleicht die Frage, wann ihr heiratet und wer von euch schwanger ist. Aber keiner der beiden beißt an.

»Du warst im Sideli?« (Nils).

»Du hast jemanden in dein Atelier gelassen?« (Yuri).

Dein Ex-Freund ist der einzige Mensch, der ein paarmal in die Seidenfabrik darf, ganz anfänglich bei *Giovanni's Room*. Aber auch ihn duldest du bald nicht mehr, denn du brauchst, ganz nach Virginia Woolf, die du zu der Zeit liest, neben dem Gewusel in der Psetzi einen Ort nur für dich. Dazu kommt, dass in den offenen Atelierräumen deiner Schule dauernd Leute ein und aus gehen und jede und jeder das Gefühl hat, im Vorbeigehen ihren oder seinen Senf zu allem abgeben zu dürfen. Mit der Zeit verfestigt sich deine Einstellung zu einem Aberglauben: Stört dich jemand bei der Arbeit, stört das die Arbeit selbst und unwiderruflich, bist du dir sicher. Auch wenn du manchmal die Anstrengungen, die du unternimmst, um niemanden in deinen Tempel zu lassen – auch wenn du den ewigen Streit darüber mit Yuri, den du in Kauf nimmst, selbst lächerlich findest. Aber jetzt wird alles anders. Ist schon alles ganz anders.

»Ich bin an etwas dran«, sagst du und ziehst die Kamera wieder aus der Hosentasche. »Also stellt euch nicht so an.«

Es erstaunt dich, dass Yuri & Nils nicht protestieren, und du bist dir sicher, wäre Paul nicht da, sie löcherten dich mit Fragen zu deinem Vorhaben. Stattdessen werden sie vorsichtig. Was weiß Paul über dich und deine letzten paar Jahre? Wie viel dürfen sie preisgeben?

Du wertest es als gutes Zeichen. Anscheinend erkennen die beiden, dass Paul nicht einzureihen ist unter die Jünglinge, die du bei ihnen durchschleust und die allesamt etwas überfordert sind von eurer Vertrautheit.

Aber Yuri & Nils wären nicht Yuri & Nils, fingen sie nicht an, Paul auszupressen anstatt dich.

»Was? Du bist der *Paul*-Paul?«, fragen die beiden simultan und mit exakt demselben Wortlaut wie du vor Kurzem. Worauf dir etwas mulmig wird, denn eure Samstagnacht ist nicht mehr zur Sprache gekommen.

»Setzt du uns mal auf die Liste?«

»Ich weiß nicht«, sagt Paul gespielt zögerlich. »Ich weiß nicht.«

* * *

Einen kurzen Augenblick zu lange schaut ihr euch an, Aziz und du, inmitten seiner Hochzeitsfeier. Schaut einander in die Augen, eure Lächeln maskenhaft. Küsst euch einmal links, einmal rechts auf die Wange. Sagt nichts. Was auch?

»*Ana asif*«? »*Ana bahebak*«?

»Es tut mir leid.« »Ich liebe dich.«

Und das ist es dann.

Ihr geht alle die Treppe hoch, die Aya gerade heruntergekommen ist, und werdet von livrierten Pagen in den großen Ballsaal geleitet, wo ihr eure Plätze findet an den aufwendig dekorierten runden Tischen, Rose und du ganz hinten.

Du schaust dich im Saal um und erspähst eine dir bekannte Person am Tisch des Hochzeitspaares. Also stimmt das Gerücht: Die First Lady ist mit ihrem jüngeren Sohn anwesend, der von seinem Vater darauf vorbereitet wird, das Präsidentenamt zu übernehmen, wie es heißt.

Die halbe Schwulenszene der Stadt scheint ebenfalls anwesend zu sein. All die Ahmeds und Mohammeds, von denen die meisten im richtigen Leben ganz anders heißen, die du vom *Marriott* kennst und der *Taverna* im *Nile Hilton*, vom *Fat Black Pussycat* und den wenigen privaten Partys, die du mit Aziz besuchst. Allesamt sind sie mit ihren »Freundinnen« da und einer der Ahmeds mit seiner Ehefrau. Es ist derselbe Ahmed, der Aziz den Ratschlag gibt, nach der Hochzeitsreise immer nur einmal pro Woche mit Aya zu schlafen. Am besten am Wochenende. So würde sie nie darauf kommen, etwas anderes zu erwarten. Mehr zu erwarten.

In jener Nacht, als Aziz dir von Ahmeds Rat erzählt, streitet ihr euch. Wie er sich selbst hintergehe. Wie er nicht nur sein eigenes, sondern auch Ayas Leben zerstöre. Und ob er dich ebenfalls als Objekt sehe?

»*You don't understand*«, sagt Aziz. »*You can't understand. You're from the West. You're a hundred years ahead of us.*«

»*But the money, it's the same all over, right?*«

Du bist dir sicher, jetzt schlägt er dich. Fast wünschst du dir, er würde dich schlagen, damit du ihn aus deinem Zimmer und der Prinzessinnenvilla schmeißen und ihn für immer aus deinen Gedanken verbannen kannst. Was hältst du dich überhaupt auf mit dieser Geschichte? Du solltest dich auf dein Vorhaben konzentrieren, auf deine Karriere.

Aber du schmeißt ihn nicht raus, sondern triffst dich weiterhin mit ihm, bis deine Einkäufe getätigt sind (was klingt, als seist du mal schnell Milch holen gegangen und nicht für Abertausende Franken Material, um einen ganzen Museumstrakt auszustatten) und bis es Zeit ist, nach Edinburgh aufzubrechen, wo die eigentliche Arbeit beginnen wird.

Du bleibst bei Aziz, bis dein Flieger geht (er ist es, der dich zum Flughafen fährt), und noch länger – ja, du bleibst bei ihm bis zu jenem Moment an der Hochzeit, keine drei Monate später, an dem ihr euch gegenübersteht.

Die Feier ist inzwischen in vollem Gang. Die Gäste essen, einige tanzen, und andere, Rose und du unter ihnen, schleichen sich aus dem Ballsaal, um in die Bar im siebten Stock zu fahren, wo ihr dem Personal Aziz' Nachnamen nennt, worauf man euch Alkohol ausschenkt, der offiziell der Pietät halber nicht serviert wird.

Anfänglich trinkt ihr Bier, dann Whiskey, und schlussendlich fordert ihr den süßen Bartender auf, euch den perfekten Martini zu mixen, *»You know, dry – James Bond dry«*. Als wäre er ein Vollidiot. Danach trinkt ihr Wodka pur.

Das zweitletzte Mal in Kontakt seid Aziz und du während seiner Flitterwochen. Er ruft dich aus Rom an. *»She thinks there's something wrong with her«*, sagt er.

»You can't get it up?«

»Not enough, not always.«

»You really never tried before?«

»No. You know that.«

»Not even with a hooker? Perhaps before actually getting married?«

»I thought it would perhaps … come natural?«

»I don't know what to say.«

199

»You don't have to. I just wanted to hear your voice.«
»I've got to go, Aziz. Please don't call me again.«

* * *

Am Morgen nach dem veganen Fleischkäse (hergestellt aus Erbsenprotein und neuerdings erhältlich in größeren Filialen der größten Supermarktkette der Schweiz) besteht Yuri darauf, dich bei der Arbeit zu besuchen.

»So einfach kommst du mir nicht davon«, meint er, als ihr eingehüllt in zwei der bereitliegenden Decken und je auf einem Schaffell am Rauchertisch draußen vor dem Museumscafé sitzt.

Deine Lieblingskellnerin, Alina, bringt Scotch eine Schüssel Wasser und kann nicht ablassen von dem freudig wedelnden Hund.

»Wo ist Nils?«

»Er muss was ausliefern.«

Wie aufs Stichwort verlässt Alina endlich euren Tisch.

»Platz«, sagt Yuri halbherzig zu Scotch, der jedoch nicht gehorcht. Und zu dir: »Du gehst wieder ins Atelier?«

»Ihr verkauft wieder Drogen?«

»T-Shirts, Nils liefert T-Shirts aus. Platz!«

Diesmal gehorcht der Hund.

Ihr wisst beide, warum du Yuri ausweichst. Hinter der Frage nach dem Atelier versteckt sich die viel gewichtigere Frage nach deiner Gesundheit – eine Frage, die ständig im Raum steht, aber seit Jahren nicht mehr offen ausgesprochen wird. Die Frage ist da, wenn du Yuri & Nils nach einem strengen Arbeitstag bittest, die Musik leiser zu stellen, weil deine Sinne überreizt sind. Sie liegt in der Luft, wenn du unruhig bis mürrisch wirst, weil das Kochen länger dauert –, »Geht's, oder soll ich dir ein Brot machen?« –, und sie drängt sich auf, wenn du mitten in einem Film aufstehst, um nach Hause zu gehen, weil du keinen Moment länger unter Menschen sein kannst, auch nicht unter deinen Lieblingsmenschen.

Ihr habt einen unausgesprochenen Pakt. Solange sich die Erschöpfungsanzeichen nicht häufen und du am nächsten oder übernächsten Tag wieder erholt scheinst, solange du nicht abtauchst für längere Zeit oder überdrehst und nicht aufhörst zu sprudeln, solange du ab und zu einen Satz fallen lässt über dein aktuelles Befinden, als kommentiertest du das Wetter, lassen dich Yuri & Nils in Ruhe und befragen dich nicht über deine Medikamenteneinnahme oder deine Schlafqualität oder deinen Drogenkonsum. Und du weißt, dass die beiden dich manchmal abends trotzdem zu sich einladen oder den Sonntagnachmittag mit dir verbringen, obwohl sie gerne etwas Zeit für sich hätten. Aber es gehört zum Pakt, dass du regelmäßig bei ihnen erscheinst oder ihr euch zumindest regelmäßig hört. Und alle drei wisst ihr, dass deine Freunde nicht zögern würden, aktiv zu werden, sollten sie es für nötig erachten. Nicht zögern würden, deine Therapeutin zu kontaktieren oder schlimmstenfalls wieder den ärztlichen Notfalldienst. Ebenfalls zum Pakt gehört, dass ihr nicht mehr über deine Kunst redet. Wie Vera auch, tun Yuri & Nils so, als hätte es dieses Leben nie gegeben.

Aber gut, sagst du dir jetzt, machen wir das halt.

»Ich war zweimal im Atelier. Einmal allein und einmal mit Paul. Beide Male zum Aufräumen.«

»Jetzt komm!«

Scotch beginnt, leise zu winseln, und Yuri blickt sich in dem kleinen Park um, der auf der anderen Seite des Kieswegs ans Museumscafé anschließt (aber nicht zum Museum gehört – das Café versucht seit seiner Eröffnung vergeblich, eine Bewilligung zu bekommen für ein paar Tische im Grünen), doch es sind keine anderen Hunde zu sehen.

»Du hast also nichts Neues begonnen?«

Scotch erhebt sich, und sein Winseln wird lauter und lauter.

»Fertig!«, sagt Yuri und zieht den Hund näher zu sich.

»Dort hinten beim Brunnen.«

Yuri folgt deinem Blick.

»Ach, das ist Luna, die ist kein Problem«, sagt er über die riesige Dogge, die mit den Vorderpfoten auf den Beckenrand steigt, um zu trinken.

Wie ein Pfeil schießt Scotch durch den Park auf Luna zu, als Yuri ihn von der Leine lässt.

»Geht er nicht in den Brunnen?«

»Und wenn?«, sagt Yuri.

»Es ist viel zu kalt.«

»Lenk nicht ab.«

Beide beobachtet ihr eine Weile, wie Scotch und Luna ausgelassen spielen auf der Wiese. Als Lunas Herrchen euch zuwinkt, winkt ihr zurück.

»Der ist nicht unsexy«, stellt Yuri fest. »Denke ich jedes Mal.«

»Ja«, erwiderst du. »Und ja, ja, ja. Ich muss was machen. Ich war jetzt so lange weg vom Fenster. Und irgendwann geht das Fenster zu. Und dann ›Dürrst who?‹.«

»Macht dir Vera Druck?«

»Ich mache mir Druck.«

»Ist das gesund?«

Gesund? Ja! – willst du schreien. Ich bin gesund, verdammt! Auf jeden Fall gesund genug.

»Du klingst wie meine Therapeutin«, sagst du stattdessen.

Ein bisschen mehr Vertrauen von deinem besten Freund, das wäre schön. Wobei, ist das nicht unfair? Wie viele Male hast du dich in irgendein hirngespinstiges Projekt hineingesteigert, in eine Firmengründung oder Anschaffung? Der uralte, klapprige Postbus, den du zum Wohnmobil umbauen willst, der reinrassige Windhundwelpe, der dir in den zehn Tagen vor der Rückgabe so viel Schlaf raubt, dass du deinen eigenen Namen vergisst. Wie viele Male mussten Yuri & Nils dir Geld leihen oder dich beherbergen oder für dich bürgen, dir die Kaution für eine Wohnung leihen? Aber wieder Kunst machen zu wollen, das ist kein Projekt. Es ist das, was dich ausmacht.

»Apropos Dr. Hammer«, bemerkt Yuri angestrengt beiläufig, »du gehst noch?«

»Wann bin ich das letzte Mal nicht gegangen?«

»Keine Ahnung. Darüber reden wir ja nie.«

Du lachst abschätzig. »Jetzt kommst du mit dem ganz großen Geschütz. Ich gehe immer in die Therapie, ganz brav.«

Wobei das gelogen ist.

Erst letzte Woche hast du deinen Termin abgesagt (ein von einer heilpädagogischen Schule kurzfristig gebuchter Workshop im Museum, es tue dir sehr leid), weil du Paul für dich behalten möchtest. Und weil du dir nicht anhören willst, was du ohnehin schon weißt, nämlich dass derartige Hochstimmungen für dich gefährlich sind, weil dabei in deinem Hirn ähnliche Prozesse ablaufen wie bei einer beginnenden Manie. Aber hauptsächlich magst du dir selbst nicht dabei zuhören, wie du wieder einmal von einem Typen schwärmst, der meist schon vor der nächsten Sitzung Vergangenheit ist. Was sie sich wohl denkt? Bestimmt hat sie einen Dauerwitz laufen mit ihrem eigenen Typen.

Ganz selten lässt sich Dr. Hammer auf Fragen über ihr Privatleben ein. Du weißt nur, dass sie keine Kinder will und auch keine Absicht hat zu heiraten, obwohl sie schon über zehn Jahre liiert ist. Als du sie fragst, ob es ihren Partner stört, dass er als Sozialarbeiter weniger verdient als sie, gibt sie sich erstaunt. Das habe sie sich nie überlegt, sie denke nicht, aber vielleicht frage sie ihn mal – was sie in deinen Augen noch sympathischer macht. Vielleicht zu sympathisch, denkst du manchmal und versuchst, dich von Überlegungen abzuhalten, wie du damit umgingest, sollte sie ihre Praxis eines Tages aufgeben.

Um vom Therapiethema abzulenken, beginnst du, deine Idee zu skizzieren. Wie du dich vorderhand ganz auf die Fotografie konzentrieren, aber inhaltlich trotzdem eine Verbindung zu deinem früheren Werk herstellen willst. Wie sehr du dich gerade fürs Dokumentarische, fürs Kategorisieren aus einer archivarischen Perspektive interessierst.

Du willst Yuri beeindrucken, merkst du im Sprechen, und es gelingt dir.

»Du scheinst dir schon einiges überlegt zu haben«, stellt er fest.

Worauf du richtig in Fahrt kommst.

Die einzelnen Fotos, immer das Abbild einer Gegenwart, nämlich jener, in der du auf den Auslöser drückst, zeigten in der Summe einer jeweiligen Kategorie, also durch ihren seriellen Charakter, gleichzeitig eine Vergangenheit auf, obwohl eine erkennbare Chronologie fehle, und würden, da es sich um eine Arbeit handle, die sich endlos entfalten könne, zusätzlich in die Zukunft verweisen, wodurch die Frage nach dem »Wie weiter?« beschworen werde.

»Was macht mich aus? Und wie informiert oder beeinflusst das, was mich in der Vergangenheit ausgemacht hat, meine Gegenwart und meine Zukunft?«

»Und du willst behaupten, du hättest noch nicht angefangen?«, fragt Yuri.

»Kann sich alles ändern«, weichst du aus. »Mein Punkt ist: Ich brauche deine Hilfe.«

Eigentlich wolltest du zuwarten mit einem direkten Appell an deine Freunde, wolltest Yuri & Nils eher beiläufig an die Kamera gewöhnen, auch wenn das, geht dir jetzt durch den Kopf, eher klingt, als seien sie Tiere und nicht Menschen.

Bei *Bazar* hast du Aktionen festgelegt für die Statistinnen und Statisten, bis auf Yuri alle vom Bachelor Stage Acting von der University of Edinburgh, die auszuführen sowohl für Markt- als auch Ausstellungsgäste plausibel sind, um die Grenze zwischen Betrachtenden und Akteuren, die durch das Zusammentreffen im Raum per se infrage gestellt wird, weiter zu verwischen.

Eine von Yuris Aufgaben oder Tasks, wie du sie nennst, ist es, sich regelmäßig die Schnürsenkel zu binden. Ein anderer ist, auf jedem Rundgang durch den Markt beim Früchtestand vorbeizugehen und die Orangen abzutasten und an einer zu riechen.

»Warum kaufe ich sie nicht?«, fragt Yuri immer wieder.

»Wie gesagt, wir führen kein Theater auf«, antwortest du und erklärst ihm erneut das Konzept der minimalen Interaktion, die idealerweise dazu führt, dass sich die Besuchenden mehr unbewusst als bewusst zur Teilhabe animiert fühlen und so von reinen Betrachtenden zu partizipierenden Subjekten werden in der zwar künstlich geschaffenen, aber äußerst real wirkenden Welt.

»Aber es wäre doch logisch, ich würde welche kaufen.«

Irgendwann gibst du auf und erlaubst Yuri, jeweils ein paar Orangen zu wiegen und in einem durchsichtigen Plastiksack mitzunehmen auf seinem weiteren Gang durch den Markt. Am Abend des zweiten Ausstellungstags liegt ein Berg von Tüten mit Orangen auf dem Tisch im Aufenthaltsraum, wo Yuri sie deponiert, bevor er in den Hof geht, um neben dem Feuer in der rostigen Öltonne zu rauchen (was du erlauben willst in den Ausstellungsräumen selbst, das Museum dir aber standhaft verweigert) – bevor er wieder von vorne beginnt. Am dritten Tag fliegt Yuri bereits zurück nach Zürich – und zugegeben: Du vermisst ihn und seine Orangen.

»Eure Hilfe«, doppelst du nach. »Ich brauche eure Hilfe.«

Und obwohl Yuri sagt, Nils werde nicht gerne fotografiert, das wissest du doch, siehst du ihm an, wie geschmeichelt er sich fühlt.

* * *

Zum letzten Mal siehst du Aziz etwa anderthalb Jahre nach seinem Anruf aus den Flitterwochen. Es ist ein Samstagnachmittag, und du bist in der Klinik am Backen: Zopf für den Sonntagsbrunch für die Gestrandeten, für jene, die nicht zur Belastungsprobe oder Eingewöhnung nach Hause dürfen oder wollen. Für jene, die niemanden haben. Das Backen, das du erst hier wieder entdeckst, entspannt dich. Im Gegensatz zur Musiktherapie und Bewegungstherapie und, bevor du dich suspendieren lässt, zur Ergotherapie.

i'm in zurich. can you meet me at sprungli in an hour?

Du bist selbst überrascht, dass du nicht zögerst, nicht mal eine Sekunde lang.

is she with you?

i'll send her shopping.

Du lässt den angefangenen Teig in der Schüssel stehen, lässt alle Utensilien auf der Arbeitsfläche liegen, duschst und nimmst die Forchbahn zum Stadi und von da die Zwei bis zum Paradeplatz, wo du dich draußen an einen der hinteren Tische setzt, sodass du alles gut überblickst.

Du bestellst einen Eistee.

Du bist erschöpft.

Es ist lange her, seit du dich so weit in die Stadt heruntergewagt hast. Die Leute lachen zu schrill und sprechen zu laut und zu schnell, überhaupt ist alles zu schnell, die wenigen Autos auf der Bahnhofstrasse, die vielen Trams. Dein Herz rast, du schwitzt.

Als du den Sonnenschirm justieren willst, eilt dir ein Kellner zu Hilfe: »Ich mache das!«

Eine siebenköpfige bayrische Familie holt Stühle herbei

und setzt sich an den Tisch vor dir. Drei Generationen –
Großeltern, Eltern, Kinder.

Gut so. Aziz wird dich suchen müssen, und wenn er dich
findet, wird er sich einen Weg durch die Tische und Stühle,
durch die Touristen und die alten Damen mit den blau ge-
tönten Haaren zu dir bahnen müssen. Der sitzen bleiben
wird bis zum letzten Moment. Erst dann wirst du dich er-
heben, langsam, für deine zwei Küsschen, eins links, eins
rechts. Vielleicht eine Umarmung. Vielleicht aber auch
nicht.

Der große, breite Aziz mit den blauen Augen, von denen du
jedes Mal erwartest, sie seien braun – der schöne Aziz ist
dick geworden. Seine teure Sports-Casual-Wear spannt an
all den falschen Orten. Sein Gesicht wirkt aufgedunsen.
Sein Haaransatz hat sich noch weiter zurückgebildet. Und
doch.

»Aziz«, sagst du. *»Ahlan.«*

Er lächelt beinahe scheu, seine Zähne sind noch weißer,
als du sie in Erinnerung hast.

»Ahlan bik.«

»Izzayak?«

Küsschen …

»Kwayyis, alhamdulillah!«

… Küsschen.

»Wa enta? Kullu tamam?«

»Alhamdulillah!«

Du spielst das ganze ägyptische Begrüßungsspiel durch,
einfach um ihm zu zeigen, dass du es nicht verlernt hast.

»Alhamdulillah!«

Endlich setzt ihr euch.

»*Well?*«, fragst du.

Aziz und Aya sind auf dem Weg zum Flughafen im *Widder* abgestiegen, nachdem sie in Lausanne eine diamantbesetzte Damenuhr, eine Maßanfertigung, im Hauptsitz derselben Firma abgeholt haben, deren Lizenz Aziz für den Nahen Osten hält. Also von seiner eigenen Firma.

Das Einzelstück sei von einem Kunden in Kairo bestellt worden, erzählt Aziz. Sie hätten die Schatulle in ihrem Hotelzimmer in den Abfall geschmissen, und Aya werde mit der Uhr am Handgelenk nach Ägypten einreisen, als sei es ihre eigene, womit Aziz die Versicherungskosten für den Versand und vor allem die Zollgebühren sparen würde, die, wie er beteuert, astronomisch wären.

»*So you're smuggling now?*«

   »*It's a one-off thing.*«

   »*Until it's a two-off thing.*«

   »*Aren't you happy to see me?*«

   »*Don't change the subject. Aren't you scared?*«

   »*There's always* baksheesh«, sagt Aziz.

Du musst lachen. Wie gut du dich erinnerst! Wie oft du selbst *baksheesh* bezahlt hast für alle möglichen und unmöglichen Dinge, als du dir in Kairo deinen *Bazar* zusammengekauft und nach Schottland verschifft hast. *Baksheesh,* um mit den richtigen Kontakten bekannt gemacht zu werden, *baksheesh,* um das Ausstellen von irgendwelchen Papieren zu beschleunigen, *baksheesh,* um doch noch einen Liegestuhl zu bekommen am Pool des *Marriott.*

»*I guess I am*«, sagst du.

»*What?*«

»*Happy to see you.*«

Und es stimmt ein klein wenig.

Aber dann erzählt dir Aziz die folgende Geschichte: »*Remember I told you I would go to Mecca after my wedding?*«

Du nickst.

»*Well, during the* hajj, *there's this ritual called* ›*the stoning of the devil*‹ *where you throw pebbles at three walls representing the temptation to disobey Allah.*«

Du nickst erneut.

Dort habe er, während er die Steine warf, Allah das Versprechen gegeben, dass du der letzte Mann seist für ihn.

»*I don't get it*«, sagst du.

Er habe Allah gestanden, dass er dich liebe und dass er nie mehr mit einem Mann schlafen würde. Außer, dieser Mann seist du.

Du kommst dir vor wie in einem Film, den du selbst drehst. Dir ist bewusst, wo die Kameras stehen, aus welchem Blickwinkel und wie nahe du die Szene aufgenommen haben willst, und dein Gefühl sagt dir, dass du und deine Crew den gewünschten Effekt genau trefft.

Als du die Quittungen für deinen Eistee und Aziz' Espresso aus dem kleinen Glas fischst, in das der Kellner sie gesteckt hat.

Als du aufstehst und deine Zigaretten, dein Feuerzeug, deinen Geldbeutel einsammelst.

Als du dich bückst und Aziz einen Kuss auf die linke

Wange, einen Kuss auf die rechte Wange gibst. Dem großen, breiten, verlorenen Aziz.

Noch verlorener als du selbst, denkst du – damit du den richtigen Gesichtsausdruck hinkriegst: von Mitleid überschattete Nostalgie.

Und als du ins Café und zum Tresen marschierst, um zu bezahlen, ohne dich ein einziges Mal umzudrehen, obwohl du Aziz' Blick an deinem Hinterkopf spürst.

And cut!

* * *

Zurück an deinem Pult, nachdem Yuri und Scotch gegangen sind, fühlst du dich endlos müde. Vor dir liegt der mehrmals überarbeitete Vorschlag für das nächste halbjährliche Vermittlungsprogramm, und dir bleiben genau eineinviertel Stunden, um letzte Korrekturen anzubringen und eurem Hausgrafiker dein Gut-zum-Druck zu geben.

Wenn du das schaffst, kommt alles gut, sagst du dir und wühlst in der obersten Schreibtischschublade nach einem Bleistift.

Es gibt Objekte, die sich vermehren, geht dir durch den Kopf, wie Kleiderbügel oder Büroklammern und Plastiktüten, und andere Objekte, die sich in Luft auflösen, wie Kugelschreiber, Bleistifte, Feuerzeuge oder Radiergummis – und schon wieder hast du zwei Kategorien, zwei Fotostrecken mehr, denkst du – und: Wenn du einen Stift findest und die Korrekturen bis dreizehn Uhr schaffst, kommt alles gut.

Du findest den Stift, aber anstatt mit der Arbeit zu beginnen, holst du die Notizbücher aus deinem Rucksack und reißt die durchsichtige Folie auf, in die sie eingepackt sind. Aufs oberste schreibst du den Monat und das Jahr, wie du es früher immer gemacht hast. Die Zeitspanne animiert dich jeweils, möglichst am reflexiven Teil deiner Arbeit dranzubleiben und die einzelnen Logbücher vollzukriegen, ohne dir über längere Zeit allzu viel Druck zu machen, denn ist der Monat um, legst du das Heft weg und beginnst mit neuem Elan ein neues. Ein Trick, den du bei einer befreundeten Schriftstellerin abgeschaut hast.

Multiplyers – Diminishers

Das ist es nicht.

Lost – Found

Das auch nicht.

Comers – Goers

Du versuchst, dich nicht zu zensurieren und alle Begriffspaare, die dir einfallen, ungefiltert aufzuschreiben. Schnell bist du bei Titeln für andere mögliche Serien angelangt, und die Liste drängt so schnell aufs Papier, dass deine Hand deinen Gedanken nachjagen muss. Du bist hellwach.

Und dann bricht die Bleistiftspitze ab.

Scheiße, das Programm!

Aber natürlich findest du keinen Spitzer.

Wo ist das blöde Teil bloß?

Deine Bleistifte und der Spitzer befinden sich immer im selben Fach in der obersten Schreibtischschublade, und du schaust immer, dass genug Stifte da sind, weil du immer mit Blei schreibst, was auch die anderen wissen.

Spielt dir jemand einen Streich?

Immer mit der Ruhe, sagst du dir und gehst zum Pult deiner Kollegin, auf dem eine lachsfarbene Pantone-Tasse

(16–1546, *Living Coral*) steht, wie sie im Museumsshop erhältlich ist. Zwischen den Markern und der Schere und dem Leimstift findest du einen merkwürdig kurzen, dafür umso dickeren silbernen Kugelschreiber.

Wenn er noch geht – egal, ob die Tinte blau ist oder schwarz –, kommt alles gut.

Du bist dabei, deine Sachen zusammenzupacken, als deine Galeristin ins Büro rauscht.

(Du bist fertig geworden mit der Arbeit. Alles kommt gut. Und trotzdem fühlst du dich leer, wie ein Ballon, der beim Aufblasen entwischt und davonfurzt und zerrunzelt unter einem Möbelstück landet – Ballone! Zwei weitere Serien: *Before the Party* – *After the Party*.)

»*Mi amor*«, ruft Vera aus, »hier bist du! Dieses Museum nimmt viel zu viel Platz ein für das, was es bietet. Du bist kaum zu finden vor lauter Kafka.«

(Überhaupt *Before* und *After* – du darfst nicht vergessen, dir eine Notiz zu machen.)

»Es ist Zeit für die Nägel mit den Köpfen. Komm mit!«

Wie ein Schuljunge zottelst du hinter ihr her.

»Du hättest auch anrufen können«, sagst du, als ihr über die schmale gläserne Brücke geht, welche die beiden Gebäudetrakte verbindet, »Kultur« und »Kommerz«, wie ihr alle sagt, und auf der du nie nach unten schaust, durch den gläsernen Boden, weil dir sonst schwindlig wird.

Wie Frank früher auf dem Sprungbrett. Was wohl aus ihm geworden ist? Seit Jahren hast du nicht mehr an ihn gedacht – seit Céleste nicht mehr von ihm berichtet, mit der du dich nach *Bazar* verkracht hast, weil sie überzeugt ist, dass Vera sie zu deinen Gunsten vernachlässigt, ja ignoriert, vom Moment deiner Vertragsunterzeichnung an, ein Vertrag, den du ausschließlich ihr, Céleste, zu verdanken hättest, sogar deinen Künstlernamen Dürrst hättest du ihr zu verdanken, und so leid es dir tut für Jules, der ihr monatelang nachtrauert, bist du fast froh, als sich die beiden kurze Zeit später trennen und Céleste ganz aus deinem Leben verschwindet.

»Du kennst mich. Wenn ich mal auf den Beinen bin … Ich habe die Planung gemacht, und du bekommst die Eröffnung im Herbst. Deine Kollegin Sauertopf ist wieder nicht bereit.«

Du kannst deinen Lacher nicht unterdrücken, denn es ist, als hätte sie deine Gedanken über Céleste gehört. Gleichzeitig fragst du dich, wie Vera dich hinter deinem Rücken nennt. Und ob es stimmt, dass deine ehemalige Weggenossin in Verzug ist mit ihrer nächsten Arbeit, oder ob eure Galeristin dies schlicht so entscheidet. Zumindest in der Hinsicht hat Céleste nämlich recht: Vera ist eine Opportunistin. Vielleicht spekuliert sie darauf, dass sich mit deinem Namen mehr Geld verdienen lässt, auch wenn sie vom Konzept nicht überzeugt ist? Dass es sich lohnen könnte, ihre ganze Maschinerie ein letztes Mal für dich in Gang zu setzen und alles aus dir herauszupressen, bevor sie dich endgültig abhakt?

Ihr seid inzwischen in Veras Büro angekommen, wo auf dem Schreibtisch aufgeklappt ihre große ledergebundene Agenda liegt, vollgekritzelt mit verschiedenfarbigen Einträgen und gespickt mit bunten Haftnotizzetteln.

»Das bleibt mein Geheimnis«, sagte sie, als du sie einmal

gefragt hast, wie das elaborierte Farbsystem funktioniere. Sie schien sich ertappt zu fühlen, und du vermutetest, dass die Codierung gar keine ist und sie lediglich Eindruck schinden will.

»Biene mailt dir die Daten«, sagt sie jetzt, »aber wir sollten über die Messe reden. Mutti hat schlecht gewirtschaftet dieses Jahr, und der Stand wird winzig. Sozusagen eine bessere Besenkammer. Wir brauchen etwas, das mit den Dimensionen spielt. Den fehlenden. Ich nehme nicht an, dass du etwas dagegen hast?«

»Zusätzlich zur Eröffnung in der Galerie?«

»Habe ich das nicht gerade gesagt?«

»Natürlich habe ich nichts dagegen.«

Vera dreht ihren Laptop zu dir.

»Das ist der Plan. Mein Drucker spinnt. Du weißt nicht zufällig, wie man einen Drucker flickt? Ich zahle eigentlich dafür, aber die Leute von der IT –«

»Deshalb bist du mich holen gekommen«, scherzt du und wirst nicht schlau aus dem Grundriss. Überhaupt geht dir plötzlich alles zu schnell. Wie rasch sich Vera von deinem Vorschlag hat überzeugen lassen. Wie großzügig ihr Angebot nun ausfällt. Was, wenn sie sich verkalkuliert hat und sich kein Mensch mehr für dich interessiert?

»Die Verträge sind auch bereit. Vielleicht ist der Drucker deshalb ausgestiegen. Ich habe es nämlich nicht übers Herz gebracht, deine Prozente nach unten zu korrigieren, obwohl mir das Wasser um die Ohren fliegt und du bei *Bazar* an einem ganz anderen Punkt warst als jetzt.«

»Der Plan steht auf dem Kopf«, sagst du. »Du musst ihn um 90 Grad drehen.«

»Stünde er auf dem Kopf, müsste ich ihn um 180 Grad drehen. Hörst du mir zu?«

»Ja, die Verträge«, antwortest du. »Darf ich sie mitnehmen?«

»Schläfst du etwa immer noch mit diesem Anwalt?«

»Ich habe nie mit ihm geschlafen. Glaub mir, sonst wären die Prozente anders ausgefallen.«

Jetzt lacht Vera. Sie lacht ihr helles Lachen und zieht ein großes gelbes Kuvert, das du bisher nicht bemerkt hast, unter ihrer Agenda hervor.

»Ach Kindchen«, sagt sie, »es ist schön, dich zurückzuhaben. Mutti ist so stolz.«

Du bist wieder ganz Schuljunge und errötest. Nicht nur des ungewohnten Gefühlsausbruchs deiner Galeristin wegen, sondern auch, weil du dich für deine Überlegungen von vorher genierst. Was, wenn sie von deiner Idee und den bereits entstandenen Fotos wirklich angetan ist und aus voller Überzeugung bereit ist, noch einmal alles auf dich zu setzen? Ja, was dann?

Der Knoten, den du in deiner Brust spürst, als du ihr Büro verlässt, kommt nicht von der Umarmung deiner Galeristin, die normalerweise lediglich Luftküsschen verteilt. Der Knoten rührt aus der Einsicht, dass Scheitern ausgeschlossen ist.

* * *

Es kommt dir vor, als sei es erst gestern Abend gewesen.

Da liegst du auf dem geschliffenen Betonboden des neuen Museumsanbaus in Edinburgh, liegst mitten in der großen Halle dieser Protzburg und beobachtest, wie es hinter den schlitzartigen Fenstern, die hoch oben unter der Decke angebracht sind, dunkel wird, so spät dunkel wird es hier, denkst du, bis nur noch das kränklich grüne Glimmern des EXIT-Schilds zu sehen ist.

Du bist erschöpft und ekstatisch zugleich. Wie weit du es gebracht hast! Und was du alles füllen musst – oder erfüllen. All die Räume, all die Erwartungen.

Neun Menschen arbeiten momentan Vollzeit für dich: drei Handwerkerinnen und ein Handwerker, zwei Event-Techniker, eine Produktionsleiterin, eine wissenschaftliche Mitarbeiterin und ein kuratorischer Assistent, der auch für die Verpflegung zuständig zu sein scheint und bei dem du literweise Milchkaffee und fast täglich Fish 'n' Chips zu Mittag bestellst sowie Tablet, eine Art bröckeligen Karamellbonbon.

»I need the sugar rush«, erklärst du, wenn du dich dabei ertappt fühlst, wie du dir Viereck um Viereck in den Mund stopfst während den vielen Sitzungen mit den Leuten von Occupational Health & Safety, mit Legal, mit dem Animal Wrangler, dessen Berufsbezeichnung dich an die Jeansmarke denken lässt, mit der Verantwortlichen für Öffentlichkeitsarbeit, von der du dich gleichzeitig angezogen fühlst und ein wenig eingeschüchtert, mit der Chefkuratorin, die das Vorwort für den Katalog schreibt und nervöser scheint als du selbst – »We're taking a big chance!«, beteuert sie mehrmals –, mit dem Grafiker ebendieses Katalogs, mit Veras Grafikerin, die das Postkartenbuch gestaltet und extra angereist ist, und schlussendlich mit Vera selbst, die sich täglich x-mal per Telefon meldet und jedes Mal beteuert: »Ich komme, sobald ich kann, mi amor!«

Gerade als du einzuschlafen drohst, da auf dem kühlen Boden, jetzt, da sie dich endlich alle in Ruhe lassen bis morgen früh, deine Kairo-Playlist im Ohr (*Amaneh* von Diana Haddad, die an Aziz' Hochzeit singen soll, wenn auch playback, wie sich herausstellen wird) und den Geruch von neuem Plastik, der von den mit Kunstleder bezogenen Sitzbänken stammt, die zu früh geliefert wurden und für die ein Lagerplatz gefunden werden muss, weil du sie in deinem *Bazar* nicht brauchen kannst, dem Geruch von Fugenkitt oder Farbe in der Nase –

Gerade als du einnickst, noch tiefer sinkst in den weichen, weichen Betonboden – wie lange hast du nicht mehr geschlafen? Eine ganze Nacht durchgeschlafen? –, holt dich ein bekanntes Quietschen von Gummisohlen –

Es sind die hässlichen schwarzen Halbschuhe des Nachtwächters, der Iain heißt, wie der Sommerferienfreund aus deiner Kindheit, aber sonst keine Ähnlichkeiten mit diesem aufweist.

Du öffnest deine Augen. Und schließt sie gleich wieder, denn Iain blendet dich mit seiner Taschenlampe.

»Please don't«, sagst du.

Als du erneut die Augen öffnest, hält sich Iain die Lampe unters Kinn und reißt den Mund auf, wie in einem schlechten Horrorfilm.

Du lachst.

»All good, Chief?«

»All good!«

Und trotz des freundlichen Drucks, den dir alle machen (und dem weniger freundlichen, den du dir selbst machst), trotz der Nervosität und dem vorherrschenden Gefühl der letzten Tage, komplett den Überblick verloren zu haben und zu schwimmen, erratisch zu paddeln ohne Land in Sicht, ist es keine Lüge. Für einmal ist alles gut.

* * *

Während der ersten paar Monate eurer Bekanntschaft, als es dir langsam wieder besser ging, hast du zu Beginn der Sitzung oftmals nichts gesagt, um deine Therapeutin herauszufordern: Wie lange hält sie es aus, bis sie das Schweigen bricht?

Und dann warst es meist doch du, der zu sprechen begann.

Manchmal hast du auch ein Spiel mit ihr gespielt und bist dir wiederholt mit dem Daumen über den Mundwinkel oder mit dem Zeigefinger über die Augenbraue gestrichen, bis sie deine Bewegung gespiegelt hat.

»Ich weiß nicht, wo anfangen«, sagst du heute.

»Vielleicht mit Ihrem allerersten Gedanken?«

»Paul.«

»Paul?«

»Paul, meine Arbeit, aber hauptsächlich, wie schnell alles geht. So schnell, dass ich meinen Gefühlen gar nicht traue.«

»Wie das?«

»Zum Beispiel jetzt: Ich befürchte, dass Sie ungeduldig sind. Dabei bin ich es, der ungeduldig ist, der nicht warten kann, bis alles wieder langsamer wird.«

»Wir haben Zeit.«

»Oder schneller.«

»Nehmen Sie sich Zeit.«

»Vorwärtsspulen, zu dem Punkt, wo Paul mich nicht mehr kennt, und auch sonst niemand mehr, und ich mich hinlegen kann.«

»Sie meinen wie früher? Als Sie nicht mehr aus dem Bett kamen?«

»Vielleicht.«

»Beginnen wir von vorne. Erzählen Sie mir von Paul.«

»Es ist doch ständig dasselbe.«

»Ist es das?«

»Vielleicht kann ich versuchen, Ihnen zu erklären, was er bei mir auslöst.«

»Bitte«, sagt deine Therapeutin.

Du schmunzelst. »Buchstäblich auslöst.«

»Ich verstehe nicht.«

Also holst du eine der Einwegkameras aus deinem Rucksack und legst sie neben die obligate Box mit Papiertaschentüchern auf das Nierentischchen, das zwischen euch steht.

Du wirst die Situation mit einer Statistin nachstellen müssen, weil sich Dr. Hammer nie darauf einlassen würde. *In My Seat* könnte die Serie heißen oder *Trotz aller Therapie,* wie das Theaterstück. Wobei etwas Englisches hermuss. Und sind Titel urheberrechtlich geschützt? Vielleicht *Money Well Spent* oder sonst irgendwas Humorvolles. Ja, die Serie benötigt eine witzige Überschrift.

»Ich habe wieder angefangen zu arbeiten«, erklärst du und beginnst dann doch mit Paul, mit eurem Kennenlernen im Fitnesscenter, und wie dieser etwas weckt in dir, gefolgt vom Atelierbesuch und der Idee, die plötzlich da ist, gleichzeitig da ist wie deine Galeristin im Flur – »fast schon eine Fügung«.

Dr. Hammer sagt nichts, zieht beinahe unmerklich die Brauen hoch.

»Und jetzt sitze ich hier, und Sie sind bereits die fünfte Person, der ich davon berichte, was ich früher nie gemacht hätte. Aber vielleicht ist es wie mit dem Rauchen. Erinnern Sie sich, als ich mal kurz damit aufgehört habe? Das habe ich auch allen erzählt. Um mir das Scheitern zu erschweren.«

»Sie haben Angst zu scheitern?«

»Ich könnte kotzen vor Angst«, antwortest du. »Manchmal. Und manchmal könnte ich schreien oder singen oder heulen, weil ich weiß, wie gut es für mich ist, egal wie gut oder schlecht es wird.«

»Ich freue mich für Sie«, sagt deine Therapeutin, nachdem du dich leer geredet hast.

»Sie freuen sich für mich?«

»Ja, ich freue mich für Sie.«

»Keine Warnungen, ich solle aufpassen? Gut auf mich schauen? Meine Routinen nicht vernachlässigen?«

»Keine Warnungen«, sagt sie. »Nicht heute.«

Beflügelt wie selten kommst du aus der Therapie.

Du schreibst Paul, der bei der Arbeit ist, ob du seinen Schlüssel abholen könnest, du wollest für ihn kochen und deine Wohnung sei zu verdreckt.

Auf seinem Küchentisch schlägst du, noch in Mantel, Schal und Straßenschuhen, dein Logbuch auf, kritzelst die Titelideen nieder, die sich während der Sitzung und auf dem Rückweg aufstauen, und vergewisserst dich danach, dass genug Reis da ist.

In der Psetzi, wo abwechselnd und nach einem monatlich erstellten Plan gekocht wurde, nannten sie dich den Risotto-Meister, erinnerst du dich und musst schmunzeln. Mit deiner Mutter magst du als Kind ab und zu gebacken haben, aber Kochen brachte sie dir nicht bei, und Risotto ist das einzige Gericht, das du gut kannst, Barbarella sei Dank.

essen in fünfundvierzig minuten, schaffst du das? – schreibst du Paul, nimmst eine seiner Stofftaschen, die an der Garderobe hängen, und gehst die restlichen Zutaten kaufen: Kürbis, Eierschwämme, Mascarpone, Parmesan.

* * *

Als die riesigen Glaspforten bei der Eröffnung aufgehen und die Vernissagen-Gäste in den neuen Trakt des Contemporary Art Museum strömen, unter ihnen der schottische First Minister – als du sie beobachtest, wie sie neugierig durch die verwinkelten Gassen deines *Bazars* streifen, über den Boden, der mal dreckig und mal sauber, mal feucht und mal staubig ist, vorbei an den Gewürz- und Stoffauslagen, Ständen mit Kochutensilien und Ramadan-Lampen, den kleinen Buden voll billigem Plastikspielzeug und Auslagen mit teuren Lederwaren, vorbei an dem Schmuck und den Festtagsroben, vorbei an der ganzen Opulenz, durch die verschiedenen Geruchszonen und Geräuschkulissen, verspürst du den Drang, das CAM zu verlassen und in einem Pub einen Steak Pie zu essen und dich danach in der Whiskey-Bar des *Balmoral* gepflegt zu betrinken, in die Sauna zu gehen in New Town, endlich Tourist zu sein in dieser pittoresken und gleichzeitig rauen Stadt, die zu verlassen dich schmerzen wird.

Es kommt dir vor, als würden die unzähligen Augen dein Werk auf gewisse Weise entweihen. Es ist konsumierbar geworden, es braucht dich nicht mehr.

Gestern nahm dich Yuri inmitten der Hektik zur Seite und erzählte dir von Nils. Er könne es dir nicht länger verheimlichen, er sei so glücklich.

Ihr habt euch bereits vor deiner Abreise nach Kairo getrennt, und wie die Ausstellung, wie dein zweiter großer Erfolg (denn *Bazar* wird ein Erfolg, wie *Giovanni's Room* damals, das spürst du bereits vor der Eröffnung), braucht auch er dich nicht mehr.

Es sei besser so, meinte Yuri, und außerdem habe er zu wenig Zeit (viel beschäftigter Eventmanager, der er jetzt ist).

Trotzdem kommt er auf dein wiederholtes Bitten und schlussendliches Betteln – »Ich schaffe das nicht ohne dich!« – für ein paar Tage nach Edinburgh.

Als Yuri dir von Nils erzählt, schämst du dich, weil du nichts von Aziz sagst.

Schon als du zu seiner Hochzeit zurückgeflogen bist, hast du Yuri angelogen. Ein paar rechtliche Sachen, die liegen geblieben seien. Dein Ex kennt dich zu gut, um dir die Lüge abzunehmen, ließ sich aber nichts anmerken.

Und Aziz hat dich wohl nie gebraucht. Oder höchstens als Bestätigung: So kann, so will ich nicht leben.

* * *

Während du den Kürbis schneidest und andünstest, die Gemüsebouillon vorbereitest, die Eierschwämme wäschst, dann den Reis ebenfalls dünstest und später im Risotto rührst, notierst du Ideen für Serien in deinem Logbuch. Die Liste wird länger und länger. Du brauchst ein Ordnungsprinzip, also drehst du das Notizheft um und schreibst auf der letzten Seite mögliche Kategorien auf, zuerst sehr weit gefasste wie *Menschen, Objekte, Gebäude,* die du in einem zweiten Schritt in Unterkategorien aufteilst wie *Freunde, Fremde* – mit Fragezeichen –, *Arbeitskolleginnen* oder *Wohnhäuser, Arbeitsorte, Sexdates* – ebenfalls mit Fragezeichen. Die Kategorie *Objekte* ufert aus. Du solltest den Tisch decken, doch du kannst dich nicht losreißen von dem Heft und beginnst auf der mittigen Doppelseite eine Liste mit Fragen, um daraus erste Regeln für das Gesamtvorhaben abzuleiten.

– *Umgang mit Zeit?*

– *Höchste/geringste Anzahl Bilder pro Serie?*

– *Dürfen Szenen gestellt sein? (Insbesondere mit Menschen?)*

– *Wo beginnt die –*

Du erschrickst, als es an der Tür klingelt.

Stimmt. Paul kommt gar nicht rein.

– *Wo beginnt die Gegenwart?*

Du gehst in den Flur und drückst auf den Türöffner.

– *Dürfen in einer Serie sowohl hochformatige als auch –*

Konzentriert, wie du bist, oder weil der Dampfabzug in Pauls Wohnung einen solchen Krach macht, bemerkst du nicht, wie sich dieser von hinten an dich ranschleicht.

»Appetitlich«, sagt Paul und fasst dir an den Arsch.

»Scheiße!«

»Sorry, sorry!«

»Mann – Blödmann! Du weißt, wie schreckhaft ich bin.«

»Sorry. Es war zu verlockend«, sagt Paul. »Und das Risotto riecht auch gut.«

»Nein, echt.«

»Bist du fleißig?«, fragt Paul und versucht, einen Blick ins Logbuch zu werfen.

Du schlägst es zu. »Wenn du nicht aufpasst, fliegst du aus dem Projekt.«

Titel! Es muss wirklich ein Titel her, schießt dir durch den Kopf.

»Also bin ich drin? Ganz offiziell?«

»Deck bitte den Tisch«, sagst du.

Nach dem Essen holt dich die Müdigkeit ein, die dich schon seit Tagen in Wellen überrollt. Paul zieht dich vom Sofa hoch, bugsiert dich ins Schlafzimmer und schält dich aus den Kleidern. Du schläfst sofort ein. Und durch.

* * *

Von oben herab betrachtest du die Menschen, die sich plötzlich und unvermittelt auf der kleinen, aus Paletten und rohen Brettern gezimmerten Plattform im Innenhof des Museums wiederfinden. Die restliche Hoffläche hast du mit Kies und Schotter, Sand und Dreck bedeckt. In einer Ecke brennt ein Feuer in einer rostigen Tonne, ein zerzauster Hund streunt herum, zwei Ziegen und ein Dromedar, an einen Pflock gebunden, knabbern an einem Grasballen. Periodisch durchqueren maskierte Männer den Hof und schmettern Befehle auf Farsi in ihre Funkgeräte.

Ursprünglich planst du, dass die Besucherinnen und Besucher sich im Hof frei bewegen können, entscheidest dich später jedoch, eine Zuschauertribüne zu bauen und diese mit Latten und Seil abzusperren, um die Ausstellungsgäste noch stärker in die Rolle der Schaulustigen zu drängen – insbesondere auch »*as a contrast to the participatory feeling evoked inside the museum itself*«, wie es im Ausstellungsbeschrieb heißt.

Du liebst den Moment, in dem die Glotzer, wie du sie nennst, den Strick erblicken. Meist dauert es recht lange, was dich erfreut, denn du hast den Arm des Krans, der auf dem Parkplatz hinter dem Museum steht und über das Gebäude ragt, im 55-Grad-Winkel, also bewusst steil einrichten lassen. Von der hölzernen Plattform aus sieht man die Spitze des Schwenkarms nur, wenn man seinen Blick den Strick entlang in den Himmel hochwandern lässt. Ein willkommener Nebeneffekt ist, dass man den Schriftzug der Kranvermietung vom Hof aus nicht sieht. Viele der Betrachtenden schlagen die Hand vors Gesicht, wenn sie erfassen, dass der bunte, fröhliche, wohlriechende *Bazar* sie auf einen Henkersplatz geführt hat, während andere ihre Wangen aufplustern und geräuschvoll auszuatmen scheinen. Ein paar wenige Besucherinnen und Besucher schütteln den Kopf und wenden sich ab, kaum erkennen sie den Strick und den Kran als Galgen.

Die Chefkuratorin des Hauses hat dir ein Badge ausgeliehen für ihr Büro im ersten Stock, von dessen Fenstersims aus sich die Betrachterinnen und Betrachter auf der Plattform unbemerkt beobachten lassen, und gibt es nichts auszubessern oder auszuwechseln, nichts mehr zu delegieren oder koordinieren, niemanden mehr zu begrüßen oder zu verabschieden, sitzt du am Fenster und bist, obwohl du das niemals zugeben würdest, zutiefst stolz auf dich. Sollen sie schreiben, was sie wollen, sollen sie dich wieder einen *besseren Schaufensterdekorateur* schimpfen oder einen *Set Designer, der sich aus Hollywood verirrt hat,* wie es zwei Kritiker bei *Giovanni's Room* getan haben.

Warum kannst du die schlechten Rezensionen zitieren, dich aber an keinen einzigen Satz aus einer der guten bis exzellenten erinnern, fragst du dich. Obwohl diese damals deutlich überwogen.

※ ※ ※

Du bist sofort eingeschlafen und hast durchgeschlafen, so dein erster Gedanke beim Aufwachen. Aber wie bist du ins Bett gekommen? Und wo ist dein Handy?

Du drehst dich von Paul weg, der ruhig und gleichmäßig atmet, und tastest auf dem Nachttisch nach deinen Schlaftabletten. Sollte dir Paul gestern eine verabreicht haben, müsste irgendwo das leere Blister liegen.

Vorgestern hast du eine volle Schachtel für Pauls Wohnung in deinen Rucksack gepackt, damit sie dir nicht ausgehen, da dich beim Gedanken, du könntest plötzlich keine Tabletten mehr haben, jeweils eine leise Panik überkommt – dass du im Bett liegst und nicht einschläfst und nicht weißt, was denken, und dich all deine alten aufgestauten Ängste einholen.

Erst in der Nachttischschublade wirst du fündig: Es ist noch eine Pille da, Paul hat dir also keine gegeben.

Du bist ohne Hilfe eingeschlafen und hast durchgeschlafen. Wenn das kein Zeichen ist.

Wie sehr du Dr. Hammers Gesicht liebst, wenn du mal wieder behauptest, du werdest alle deine Medikamente absetzen.

Wie sie die Augenbrauen hochzieht und dich anschaut, wenn du beteuerst: »Ich kann so nicht mehr.«

»Definieren Sie ›so‹.«

»So tot.«

»Ist etwas vorgefallen?«

Hin und her, fünfzig Minuten lang, dröselt ihr auf, was in der letzten Woche passiert ist und wie du dich dabei gefühlt hast.

Bis du feststellst: »Eben nichts. Ich fühle nichts.«

»Das glaube ich Ihnen nicht.«

»Am liebsten wäre ich gar nicht mehr am Leben.«

»Und trotzdem wollen Sie Ihre Medikamente absetzen?«

Du möchtest ihr die Zunge rausstrecken wie ein kleines Kind.

»Irgendetwas muss sich tun«, sagst du. »Ich halte das nicht mehr aus.«

»Denken Sie an die Wellen. Wir haben darüber gesprochen, wie alles in Wellen kommt und wieder geht.«

»Sie haben darüber gesprochen.«

Und so geht es weiter und weiter, bis du dich am Ende der fünfzig Minuten noch beschissener fühlst als vorher und dich deine Therapeutin bittet, keine Dummheit zu machen.

Beide wisst ihr, dass du deine Medikamente nicht absetzen wirst.

»Wir sehen uns nächste Woche«, sagt Dr. Hammer.

Du nickst und setzt dein resigniertes Gesicht auf.

Jetzt windest du dich vorsichtig aus der Bettdecke, um Paul nicht zu wecken, und gehst in die Küche, wo du Wasser aufkochst für deinen Instantkaffee.

»Normalerweise kommt mir nichts Kremiertes ins Haus«, hat Paul gesagt, als ihr zum ersten Mal zusammen einkaufen gegangen seid. »Aber für dich mache ich eine Ausnahme.«

Immerhin ist es die teure Fairtrade-Variante, denkst du, als du etwas verloren mit deiner Tasse Kaffee in Pauls perfekt aufgeräumter und trotzdem wohnlich wirkender Küche stehst. Hättest du nur deinen Laptop mitgebracht, könntest du deine Ideenliste sortieren.

Bei der Arbeit an *Giovanni's Room* bist du jeweils lange vor Yuri aufgestanden und bei fast jedem Wetter ins Sideli geradelt.

Du magst nicht reden am Morgen, willst deine schlafschwammige Gedankenwelt nicht gestört haben. Wobei es lange dauert, bis du deinen idealen Rhythmus findest, denn während deiner Schulzeit hast du angestrengt versucht, zu den Nachteulen zu gehören – der Coolness wegen und weil das Leben nach Unterrichtsschluss in den Ateliers der Hochschule erst so richtig losgeht: Allianzen werden geschmiedet, Streiche ausgeheckt, Tratsch verbreitet, Liebschaften angefangen und beendet, und es wird gefeiert, viel gefeiert und natürlich gearbeitet – gemessen an den Festen, wird sogar erstaunlich viel gearbeitet.

Nachdem du mit Trinken aufgehört hast und sich dein Schlafrhythmus eingependelt hat, musstest du dir eingestehen, dass du ein klassischer Morgenmensch bist, Coolness hin oder her. Und als du den *Bazar* eingerichtet hast, bist du jeweils vor fünf Uhr aufgestanden, bist durch das menschenleere Edinburgh spaziert, das zu der Zeit noch kulissenhafter wirkte als sonst, hast bis Mittag durchgearbeitet und danach in dem Büro, das du während des Aufbaus deins nennen durftest, eine Siesta gemacht auf der Yogamatte, die du extra dafür gekauft hast (*disco nap,* sagen die Schotten: »*Don't disturb him, he's disco napping!*«), um danach bis spät in den Abend weiterzuarbeiten.

So müsste es wieder sein, denkst du und gießt Milch in deinen Kaffee. Könnte es wieder sein. Wäre da nicht der Job im Museum. Vielleicht solltest du ihn aufgeben? Alle Hintertüren verriegeln, sodass du keine andere Wahl hast.

The only way is up, baby, for you and me now ...

Von wem ist das Lied bloß? Und du solltest eine Materialliste anfangen für den Baumarkt und dein Atelier ganz räumen, nur die Werkbank, deinen Sessel und die Matratze behalten und entlang der Wände, etwas höher als Hüfthöhe, ein durchgehendes, schmales Regal anbringen (ähnlich wie im Backstage von Pauls Klub), um die Bilder zu sortieren, bevor du sie zur Probe an die Wände hängst, die frei sein müssen, ganz frei und weiß gestrichen, du benötigst außer Holz also auch Farbe, und du musst Vera um mehr Lagerraum bitten für die verbleibenden Sachen, und wie lange gedenkt Paul zu schlafen an einem gewöhnlichen Wochentag?

Das Lied ist von Otis Clay, sagt dir dein Handy.

The only way is up, singst du, und auf einmal scheinen all deine Listen, all die To-dos und all die Hürden, die sich

ständig aufbäumen vor deinem inneren Auge, wie wegge-
wischt – Tabula rasa: dein Atelier bereits gestrichen, die ersten Serien schon an der Wand, die Vernissage geplant, nein,
heute Abend soll sie steigen, es ist alles bereit, und jetzt
bleibt nur noch Paul, bleiben ein paar köstlich kitzelnde
Stunden mit deinem unglaublich sexy Freund.

»Ich habe deinen Spitznamen gefunden«, flüsterst du
Paul in den Nacken, nachdem du zurück ins Bett gekrochen
bist. »Ich nenne dich fortan Kitzel.«

Aber Paul schläft.

* * *

»Tschüs.«

Du verlässt eine Wohnung und sagst jemandem »Tschüs«.

Draußen ist es dunkel.

Du musst lange in der Wohnung –

Du erinnerst dich nicht, wo du dein Velo angekettet –

Du musst doch mit dem Velo –

Also weißt du nichts anderes mit dir anzufangen, als los-
zugehen, in irgendeine Richtung, im Laufschritt durch die
Stadt und über einen Friedhof, und jetzt weißt du, wo du
bist, denn du erkennst das Toilettenhäuschen der Anlage,
die neuerdings offen bleibt über Nacht, ein Pilotversuch,
und jetzt weißt du auch, wo deine Wohnung liegt, die neue,
in die du nach *Bazar* gezogen bist, aber du gehst in eine
andere Richtung und gehst und gehst, bis der Tag anbricht,
denn du weißt, dein Schlaf lebt in einem anderen Land, das
du erst morgen oder übermorgen erreichen wirst, also gehst
und gehst du, ohne dem Gefühl entgehen zu können, verfolgt –

Ja, du wirst verfolgt: Ein kleines rotes Auto fährt im Schneckentempo hinter dir her, und im Auto sitzt ein Mann, und dann ist es neben dir, das Auto, und das Fenster surrt herunter, und der Mann sagt: »Hey!«

Aber du kennst den Mann nicht, und du schaust nach vorne, ganz starr geradeaus in Richtung Ziel, das du nicht hast, da muss doch ein Ziel –

War da nicht ein See, ein Fluss?

Wo ist das weite weiße Land, das du suchst?

Gehst du schneller und schneller, bis du rennst.

Im Auto sitzt Jules, und weil du ihn ignorierst, anscheinend nicht erkennst, überholt er dich, fährt ein Stück weiter vor dir an den Straßenrand und steigt aus, um dich abzufangen auf deinem Weg, der keiner ist. Fängt dich ab und bugsiert dich in das kleine rote Auto. Fährt dich in die Psetzi, obwohl du nicht mehr da wohnst.

Später sind auch Yuri & Nils und Céleste da, sie zwingen dich auf eines der Sofas im Gemeinschaftsraum, sie zwingen dich zu essen und Wasser zu trinken, so viel Wasser, dass du das Gefühl hast, von innen her zu ersaufen. Sie stellen Fragen, ohne Antworten hören zu wollen, und reden mehr mit sich selbst, mehr um sich selbst zu bestätigen, als mit dir. Sie sagen Dinge wie: »So kann es nicht weitergehen.«

Oder: »Wärst du bei deinem letzten Psychiater geblieben.«

Und: »Das haben wir doch abgemacht.«

Und: »Dann wäre es nie so weit gekommen.«

Sie treffen Entscheidungen über deinen Kopf hinweg.

Wer zu dir nach Hause geht, um Kleider zu holen und Duschzeug.

»Mein Laptop!«

Wer dich in die Klinik fährt.

Als hätten sie das alles schon mehrmals gemacht.

Nur weil sie das schon mehr als einmal –

Sie sagen: »Es ist besser so.«

Und du sagst: »Für mich oder für euch?«

Aber anscheinend hast du keine Antworten mehr zugute.

* * *

Wie es stünde um alles, fragt Dr. Hammer, und du bist froh um den direkten Einstieg in die Sitzung, dankbar für den sachlichen, pragmatischen Ton, den sie anschlägt und der dir dein Geständnis erleichtert.

Es liefe mit beidem gut, mit der Arbeit und mit Paul. Aber du habest deine Nachtmedikation abgesetzt, nachdem du zweimal in Folge ohne eingeschlafen seist und durchgeschlafen hättest. Mehr oder weniger. Was du jedoch nicht erzählst. Und auch nicht, dass du seither immer früher und früher aufwachst.

Ob du unter irgendwelchen Absetzungserscheinungen leidest?

Du überlegst kurz. Du könntest einfach verneinen, um das Gespräch zu verkürzen. Aber du hast das Gefühl, dass du deine Therapeutin in den kommenden Monaten mehr brauchen wirst denn je. Oder zumindest seit den ersten paar Jahren.

»Ich bin ständig nervös. Aber das liegt vielleicht an der Arbeit«, sagst du. »Und ich bin sehr leicht irritierbar.«

»Auch scheinbar grundlos wütend? Mit Ausbrüchen?«

»Bis jetzt konnte ich mich beherrschen.«

»Behalten wir das im Auge«, sagt Dr. Hammer und macht sich eine Notiz. Was sie selten tut. Eigentlich nur, wenn es um deine Pillen geht, sodass du dich oft fragst, wie sie sich das ganze Gerede ihrer Patientinnen und Patienten behalten kann.

»Wie steht es um Ihre restliche Medikation?«

»Die nehme ich.«

»Und Sie haben keine Absichten –«

»Nein.«

Sie macht sich eine weitere Notiz.

»Freuen Sie sich immer noch für mich?«, fragst du bewusst kokett.

»Möchten Sie das?«

Touché, denkst du.

»Ja«, gibst du zu. »Das möchte ich.«

»Wir haben ja schon oft über das Thema Anerkennung gesprochen, aber ich möchte ein bisschen bei Ihrer Routine bleiben. Was benötigen Sie für die kommende Zeit?«

»Genau das«, beteuerst du, »Zeit.«

»Zeit?«

»Zeit«, doppelst du nach.

Es ist also entschieden. Du hörst auf im Museum. Kündigst noch heute.

Alles oder nichts. – Aufs Ganze gehen. – Alles auf eine Karte setzen.

Du solltest eine Serie verbildlichter Redewendungen machen: *Figures of Speech.*

»Ich möchte meine Stelle aufgeben.«

Kurz blitzt jenes Entsetzen im Gesicht deiner Therapeutin auf, das du als Antwort auf dein Geständnis Anfang der Stunde erwartet hast.

»Sind Sie sicher, dass das eine gute Idee ist?«

»Natürlich nicht«, antwortest du.

»Aber Sie wollen es trotzdem tun? Ich bin verwirrt.«

»Natürlich weiß ich nicht, ob es eine gute Idee ist. Aber ich weiß, dass ich herausfinden muss, ob ich es noch einmal schaffe.«

»Und das können Sie nicht, wenn Sie nebenbei arbeiten in einer festen Struktur, die Ihnen Halt gibt?«

»Sie hätten Verkäuferin werden sollen«, rutscht dir heraus. »Entschuldigung«, schiebst du schnell nach.

»Ich ignoriere das«, sagt deine Therapeutin souverän. »Aber lassen Sie mich zusammenfassen: Sie sind nervös und irritiert, weil Sie einen Teil Ihrer Medikation abgesetzt haben, und nun möchten Sie Ihr sicheres Einkommen aufgeben, um an einem Kunstprojekt zu arbeiten?«

Wie sehr du das Wort »Projekt« hasst.

»Ja«, sagst du. »Ich habe ein wenig Geld gespart.«

Und dass du dich immer noch nicht für einen Titel entschieden hast. Vera fragt dich immer häufiger danach. Auf der entsprechenden Liste in deinem Logbuch stehen lediglich *Most Everything* und *Small World,* aber du bist mit beiden überhaupt nicht zufrieden.

»Warten Sie doch eine Woche mit der Kündigung. Schlafen Sie ein paarmal darüber.«

»Ich weiß nicht«, sagst du.

»Nicht mir zuliebe. Ihnen zuliebe.«

»Ich weiß nicht.«

Am Anfang steht immer das Formular, das du unterschreiben musst am Empfang, und die Frage nach dem heutigen Datum, dann deine Unterschrift, die bestätigt, dass du freiwillig da bist.

Bist du also wieder hier, denkst du, schon wieder hier, und schiebst den Stift unter den Bügel des Klemmbretts. Deine Hand zittert vor Erleichterung.

Ganz schnell langsam werden, ganz schnell langsam, denkst du in all deine anderen Gedanken hinein, die aus Wörtern bestehen, die du vor dir siehst wie auf einem Bildschirmschoner. Ganz schnell langsam. Ganz schnell.

Schon letztes Mal fragst du dich absurderweise, ob man Trinkgeld erwartet.

Bild-schirm-scho-ner, Trink-geld, spalten sich die Wörter.

Und wieder ist der einweisende Arzt eine blendend hübsche, blonde Erscheinung, vielleicht sind alle Ärztinnen und Ärzte hier blond, blond, blond, wenn du dich bloß erinnern könntest, und spalten lässt sich das Wort auch nicht, stattdessen setzt es sich fest, dehnt sich aus, schrumpft zusammen, nur um sich erneut breitzumachen, blond, blond, blond, um einen Sattel zu bekommen und einen Schweif, das Wort bekommt eine pink bemalte Rüsselspitze, große Babyaugen und einen Lachmund, Gedankenkarussell, dass ich nicht lache! Blond, blond, blond, das Wort ist eine Petarde, die explodiert, ist ein fiepender Warnton, Gedankenkarabum unter deiner Schädeldecke, ist ein Tinnitus, das Wort, und es hämmert und donnert, und es höhlt dich aus.

»Wir machen jetzt eine körperliche Untersuchung«, sagt der Arzt. »Dann zeigt Ihnen jemand Ihr Zimmer.«

Kör-per-lich, denkst du.

»Das möchte ich nicht.«

»Wie meinen Sie?«

»Die Untersuchung.«

»Weshalb?«

»Ich habe seit Tagen nicht mehr geduscht.«

Die Lüge ist eine Wahrheit: Du fühlst dich un-ge-duscht, seit Jahren nicht mehr ge-wasch-en.

»Das stört mich nicht.«

»Aber mich.«

Der Arzt mustert dich, und du wirst rot. Zögernd willigt er ein, man könne das später nachholen. Beide wisst ihr, dass dies nie geschehen, im Klinikalltag untergehen wird. Nachdem er dich auf deine Station gebracht hat, wird man dir eine Urin- und Blutprobe nehmen und ein EKG machen. Du wirst ein Gespräch haben mit der Assistenzärztin der Station, die bestimmt ebenfalls blond sein wird und blendend hübsch und dir dieselben Fragen stellen wird wie der aufnehmende Arzt kurz zuvor im Besprechungszimmer, gefolgt von einem kürzeren Gespräch mit der Stationsoberärztin und einer Verabredung im Aufenthaltsraum mit dem für dich zuständigen Pfleger – deine Bezugsperson, wie du vor wie vielen Besuchen zu sagen gelernt hast? –, um alles Praktische zu besprechen.

Aber die körperliche Untersuchung wird untergehen, dafür wirst du sorgen. Du kennst dich aus, du weißt dich zu behaupten, hier in der Stadt hinter der Stadt.

Du be-haup-test dich.

»Bist du sicher, dass du die nicht wieder brauchst?«, fragt Nils, als ihr zu viert das Regal, den Sessel, das Fernsehmöbel, die Vorhangstange und den Vorhang neben dem Container auf dem Parkplatz deponiert und mit einem GRATIS-Schild versehet.

»Vielleicht finden wir in unserem Keller oder Estrich ein bisschen Platz.«

»Ich bin sicher«, antwortest du.

Danach lagern Yuri & Nils das Regal, deine Werkbank, die aus einem Brett und zwei Böcken besteht, und die Matratze auf dem Treppenabsatz vor deinem Atelier zwischen. Auch der Stuhl steht da und darauf der noch warme Wasserkocher und deine zwei Tassen sowie dein Vorrat an Instantkaffee.

Es ist schön, dass sie dir helfen, aber dieses latente Misstrauen nervt.

Deine Arbeitsuniform wirfst du über die Rückenlehne des Stuhls. Mehr willst du nicht behalten.

Dass etwas im Argen liegt, hast du bereits gemerkt, als du den Anruf von Jules bekommen hast, er stünde im Hof, wo müsse er hin?

Yuri & Nils, Jules und du, ihr trefft euch selten gemeinsam, eure Freundschaften laufen parallel. Höchstens an Geburtstagen oder auf Partys findet ihr euch manchmal als Gruppe. Und habt es immer gut. Aber Jules ist dein Freund für draußen, für Kino und Theater, Kaffee am Samstagnachmittag und Brunch am Sonntag, für Auswärtsessen und Schwimmen im Sommer, während Yuri & Nils deine Freunde sind für drinnen, denn sie verlassen kaum mehr das

Quartier, insbesondere, seit sie Scotch adoptiert haben aus dem Tierheim.

Er sei bestellt worden, sagt Jules, als du ihm die Tür zum Gebäudetrakt öffnest.

Yuri & Nils trudeln eine halbe Stunde später (und eine halbe Stunde zu spät) ein. Jules sitzt auf dem Stuhl vor dem Atelier und du auf der Treppe. Ihr trinkt »deine grässliche Plörre«, wie Jules jeweils sagt, und du erzählst, wie du Paul kennengelernt hast – mit dem du beim Sport sein solltest. Ihr wolltet, ist es doch genau einen Monat her seit eurer ersten Begegnung, zusammen trainieren und danach ins Dampfbad gehen. Aber dann schrieben Yuri & Nils, sie könnten dir am Sonntag im Atelier helfen, falls das noch aktuell sei.

Paul verbarg seine Enttäuschung schlecht.

»Aber stört es dich, wenn ich allein gehe?«

»Allein ins Dampfbad?«, hast du einen Witz versucht.

»Zum Sport!«

»Mach du ruhig dein Ding.«

»Hallo? Es sollte unser Ding sein. Du bist derjenige, der plötzlich beschäftigt ist.«

»Es ist wichtig, verstehst du das nicht?«

»Aber kein Grund, mich anzufahren.«

»Wir sehen uns danach, ja?«

Doch Paul war bereits im Schlafzimmer verschwunden, um seine Trainingssachen zu holen.

Gerade schneiden Yuri und Jules mit der Kreissäge, die du aus der Holzwerkstatt im Erdgeschoss entwendet hast, die letzten Bretter zurecht, deren Kanten Nils abschleift, während du die Markierungen setzt an der Wand. Eine Weile arbeitet ihr wortlos, was aufgrund des Sägelärms auch nicht anders geht. Als ihr beginnt, die Befestigungswinkel in die Bretter zu schrauben, sagt Jules in die Stille hinein: »Ich habe gehört, du hast gekündigt?«

Deshalb ist er also hier, denkst du.

»Habt ihr das einstudiert?«

»Jetzt komm«, sagt Yuri.

»Eine Intervention, oder was?«

»Wir denken bloß, es ist vielleicht etwas voreilig«, sagt Nils und legt den Schleifblock auf den Boden, schüttelt seine Hand aus.

Hoffentlich bekommt er morgen Blasen, denkst du.

»Versuch dich doch mal in unsere Lage zu versetzen.«

»Ihr habt das definitiv einstudiert. Jedes amerikanische B-Movie macht das besser.«

»Mal ehrlich, Dürrst«, sagt Yuri. »Wie oft hast du dir schon irgendein Luftschloss gebaut?«

»Ich habe einmal eine Firma gegründet und wollte ein einziges Mal auswandern. Und das hier ist meine Karriere«, antwortest du, so gefasst du kannst. »Außerdem seid ihr diejenigen, die blauäugig mit Aktien spielt. Bis ihr mal auf die Fresse fallt.«

»Aber wir sind nicht manisch-depressiv«, sagt Yuri ruhig.

»Ich bin stabil. Ich bin gesund.«

»Du bist chronisch krank. Egal, wie stabil du dich momentan fühlst.«

Nur Yuri darf sich erlauben, so deutlich zu werden, sind sich Nils und Jules bewusst und schweigen.

»Wisst ihr was, wenn ihr mir nicht helfen wollt …«

»Ne, ne«, sagt Yuri. »So geht das nicht. Wir diskutieren das jetzt zu Ende.«

Du hebst eine Schraube vom Boden auf.

»Es gibt nichts zu diskutieren, ich habe längst gekündigt.«

»Das wissen wir. Aber wir haben ein paar Bedingungen.«

Du lässt die Schraube fallen.

»Wir möchten, dass du weiterhin zur Therapie gehst. Zweimal die Woche, falls nötig.«

Das schon wieder.

»Und du musst deine Schlaftabletten nehmen.«

»Ihr habt mit Paul geredet? Ihr könnt mich mal!«

Du stürmst aus dem Atelier.

»Natürlich nicht!«, ruft Yuri dir nach.

Auf dem Treppenabsatz bleibst du stehen, willst Yuri etwas Böses an den Kopf werfen.

»Du schreibst uns mitten in der Nacht«, kommt er dir zuvor, »morgens um vier, Dutzende SMS. Die immer länger werden. Mit immer mehr Tippfehlern. Wir kennen dich. Du kippst hinüber.«

»Ich bin keine Milch, die schlecht wird«, sagst du und nimmst, so langsam du kannst, Stufe um Stufe nach unten.

Als du zurück ins Atelier kommst, ist das Regal montiert und gestrichen, wie auch die Wände und die Decke frisch gestrichen sind. Deine Freunde und du, ihr habt euch offenbar in deiner Abwesenheit wortlos versöhnt, und du weißt, dass du wieder mit der Schlafmedikation beginnen wirst, für ein paar Tage verantwortungsvoll mit einer halben Pille, der Nebenwirkungen wegen. Du weißt, dass du morgen einen Gruppenchat eröffnen wirst mit Yuri & Nils und Jules und Paul, in dem du jeden Therapiebesuch vermeldest und alle Ausfälle (ist deine Therapeutin etwa in den Ferien oder hält einen Vortrag irgendwo). Du weißt, dass du sie alle brauchst, dass ohne Yuri & Nils und Jules und Paul nichts zu schaffen –

Du bemerkst die angebrochenen Becher mit Kartoffelsalat und Coleslaw, die auf dem Fenstersims stehen, und die Papiertüte von Sprüngli, die daneben liegt.

Paul ist also doch gekommen.

Und anscheinend wieder gegangen.

Wahrscheinlich haben ihm die anderen alles erzählt.

Im Zwischengeschoss, wo die WCs sind, rauscht die Spülung. Kurz darauf erscheint dein Freund im Türrahmen.

»Hey«, sagt er.

»Hey, Kitzel«, antwortest du. »Sorry wegen heute Morgen.«

»Schon gut«, sagt Paul und stößt dich auf die Matratze, die mitten im Raum liegt. »Lass uns dein neues Atelier einweihen.«

Der Sex, der folgt, kommt dir vor wie ein nötiges Übel, das es durchzuexerzieren gilt. Eine Erschöpfung, die du herbeiführen musst, um in eure gewohnte Zweisamkeit zurückzufinden. Wie etwas, das du Paul schuldest.

»Ich mache mir Sorgen um dich«, sagt er, als es vorbei ist und ihr eure Zigaretten raucht, nachdem du aufgestanden bist, um das Fenster zu schließen, obwohl das Atelier nach frischer Farbe stinkt.

Du wünschst dir, es würde schnell dunkel werden draußen und in dir still.

* * *

Th. Fritsche steht an der Tür, und die Erhebung auf dem Bett in der hinteren linken Ecke des schummrigen Raums muss Th. Fritsche sein, denn die zwei anderen Betten sind nicht besetzt. Th. Fritsche regt sich nicht, schmatzt lediglich im Schlaf.

Morgen früh, wenn du aufwachst, falls du aufwachst, du glaubst nicht, dass du je wieder aufwachen willst, wird dein Name neben jenem von Th. Fritsche stehen, ausgedruckt auf einem durchsichtigen Etikettenstreifen aus einem dieser Beschriftungsgeräte, Arial 14 Punkt, und aufgeklebt an der kleinen Tafel aus eloxiertem Aluminium, die neben der schweren, mit hellgrauen Pressstoffplatten beschichteten Tür angebracht ist. Dass du ein solches batteriebetriebenes Beschriftungsgerät mit Digitalanzeige gut gebrauchen könntest, denkst du, als du dich auf das schmale Bett legst. Und dass es wichtig ist, die Dinge ganz genau zu benennen.

Am nächsten Tag erinnerst du dich nicht mehr, wie du in dieses Zimmer gekommen bist. In die Klinik – ja. Aber in dieses Zimmer, in dessen Mitte ein kreideweißer, mittelalterlicher Mann lediglich mit einer weißen Unterhose bekleidet steht?

Wer hat dich hierhergebracht? Die aufnehmende Ärztin? Ein Pfleger? Und wo befindet es sich innerhalb dieser riesigen Burg?

Das Zimmer ist schmal und hoch und ganz in gealtertem

Weiß: die Decke, die gipsverputzten Wände und die leicht abwaschbaren, wohl vor mehreren Jahrzehnten mehrschichtig lackierten Holzpanels, angebracht an den Wänden über den Kopfenden der drei metallenen Betten, der riesige Schrank. Sogar der wellig gelatschte Linoleumboden: ehemals weiß.

Der Mann, der inmitten dieser schmutzigen Winterlandschaft steht, putzt sich die Zähne.

Auf welchem Stock befindest du dich? Wie nahe am Haupteingang?

Der Mann starrt dich an.

Es scheint dir wichtig, dass dein Zimmer nahe am Eingang liegt.

Und tippelt erstaunlich leichtfüßig von dannen.

Du hörst, wie er irgendwo hinter dir in irgendetwas hineinspuckt, hörst fließendes Wasser. Du bewegst dich nicht. Der kreideweiße Mann tippelt zu dir ans Bett und beugt sich viel zu nahe zu dir herunter.

Wird er dir eine Hand unter die Nase halten, um zu schauen, ob du atmest?

»Ich bin der Fritsche«, sagt der Mann. »Gehöre hier zum Inventar. Es tut mir leid, dass ich das sagen muss, aber würde es dir etwas ausmachen, die Tür auf deiner Seite des Schranks jeweils zuzumachen? Ich halte offene Türen nicht aus. Oder offene Fenster. Außer hinter Vorhängen. Wenn die Vorhänge gezogen sind, kann das Fenster offen sein.«

Du nickst.

»Wie heißt du?«, fragt der Mann, der mit Vornamen wohl Thomas heißt, rein statistisch, denn jetzt erinnerst du dich: die Tür mit dem Schild.

Oder Thilo.

Du drehst dich zur Wand.

Vielleicht Thies.

»Auch egal«, sagt Th. Fritsche. »Auch egal.«

Tippel, tippel.

Wenig später streckt eine Pflegerin ihren Kopf ins Zimmer. Sie hat kurzes, zu einem Igel aufgegeltes Haar. Ihr Gesicht ist viel zu glücklich.

»Frühstück ist da«, flötet sie.

Wohl starrst du sie an, als verstündest du ihre Sprache nicht.

»Sie wissen, wo Sie sind?«

Du nickst, aber sie scheint dir nicht zu glauben.

»Sie sind in der psychiatrischen Klinik.«

Also schüttelst du den Kopf.

»Abteilung für integrierte Versorgung. Haben Sie keinen Hunger?«

Neu, wie du bist auf der Station, stehst du brav auf. Neu, wie du bist, folgst du der Pflegerin gehorsam in den Flur, wo vor dem Esssaal ein Rollwagen steht mit namenbeschrifteten Tablaren. Genau so, wie du es von deinen letzten Aufenthalten kennst.

Die Pflegerin reicht dir dein Tablar, und du schlurfst damit an den am weitesten von den anderen Essenden entfernten Tisch, halb versteckt hinter einer viel zu gesunden, viel zu lebendig aussehenden Palme.

Du starrst auf dein Essen (zwei Scheiben dunkles, trockenes Brot, eine Portion Butter, eine Portion Konfitüre und eine Portion Honig, ein Apfel), als Th. Fritsche in den

Stuhl dir gegenüber schlüpft, sein Tablar dicht an die Brust haltend, als wolle es ihm jemand entreißen.

Er lächelt dich an – könnten bitte alle aufhören zu lächeln, denkst du – und sagt: »Hey, Mister ›auch egal‹!«

Dann beginnt er, sein Essen (ein Birchermüsli mit Rahm, eine Banane, ein Croissant) in sich hineinzustopfen, als wäre er am Verhungern. Gleichzeitig studiert er dein Gesicht, von deinen Augen zu deiner Nase zu den Ohren und zurück zu den Augen.

»Hast du schon eine Bezugsperson?«, fragt er mit vollem Mund. »Du musst bei deiner Bezugsperson das Menü abändern. Du kannst alles bestellen. Also nicht alles, einfach, was es gibt. Aber es gibt ganz viel. Sonst kriegst du den Standardfraß. Immer am Freitag kannst du dein Menü für die kommende Woche durchgeben. Außer du bist neu, dann kannst du es am ersten Tag machen. Und du bist neu.«

Du bedankst dich, obwohl er dir nichts erzählt, was du nicht schon weißt, und schaust auf die anderen Essenden. Allesamt schaufeln sie ihr Frühstück in sich rein, als wären sie am Verhungern. Wie du es von deinen letzten Aufenthalten kennst.

Th. Fritsche hört zu reden auf, nicht aber zu kauen. Er studiert weiterhin dein Gesicht.

»Danke«, sagst du erneut und stehst auf.

»Du musst abräumen!«, sagt Th. Fritsche.

Aber du bist schon draußen.

»Auch egal, auch egal!«, hörst du ihn rufen.

* * *

Mit der Geilheit, die dich nach der Arbeit übermannt, rechnest du nicht – oder besser, du hast sie vergessen nach all den Jahren. Sie hat nichts mit den Bildstrecken an sich, mit dem Foto vom nackten Paul in der Dusche zu tun, das du in jenem Augenblick schießt, als dieser nach dem Badetuch greift.

Paul lächelt selbstbewusst direkt in die Kamera, seine Silhouette scharf gezeichnet vom Morgenlicht, das durch das kleine Fenster hinter ihm ins Zimmer flutet. Der Duschvorhang, den Paul zur Seite schiebt und beinahe ein Drittel des hochformatigen Bildes einnimmt, die Kacheln hinter Paul, das Badetuch, das Licht – alles ist weiß. Alles perfekt. Das sieht Paul zum Glück ebenso und willigt sofort ein, sich für die Serie fotografieren zu lassen.

Du hast dich schon vor ein paar Tagen entschieden, dass du mit gestellten oder halb gestellten Szenen arbeitest, dass du minimal eingreifen und die Bilder leicht inszenieren darfst, sofern sich die Schnappschussqualität damit unterstreichen lässt. So werden in *Naked* verschiedene Haarschnitte und Bartlängen das Vergehen der Zeit markieren. Auch sich ganz zu rasieren ist Paul bereit, oder nur einen Schnauz stehen zu lassen. In einem der Fotos wird er mit gestutztem Brust- und Schamhaar zu sehen sein, in einem anderen vielleicht mit einem Pflaster oder einem Verband. Und in einem weiteren wird ein andersfarbiges Badetuch das durchgehende Weißmotiv brechen – ein ausgewaschenes Blau vielleicht.

Mit Yuri & Nils gehst du ähnlich vor, wobei du an mehreren Serien parallel arbeitest mit ihnen. In einer sind sie von hinten beim Kochen zu sehen. Für eine zweite fotografierst du sie von oben aus deinem Wohnzimmer *(Coming – Going)*, mal mit Scotch, mal ohne, mal etwas bringend (eine Balkonpflanze, eine große runde Tupperdose), mal etwas wegtragend (ein kleiner Tisch, eine mit Büchern gefüllte Papiertüte, die sie zwischen sich tragen). Dann die Selfie-Serie, auf der du mit drauf bist, die aber etwas konzeptlos wirkt, weil du die richtige Situation noch nicht gefunden hast – eine, die sich gut wiederholen lässt.

Weltreise, denkst du. Ihr drei vor dem Eiffelturm, in Pisa, in der Alhambra, vor den Pyramiden, der Statue of Liberty, dem Taj Mahal …

Die ersten Versuche mit Paul und Yuri & Nils sind Privatfotos geblieben und liegen in einer mit *Ausschuss* beschrifteten Aktenbox. Vielleicht machst du irgendwann zwei Collagen daraus, eine für Paul und eine für Yuri & Nils, als Geschenk.

Du trittst von der Werkbank weg, blickst zum Fenstersims und von dort auf den Boden: Überall liegen angefangene Serien aus.

Du führst die Titel-Liste in deinem Logbuch zwar weiter, gibst aber den Versuch auf, die einzelnen Einträge zu kategorisieren. Und jetzt, als du die ausgebreiteten Bilder, die Dutzenden, nein, Hunderte von Bildern betrachtest, befürchtest du, dass dir das Projekt (da ist es wieder, dieses grässliche Wort) entgleiten könnte. Schon entglitten ist. Und überhaupt in keiner Weise von Bedeutung. Undurchdacht und nichtssagend. Ein hilfloser Versuch, den Kadaver deiner künstlerischen Karriere wiederzubeleben.

Keine Panik, sagst du dir und setzt dich auf die Matratze, die wie eine Insel im Bildermeer schwimmt. Zu deinen Füßen liegt die Serie *Chairs,* eine der ersten und eine deiner liebsten – vielleicht, weil sie formal so streng daherkommt und trotzdem etwas Verspieltes behält: Du hast alle Stühle, die du in deiner Wohnung fandest (es sind deren dreizehn), im Wohnzimmer und einzeln vor die beige gestrichene Wandvertäfelung gestellt, über der auf Bauchnabelhöhe die weiße Raufasertapete beginnt, und hast sie im Quer- anstatt im naheliegenden Hochformat fotografiert. Die Linie, wo die Vertäfelung auf die Tapete trifft, durchläuft die Bilder exakt mittig, und je nach Stuhlhöhe ragt die Rückenlehne mehr oder weniger über diesen Horizont heraus.

Stimmt, du willst, um die Serie zu vervollständigen, irgendwo einen tiefen Schemel auftreiben, der nicht über die Linie ragen würde. Weder Yuri & Nils noch Paul besitzen deines Wissens einen solchen. Aber vielleicht wirst du im Brocki fündig.

Du lässt dich rückwärts auf die Matratze fallen.

Und wie angerührt ist sie da, die Geilheit, die du von früher kennst und die jeweils auf die Leere folgte, nachdem du stundenlang versunken an etwas gearbeitet hast.

Bei ihr sei das genauso, meinte jene schottische Kinderbuchautorin, die bestimmt zehnmal mit dem Zug von Glasgow nach Edinburgh reiste, um deinen *Bazar* zu besuchen, und die du irgendwann angesprochen hast, worauf ihr euch zwei, drei Mal zum Bier getroffen habt in einem Pub im Grassmarket.

Eine Leere, die danach verlange, gestopft zu werden. Wie

eine Gier, die nach Leben dürste. *»When we've spent hours trying to give life to dead things.«*

Erst als du dein Handy aus der Hosentasche ziehst und das Display aktivierst, fällt dir ein, dass du all die anrüchigen Apps gelöscht und zudem einen Freund –

Du hast einen Freund!

Der sich bestimmt schon fragt, wo du bleibst.

Wie konntest du vergessen, dass du einen Freund hast?

Und wie spät es wohl ist?

＊ ＊ ＊

Auf jeder Station ist es dasselbe Spiel.

Während der ersten Visite spricht die Stationsoberärztin von Stabilisierung und schlafanstoßenden Antidepressiva, die auch bei Angststörungen eingesetzt würden. Sie spricht von Indikationen und Befundung, während du ihren Namen ausdruckst auf einem Etikettenstreifen in deinem Kopf, damit du ihn dir merken kannst: Dr. Eleana Greiner.

Überhaupt lernst du alle Namen und grüßt auch das Putzpersonal, was sonst niemand hier zu tun scheint, und versuchst, dich rauszuhalten aus dem Klatsch, den Kleingrüppchendynamiken, denn du willst nichts hören, willst für dich sein und trittst so bestimmt auf wie möglich, lässt alle wissen, dass du ein alter Hase bist, dass du weißt, wie das mit der Bettwäsche geht, dem Küchendienst, der Visite und dem Ausgang, vorerst zwar nur aufs Areal, aber in der Kantine lassen sich die beiden beliebtesten Zahlmittel, Zigaretten und Süßigkeiten, beschaffen, und wie es läuft bezüglich

Menüplanung und dem Nachtdienst, der Raucherkabine, den Besuchszeiten, Assistenzarztgesprächen, Therapieplänen, Bezugspersonen und Sozialarbeiterinnen, und auch, wie die Waschmaschine und der Tumbler funktionieren, weißt du, und dass die Abwaschmaschine in der Küche gar keine ist, sondern lediglich eine Desinfektionsmaschine und ihr eure Tassen zuerst von Hand abwaschen müsst, bevor ihr sie dort einräumt.

Am Abend klopft ein Pfleger an die Tür und fragt, ob du deine Nachtmedikation schon genommen hast. Du erinnerst dich an Dr. Eleana Greiner (Arial, 14 Punkt) und ihre Rede am Morgen.

»Angst ist das Einzige, was ich nicht habe«, wolltest du kontern, einfach nur, um etwas zu sagen und obwohl das gelogen wäre.

Der Pfleger reicht dir einen Puppenstubenbecher mit einer runden und einer länglichen Pille. Keine zwei Minuten später bist du eingeschlafen.

Und versinkst über Tage, versinkst wochenlang im Morast des Medikaments, das den Wirkstoff Mirtazapin enthält, was du dir nur merken kannst, weil es klingt wie Marzipan.

Das dich wattig macht im Kopf und gummig in den Beinen, den Armen, den Fingern, sodass dir manchmal das Essen von der Gabel fällt, deine Knie einknicken wollen beim Gehen.

Das dir Muskelzuckungen beschert, kurz bevor du einschläfst, sodass du wieder hochschreckst.

Das dir lediglich einen oberflächlichen Schlaf gönnt, der

sich tagsüber nie ganz zurückzieht, deine Augen rändert und dein Gesicht, deine Haut grau wirken lässt.

Das dich hungrig macht, so hungrig nach Zucker macht dich das Marzipanmedikament, bis du immer schwerer wirst und langsamer.

Und das deine Gedanken entschleunigt, sodass du endlich, endlich –

Am Mittwochmorgen müsst ihr euch wiegen vor der Medikamentenausgabe.

An der Oper, im Statistenverein, dem du als Schüler angehört hast, weil es deine Mutter so glücklich machte, hieß es »Viehschau«, wenn ein Regisseur (und es waren ausschließlich Regisseure) sämtliche Komparsinnen und Komparsen aufbot, um sie zu begutachten im wahrsten Sinne des Wortes.

Ein ähnliches Gefühl. Vieh. Nur in den Mund schauen sie euch nicht. Ihr seid alles brave Schlucker.

Dein Gewicht steigt von Mittwoch zu Mittwoch. Du hast Heißhunger nach Süßem. Ständig schleichst du um den Vorratsschrank, den abzuschließen nach dem Frühstück oft vergessen wird, worauf du jeweils eine Handvoll Tütchen mit Schokoladenpulver klaust, das du dir direkt in den Mund schüttest. Nachts wandelst du ins Esszimmer und schüttest Zucker aus den Glasstreuern, die auf den Tischen stehen, auf das harte, vom Abendessen übrig gebliebene Brot. Nach dem Essen, wenn du dein Tablar zurück in den Rollwagen schiebst, entwendest du übrig gebliebene Brötchen und Bananen und manchmal ganze, kalt gewordene Menüs von abwesenden Patientinnen und Patienten.

Woche für Woche protestierst du bei der Oberarztvisite, protestierst du bei deinen regelmäßigen Terminen bei der Assistenzärztin: dauernd müde, dauernd hungrig.

Das Medikament brauche Zeit, um sich einzupendeln, heißt es nur.

Derweilen erschlägt dich das Pendel, haut dich ins Bett, haut dich wieder hoch und lässt dich erneut in die Küche schlurfen, wo du auf andere Zuckerjäger triffst, lässt dich um Schokolade betteln bei deinen Zimmergenossen, weil du nicht die Kraft hast, die wenigen Hundert Meter in die Kantine zu gehen, geschweige denn in die Stadt.

»Ich tausche auch. Ich habe Zigaretten.« Denn Geld hast du nur in Plastikform dabei.

Du sollest bitte etwas Disziplin an den Tag legen, mahnt dich Dr. Eleana Greiner, sodass du ihr ins Gesicht schlagen möchtest, das so schön ist wie ihr Vorname. Weshalb sind hier alle Ärztinnen und Ärzte bloß so schön?

* * *

Die Bäckeranlage liegt nicht auf deinem Heimweg, und doch liegt die Bäckeranlage heute auf deinem Heimweg.

Du bleibst lange im Atelier, wählst die Bilder aus für *Bridges* und ordnest sie neu und um, bis die Serie sitzt. Zwischendurch recherchierst du Flüge nach Athen, wo du ebenfalls fotografieren willst, jetzt, da dich kein Job mehr an Zürich fesselt. Nur Paul musst du das noch beibringen. Und vorsorglich blockierst du die nächsten paar Wochen im Kalender des Mietportals, worauf prompt eine Nachricht von Nancy kommt, die Zugriff hat auf dein Profil: *are you coming to greece?*

Kannst überhaupt dein Handy kaum aus der Hand legen, öffnest wieder und wieder den App-Store.

Bis Paul sich meldet: *dauert wohl bisschen länger. wie geht's dir?*

Ständig fragt Paul, wie es dir geht. Er fragt am Morgen, wenn ihr zusammen aufsteht, er fragt am Abend, wenn ihr euch trefft, und er fragt per SMS, wenn ihr euch nicht seht.

wie geht's dir?

Du versuchst, dich zu erinnern, ob er das schon immer getan hat (du glaubst nicht, nein) und ob er das bei anderen auch dauernd macht (bestimmt nicht). Du fragst dich, weshalb dich die Frage so aggressiv werden lässt, und du fragst dich, wie er reagierte, wenn du zurückschreiben würdest, es gehe dir verschissen. Was würde Paul dann tun? Alles stehen und liegen lassen und zu dir eilen, egal wo du bist?

bin im atelier, schreibst du zurück. *sehen wir uns morgen?*

Postwendend kommt das Daumenhoch-Emoji, das Paul so gerne benutzt, plus ein rotes Herz. Das Herz ist neu. Bisher habt ihr euch lediglich das Kuss-Emoji zugeschickt. Das Herz pulsiert wie ein Warnzeichen.

Du wirfst dein Handy auf die Matratze am Boden.

Verschiedene Unordnungen in verschiedenen Räumen, im Querformat und so weitwinklig wie möglich – *Have You Seen My Phone?*

Eure Handys überall und immer, denkst du und bückst dich nach dem gerade erst hingeworfenen Gerät, um den Titel aufzuschreiben in einem deiner unzähligen Notizfiles, die du benutzt, hast du dein Logbuch nicht zur Hand, oder findest du keinen Stift, oder muss es schnell gehen, wie jetzt, weil jede Idee zwei, drei, zehn neue gebiert und du gar nicht nachkommst mit Tippen und du wieder im App-Store landest und es keine halbe Minute dauert, bis die Dating-App aus der Cloud gezogen ist und du gefragt wirst, ob du deine Nachrichtenverläufe wiederherstellen willst aus dem Backup. Du wählst *Yes* und machst dann, als wärst du ertappt worden, als hättest du dir die Finger verbrannt, den Handybildschirm aus, schnappst dir deinen Rucksack und verlässt das Atelier. Nach Hause, etwas essen – ja, du solltest unbedingt was essen – oder vielleicht kurz bei Yuri & Nils vorbei via Bäckeranlage, die gar nicht auf deinem Weg liegt – *Hunting Grounds,* wie geil! –, ebenfalls querformatig und in der von glühenden Zigaretten punktierten Dämmerung: all deine ehemaligen Cruising-Plätze inklusive schummriger Gestalten (gestellt, falls nötig), wie du jetzt eine bist, an einen großen Baum gelehnt, einen Fuß lässig am Stamm abgesetzt und den Blick auf das Gesicht des Mannes fixiert (um die dreißig, Typ Normalo), der auf der anderen Seite des Weges, vielleicht zehn Meter von dir entfernt, breitbeinig auf der Bank unter der flackernden, von Nachtfaltern umschwärmten Laterne sitzt.

Du wirst Paul nichts sagen, wirst nicht denselben Fehler machen wie mit Yuri. Du wirst sie schlicht sein lassen, all die Lügen, all die heimlich gelesenen SMS, die ständigen Streitereien und die wochenlangen Gespräche darüber, wie es gehen könnte, eine offene Beziehung zu leben. All die leeren Versprechungen.

Es ist ohnehin nur eine Frage der Zeit – Reality-Check, sei ehrlich –, bis Paul ebenfalls fremdgeht (was für ein bescheuerter Ausdruck), und solange ihr keine Vereinbarungen trefft, findet auch kein Betrug statt, oder doch?

Früher oder später trefft ihr euch online, da bist du dir sicher, worauf ihr einander blockieren werdet, damit ihr nicht mehr im Suchraster des anderen erscheint. Ohne je ein Wort darüber zu verlieren – im Wissen darum, was ihr aneinander habt und was nicht.

Du zündest dir eine Zigarette an, stößt dich vom Baum ab und schreitest auf die Bank zu.

Der aus der Nähe höchstens fünfundzwanzigjährige Bursche steht auf, nickt Richtung Gebüsch.

* * *

Am Donnerstagmorgen ist die Station schon vor dem Frühstück in Aufruhr. Der Zeitplan für die Visite hängt an der Tür des Büros. Exakt zwölf Minuten sind eingeplant pro Kopf. Die Tauscherei beginnt, obwohl der Plan nicht einzuhalten ist. Viel länger dauern die Gegenüberstellungen, immer kommt die Oberärztin zu spät, nie das Pflegepersonal, das nicht müde wird zu lamentieren: »Es liegt nicht in unserer Hand!«

Die Patientinnen und Patienten versuchen, ihre Slots abzutauschen, weil sie unbedingt in diese Therapie möchten oder nicht in jene wollen. Oder weil sie es sich buchstäblich nicht mehr leisten können, den Termin mit der Sozialarbeiterin, die ständig krank ist oder in Sitzungen oder an einer Weiterbildung teilnimmt, noch einmal zu verpassen. Oder weil sie als Letzte oder Letzter an der Reihe sein möchten vor dem Mittag, weil dann garantiert nicht überzogen wird.

Das Besprechungszimmer ist eng. Um den runden Tisch sitzen die Oberärztin, die Assistenzärztinnen und Assistenzärzte, die jeweilige Bezugsperson, die Stationsleiterin und ein Protokoll führender Pfleger an einem klapprigen alten Laptop.

Diesmal sitzt du eingepfercht zwischen einer Assistenzärztin und deiner neuen Bezugsperson – die wievielte in all den Jahren, fragst du dich – mit einem ellenlangen tamilischen Namen, den du dir nicht merken kannst, egal wie sehr du dich anstrengst.

»Wie geht es Ihnen?«, fragt die Oberärztin.

Du hast gelernt, dich aufs mehr oder weniger Messbare zu beschränken vor diesem Tribunal, dessen Mitglieder ohnehin alles wissen, wenn auch abgekürzt und in der Sprache ihres elektronischen Patientenverwaltungssystems. Wie es deinem Schlaf, deinem Hunger, deiner Verdauung geht. Alles annähernd Medizinische. Und du hast gelernt, dir eine Antwort zurechtzulegen auf die gerne gestellte Frage: »Was brauchen Sie von uns?«

Der Patient als Klient.

»Arealausgang in Begleitung« – »Stadtausgang« – »ein zweites Kissen« – »Diätkost«.

Nur auf dem Medikament beharren sie.

»Geben Sie uns noch eine Woche Zeit.«

Es gibt jene, die rauswollen aus der Stadt hinter der Stadt. Sie duschen vor der Oberarztvisite, ziehen ihre besten Kleider an, frisieren und sammeln sich mental, bevor sie ein letztes Mal tief einatmen und den Raum betreten.

Und es gibt jene, die Angst haben vor der Freiheit, vor

den Worten: »Sie sollten langsam an Ihren Austritt denken.« Denn es ist eine Freiheit, die für sie aus lauter Zwängen und Gefahren besteht.

In den ersten Wochen eines jeden Aufenthalts gehörst du zur zweiten Gruppe, zu jenen, die es kaum aus dem Bett schaffen und schon gar nicht unter die Dusche. Dein Haar bleibt fettig, die Schlafsachen trägst du auch tagsüber, wie du dasitzt unter all den Blicken, im Aufenthaltsraum oder in der Raucherkabine, in der Kantine an einem guten Tag oder auf einem Stuhl im Flur an einem schlechten.

»Wie geht es Ihnen?«, wiederholt die Oberärztin.

Du willst sie anschreien. Dass du bereits zum x-ten Mal in der Klinik bist. Dass weder die Therapien noch die Medikamente helfen. Dass offensichtlich etwas falsch –

»Ich bin müde«, sagst du. »Einfach nur müde.«

So müde, dass du dich eines Tages weigerst aufzustehen.

Die Frühschicht kommt um sieben, klopft an die Tür, öffnet die Tür, streckt ihren Kopf durch die Tür, sagt: »Es ist sieben!« Sagt: »Aufstehen!«

Du bleibst auch liegen, als die Frühschicht eine halbe Stunde später einen Witz versucht: »Frühstück wird kalt!«

Und auch eine Viertelstunde später, als sie sagt: »Morgenrunde! Jetzt!«

Du bleibst drei, vier Tage so lange liegen, wie du willst. Bis der eifrigste aller Pfleger Frühschicht hat, derjenige, der sich als Hüter der Regeln gibt, der immer zu schnell durch die Gänge geht, sich viel zu wichtig nimmt und dabei viel zu gut gelaunt, penetrant total gut drauf ist.

Bereits am zweiten Tag seiner Schicht droht der emsige kleine Pfleger dir mit Rausschmiss.

»Ich habe keine Therapien, weil anscheinend niemand Zeit hat, mit mir einen Plan zu erstellen. Weshalb sollte ich aufstehen?«, konterst du.

»Weil das hier so ist.«

Der Zwerg von einem Heteromacker steht jetzt im Zimmer, nicht mehr im Türrahmen. Er kommt zu nahe ans Bett, kommt dir bewusst zu nahe und plustert sich vor dir auf.

Du drehst dich nicht gegen die Wand. Du schaust ihm in die Augen und sagst nichts.

»Ich werfe Sie raus, wenn Sie die Abläufe nicht einhalten.«

Alles an dir zittert unter der Bettdecke, denn der Pfleger verkörpert alle Typen, die je einen Jungen wie dich vermöbelt haben auf einem Pausenhof. Du schiebst deine zitternden Hände unter deine Oberschenkel. Du schaust dem Pfleger in die Augen. Ganz kühl, deine Stimme fest – du weißt nicht, wie du das schaffst, aber deine Stimme ist kühl und fest –, sagst du: »Dazu sind Sie nicht befugt.«

Erst jetzt drehst du dich zur Wand und schließt die Augen.

Du hörst, wie er sich überlegt, dich aus dem Bett zu ziehen, an den Haaren oder an einem Ohr vielleicht.

Du hörst, wie er alle Regeln durchgeht, die er damit brechen würde.

Wie er sämtliche Skills anwendet, die er unterrichtet im Skills Training, denn natürlich unterrichtet er nebenbei noch Skills Training.

Um nicht auszurasten.

Um so unlaut wie möglich seine Füße, seine Beine in

Richtung Tür zu bewegen, in Richtung nächstbester Arzt, um sich zu beschweren.

Kleine Männer.

Du lächelst die Wand an.

Kurz darauf bricht das Ärztinnengewitter über dich hernieder. Du wirst ins Stationszimmer zitiert, wo die für dich zuständige Assistenzärztin und die Oberärztin beginnen, auf dich einzureden. Deine neue Bezugsperson und der sich aufplusternde Pseudomacker stehen daneben.

Kooperation und Vertrauen und der ganze Bullshit. Die beiden Ärztinnen wechseln sich ab, als hätten sie die Sache einstudiert.

Die Rüge ist lang, aber irgendwann geht ihnen die Luft aus. Erwartungsvoll schauen dich alle an.

Du erinnerst die Oberärztin an euer erstes Gespräch, als sie betonte, du seist der Klient hier und müsstest der Klinik einen Auftrag geben.

Dein Auftrag sei wie folgt: zwei Wochen ohne Therapien und ohne Aufstehen. Zwei Wochen, in denen du dich erholen könnest, regenerieren, deine Gesundung beginnen.

Du sagst tatsächlich »regenerieren« und »Gesundung«.

Zwei Wochen ohne nichts, außer den Medikamenten, die du im Gegenzug, und ohne zu murren, nehmen würdest.

Die Oberärztin sagt: »Wie großzügig von Ihnen.«

»Das finde ich auch«, antwortest du.

»Gut«, sagt die Oberärztin, die jetzt lächelt – ganz leise, aber sie lächelt. »Eine Woche.«

Du schaust zum Heterozwerg.

»Zehn Tage.«

Die Oberärztin lacht laut heraus, schüttelt den Kopf, aber nicht verneinend, sondern sich geschlagen gebend.

»Sie melden sich ab und wieder an, wenn Sie aufs Areal gehen. Mit oder ohne Besuch.«

»Natürlich«, antwortest du.

* * *

»Du musst aufstehen«, sagt Paul. »Du musst essen, dich bewegen.«

Du drehst dich zur Wand.

»Ich mache dir Frühstück, wir können spazieren gehen.«

Jetzt nur nicht den Mund öffnen, sonst wirfst du deinem Freund eine Beleidigung an den Kopf.

Ob Paul plötzlich Experte ist, ob er sich endlich bequemt hat, das Büchlein für Angehörige zu lesen, das du ihm von der Gesellschaft für Bipolare Störungen besorgt hast, ob er das Gefühl hat, mit einem Spaziergang ist es getan? Er hat doch keine Ahnung! Und was maßt er sich überhaupt an, dich so von oben herab zu behandeln?

Anstatt auf einer Antwort zu beharren, legt sich Paul zu dir ins Bett, löffelt sich von hinten an dich ran und fädelt sich in deinen Atem ein.

Ob es das schon gewesen, ob es ihm egal ist, dass du schon seit Tagen hier liegst, ob er wirklich schon aufgeben will? Denn es sieht ganz so aus, als wolle Paul aufgeben. Was wohl besser ist. Es hat ohnehin keinen Zweck. Nichts hat einen Zweck.

»Gib endlich auf!«, willst du schreien. Aber du bekommst deinen Mund nicht auf.

* * *

Der Wecker klingelt schon lange nicht mehr. Du hast ihn vor Wochen verbannt.

Wie viel Uhr es wohl ist?

Du musst die Decke zurückschlagen, musst zuerst den einen, dann den anderen Fuß auf dem Boden neben dem Bett platzieren, du musst zur Balkontür gehen, die Tür öffnen, du brauchst Luft, dringend brauchst du Luft, musst in die Küche gehen, den Wasserkocher füllen und anschalten, die Abzugshaube nicht vergessen, weil es schimmelt, und die Tasse aus dem Schrank, den Löffel aus der Schublade, das Einmachglas mit dem löslichen Kaffee vom Fenstersims nehmen, das Einmachglas öffnen, Kaffee in die Tasse, siedendes Wasser, drei viertel voll, Wasserkocher zurück, Abzugshaube aus, Milch aus dem Kühlschrank, Milch öffnen, Milch in die Tasse, kurz umrühren, Milch zurück, Löffel ins Waschbecken, Tasse nehmen und –

Die winzigen Einheiten strecken den Tag, der vor dir liegt, in unermessliche Längen, für die du die Kraft nicht hast. Der Tag reißt, bevor er begonnen hat. Niedergestreckt bleibst du liegen.

Bis du dich umdrehen musst, weil es zu hell ist, weil Tageslicht neben und unter dem Vorhang ins Zimmer dringt, durch diesen nutzlosen Vorhang hindurch, den du dir von deiner Vormieterin hast aufschwatzen lassen, dieser Scheißvorhang, der viel zu leicht, viel zu lichtdurchlässig ist, und du musst dich auf die andere Seite drehen, musst dich zum Schrank drehen, in dem Kleider hängen, die du nie mehr tragen wirst, du kannst dir nicht vorstellen, dass du je wieder aufstehst, duschst, dich anziehst, auch wenn du weißt, dass es irgendwann vorbeigeht, weil alles in Wellen kommt, habt ihr das nicht besprochen, du und deine neue Therapeutin, wie alles in Wellen kommt, du musst es nur zulassen, dich nicht sträuben dagegen, denn wenn du dich nicht sträubst, wenn du dich fallen lässt in die abgrundtiefe Ausweglosigkeit, wenn du es schaffst, deine Gedanken weiterziehen zu lassen wie eine Schäfchenwolke, schläfst du vielleicht wieder ein, obwohl dich alles schmerzt, jeden Körperteil einzeln, bis du aufwachst in einem anderen Zimmer, Leben, Körper oder gar nicht mehr, am besten gar nicht mehr.

* * *

Wer sich umzubringen versucht, wird vom Spital zwar per Ambulanz, aber ohne Blaulicht in die psychiatrische Klinik kutschiert und dort auf eine geschlossene Station gebracht.

Keine offenen Türen mehr, keine unbegrenzten Ausgangs- und Besuchszeiten, kein reges Kommen und Gehen zu und von den verschiedenen Therapien oder der Kantine, keine ausgedehnten Spaziergänge auf den Hügel mit dem Holzpavillon und dem Ausblick auf den See.

Bo.

Die Null steht immer für geschlossen. Und das ist durchaus wörtlich zu nehmen, denn geschlossen ist nicht nur die Tür, die vom Flur ins restliche Gebäude führt, sondern von der Besteckschublade in der Küche über die Küche selbst bis zum Stationsbüro und dem Aufenthaltsraum in der Nacht.

Wer Glück hat, darf nach einer Weile in Begleitung einer Hilfskraft oder von Besuch aufs Areal, wer Pech hat, eine falsche Bewegung macht, zum Beispiel mit einer Trinkflasche in der Hand eine als Drohgebärde zu verstehende

Geste, auch wenn es lediglich eine PET-Flasche ist, in die gepolsterte Zelle mit dem kleinen Fenster in der Tür, die es tatsächlich noch gibt.

Wer sich umzubringen versucht, zum Beispiel mit dem Kopf im eingeschalteten Gasbackofen, kommt auf eine geschlossene Station und hat dort vielleicht das Glück im Unglück, auf eine kompetente Oberärztin zu treffen. Vielleicht nimmt sich diese bei der ersten Visite die Zeit, die Patientenakte nicht nur zu überfliegen – es ist still im Zimmer, die Hände des Protokoll führenden Pflegers ruhen in seinem Schoß –, sondern durchzulesen. Vielleicht macht sich die Oberärztin danach die Mühe, ein paar wenige, aber relevante Fragen zu stellen, um dann, als sie die Mappe schließt und unter dem Tisch ein Bein übers andere schlägt, dem Patienten in die Augen zu schauen und zu eröffnen: »Sie sind nicht depressiv, Sie sind manisch-depressiv. Oder korrekt: Sie haben eine bipolare Affektstörung. Ich verschreibe Ihnen Lithium. Das ist ein Stimmungsstabilisator.«

Nein, denkt der Patient, *Lithium* ist ein Lied von Nirvana.

I'm so happy 'cause today I found my friends. They're in my head.

Und weil er keine Anstalten macht aufzustehen, sagt die Oberärztin: »Alles Weitere besprechen Sie bitte mit Ihrer Bezugsperson.«

Worauf sie sich noch im Sitzen die Hände schütteln, die Ärztin und ihr Patient, als besiegelten sie einen Deal.

* * *

Der Wecker klingelt nicht, weil du keinen Wecker mehr brauchst, so früh, wie du aufwachst.

Bevor die Geschäfte öffnen, joggst du durch die Stadt, am Fluss entlang, und sobald sie aufgemacht haben, eilst du von Laden zu Laden, um Abwaschtücher zu finden im exakt selben Orangeton wie die stilisierten Sonnenblumen auf den Sechzigerjahrekacheln in der Küche deiner neuen Genossenschaftswohnung im Kreis 5, gegründet um 1890 von zwei Herren, deren Firma anno dazumal die Webspulen herstellte, mit denen die Seide in der Fabrik deiner Familie verarbeitet wurde, wie passend, und Töpfe im Gartencenter samt Untersetzer sowie Moorbeeterde und eine Gießkanne und Dünger, wobei du den richtigen erst im Internet findest, in das du Nacht für Nacht abtauchst, um alles über die Salzwasseraquaristik zu erfahren, weil dein Balkon fertig bepflanzt ist, und um Treffen zu vereinbaren mit egal was für Männern, die manchmal Drogen haben und immer Alkohol, den du dir zu Hause nicht mehr erlaubst, seit du im Vollsuff versucht hast, mit dem Kopf im Gasbackofen einzuschlafen, aber das ist eine Geschichte aus einem anderen Leben, dir geht es hervorragend, gerade hast du das Badezimmer geputzt, jede hinterletzte Fuge und auch die Innenseite des Spiegelschranks und das kleine Fenster, das viel zu hoch und oberhalb der Badewanne ist, sodass man kaum hinaufkommt, und zur Belohnung kaufst du dir ein Motorrad, das du wenige Monate später eintauschst gegen ein Auto, nur um dieses kurz darauf in einen Wohnwagen umzuwandeln, um weit wegzufahren, möglichst weit weg, nach Griechenland vielleicht, an die Strände deiner Erinnerung, aber jetzt brauchst du einen Einstellplatz, weil es Winter geworden ist, und überhaupt das ganze Geld.

* * *

Keine zwei Tage bist du auf den Beinen, und Paul belagert dich schon. Ob ihr nicht essen gehen wollt, das wäre doch schön, nur ihr zwei, mal wieder auf eine Pizza. »Oder wir probieren ein neues Restaurant, morgen Abend zum Beispiel. Was sagst du?«

Du sagst: »Oke.«

Und Paul verkneift sich eine Bemerkung wegen deines fehlenden Enthusiasmus, das siehst du ganz genau, wie Paul sich eine Bemerkung, wie Paul sich viele Bemerkungen verkneift, und du weißt auch, weshalb, du weißt, dass Paul dich aus der Wohnung bekommen will an einen möglichst neutralen Ort, wo du keinen Aufstand machst, wenn Paul dich verlässt. Als hättest du die Kraft dazu. Warum nicht einfach hier, in deiner Wohnung, wo du liegen bleiben kannst, bis du definitiv nicht mehr aufstehst?

Was sieht er nicht? Wie verblendet ist er zu denken, dass ihr je ein normales Paar werdet, das normal zusammenlebt? Sieht er nicht, dass du krank bist, immer krank sein wirst, dass deine sogenannt gesunden Phasen die Ausnahme sind? Dass du nie wirst sein können, was Paul sucht und für eine Weile vermeint, gefunden zu haben? Denn schlussendlich hast du ihn getäuscht. Du hast Paul getäuscht, wie du immer alle täuschst.

Auf dem Weg zum Restaurant malst du dir den Streit aus, der sich ganz sicher entladen wird kurz nach den ersten paar Bissen. Du spielst Antworten durch auf alle möglichen Anschuldigungen, die sich bei Paul aufgestaut haben, seit ihr euch kennt, denn ganz bestimmt stauen sich bei Paul täglich ganz viele Anschuldigungen an.

Kaum seid ihr auf der Straße, hakt sich Paul bei dir ein.

»Ein Gast hat abgesagt in Athen«, sagst du wie zur Abwehr. »Ich will ein paar Wochen hinfahren, um zu fotografieren.«

»Ein paar Wochen?«, fragt Paul.

»Zwei?« Und weil dein Freund nicht antwortet: »Du kannst mich besuchen kommen, falls ich länger bleibe. Ich zeige dir all meine Orte.«

»Hm«, macht Paul. »Ich dachte, du hättest hier so viel zu tun?«

»Ja, aber die Wohnung ist meist belegt. Stell dich nicht so an, mein Kitzel!«

»Ich weiß nicht, ob ich wegkomme in nächster Zeit.«

Zwanzig Minuten später, im hippen japanischen Restaurant, das schon lange auf eurer Liste steht, geht Paul runter auf ein Knie.

Du möchtest unter den Tisch kriechen und Burg spielen, wie damals in deinem Elternhaus.

Paul holt eine Schmuckschatulle aus seiner Jackentasche.

Du hältst die Luft an.

Klappt die Schatulle auf.

Das ganze Lokal hält die Luft an.

In der Schatulle, auf blauen Samt gebettet: Pauls Wohnungsschlüssel.

Du lachst vor Erleichterung.

»Ich muss allein schlafen«, sagst du.

Paul steht wieder auf, setzt sich hin. »Wie meinst du?«

Das ganze Lokal schaut weg.

»Ich glaube, ich muss heute allein schlafen.« Obwohl du es ganz anders meinst. »Mir ist das alles zu viel.«

Paul hat einen Blick drauf, den du noch nie gesehen hast: wie ein kleines Kind, das zu oft schon enttäuscht, zu oft schon geschlagen worden ist.

»Aber ziehst du bei mir ein?«

Du weißt nichts anderes, als »Ja« zu nicken und Pauls Blick standzuhalten, seine Augen plötzlich weit, plötzlich funkelnd. Plötzlich alles wieder gut.

Als ihr euch küsst, als Paul sich leicht von seinem Stuhl erhebt und sich über den Tisch beugt, um dich zu küssen, applaudiert das ganze Lokal.

* * *

Athens Series No. 4: Who I Met that Night

Gabr, der Syrer mit den großen Augen, sein Blick permanent erstaunt: wie er viertausend Euro für einen Schlepper nach Deutschland zusammenkratzt.

Klick!

Sonia, die nervöse Italienerin: dass sie nicht arbeiten mag und von dreihundertfünfzig Euro im Monat lebt, ihre Kleider im Free Shop holt und ihre Mahlzeiten bei einer der unzähligen NGOs.

Ratsch, ratsch.

Sexy Slawo (so nennen ihn alle): wie er neulich an der

Haltestelle auf den Bus wartet und ein junger Anzugtyp ihn fragt, ob er Stricher sei.

Klick!

Neben euch zieht ein Demonstrationsumzug vorbei, alle in Schwarz und vermummt und Sprechchöre singend gegen die Dealer im Quartier und die Faschos, die in die Squats eindringen, um Migranten zu verprügeln mit Baseballschlägern.

Klick!

Mateo, der aufgepumpte Spanier mit schütterem Haar: wie er gerade gutes Geld macht mit der Shared Economy, sprich: der Vermietung seiner Wohnung in Valencia.

Ratsch, ratsch.

Während alle ihre Tränengasgeschichten, weil jede und jeder, der in Exarchia lebt, mindestens einmal um eine Ecke biegt und nichts ahnend in ein Scharmützel gerät zwischen Anarchos und Bullen.

Klick!

Abid, der umwerfende Iraner – umwerfend vom Kopf bis zu den Füßen, die in Flipflops stecken, obwohl er den ganzen Weg von Dafni bis hierher –

Ratsch, ratsch.

Abid, der sein Studium der Petrochemie in Teheran abbricht vor zwei Jahren: wie er einer der zehn weltbesten DJs wird, keine Frage, und wie oft er seiner Kleider oder Tätowierungen wegen, selbst gestochen, ohne Maschine, nur mit Nadel, von der Sittenpolizei verhaftet –

Klick!

Und Sonia, die dich zum Abschied auf die Wange küsst

und Mateo, der einen Faustcheck will, und sexy Slawo, der dir die Hand in den Nacken legt, und der ständig erstaunte Gabr, der deinen Arm berührt – »*My new friend!*« –, und der umwerfende Abid, der dich umarmt, einfach so: »*Let's go dancing!*«

Klick!

Klick!

Klick!

Und um euch herum, im Mittelmeer, unzählige Tote jeden Monat, geht dir durch den Kopf, und wie du das nie wirst abbilden können, nichts davon.

Und alles so verdammt heterosexuell hier!

Während du still dasitzt und die Geschichte nicht erzählst vom marokkanischstämmigen Belgier, den du letztes Jahr, oder war es vorletztes, bei einer Pride-Party in der alten russischen Diskothek kennengelernt hast und der aus Brüssel geflohen ist, weil er aufgrund seiner sogenannt subversiven queeren Kunst wöchentlich Todesdrohungen bekommt von islamistischen Fanatikern und mehrmals tätlich angegriffen –

Und was du noch nicht weißt:

Vor euch, bevor du dich nach Hause aufmachst in deine fünfunddreißig Quadratmeter Eigentum, deren Erwerb du dir trotz Schmerzensgeld nur dank der Wirtschaftskrise leisten konntest – vor euch eine Technoparty, passend abgehalten, wie du findest, im Hof der Polytechnischen Universität, wo du tanzt und tanzt zum Beat aus den portablen Boxen neben der improvisierten Bar, wo ihr antanzt gegen den Gestank von Athina, dieser weisen Kriegerin, die riecht wie eine Obdachlose, weil die Müllabfuhr mal wieder streikt, aber stolz bleibt und erhaben, und eure Nacht ist im besten Alter.

* * *

Die Zahlen. Sie sind wieder da. Sie sprechen zu dir. Sie sagen: Jetzt ist es schlimm. Die Zahlen. Sie sind Uhrzeiten. Sie beginnen und enden bei Punkt 00:00 Uhr. Die Zahlen. Sie sind doppelt oder spiegeln sich selbst. Die Zahlen. Sie sind: 00:00, 01:01, 01:10, 02:02, 02:20, 03:03, 03:30, 04:04, 04:40, 05:05, 05:50, 06:06, 07:07, 08:08, 09:09, 10:01, 10:10, 11:11, 12:12, 12:21, 13:13, 13:31, 14:14, 14:41, 15:15, 15:51, 16:16, 17:17, 18:18, 19:19, 20:02, 20:20, 21:12, 21:21, 22:22, 23:23, 23:32 – und wieder von vorn.

* * *

Gerne würdest du länger bleiben bei den neuen Freunden und inmitten des melodischen Sounds, aber dich friert, wohl aufgrund der Müdigkeit, denn es ist erstaunlich lau.

Du verabschiedest dich und schlägst den Umweg über die Alexandras ein, um die Steigung entlang des Strefi-Hügels zu vermeiden.

In der Stille der frühen Morgenstunde vernimmst du das Geräusch von einem Scooter – ein Scooter, der beschleunigt, an dir vorbeifährt, vor dir auf den Gehweg schießt und eine Vollbremsung reißt.

Und dann ein zweiter Scooter hinter, nein, neben dir.

Alles, was schnell ist an dir und flink, erstarrt, und du schaust dir zu, wie du angefallen wirst, von weit weg schaust du zu, wie dir ein Arm von hinten um den Hals gelegt, wie zugedrückt wird, und jetzt sind es zwei auf dir, der eine würgt dich, drückt mit der anderen Hand deinen Kopf auf die Bordsteinkante, und du denkst: Meine Zähne!

Wie dir die Lippe aufplatzt, denkst du: Das darf nicht passieren.

Während der andere an deinem Rucksack, an deiner Jacke zerrt, dich tritt, dir in die Seite tritt, in den Oberschenkel, in den Schritt, und du verstehst nicht – wollen sie dich auf den Scooter befrachten?

Du weißt nur, dass das nicht passieren darf, nichts von alldem darf passieren, die Angst wird in deinem Körper gefangen bleiben, monatelang, und du versuchst zu schreien, versuchst, dich zum Beißen und Treten und Boxen zu bringen, und wohl schaffst du es zu schreien, trotz Würgegriff, vielleicht haben die Typen Angst, jemand könnte dich hören, obwohl die Straße vor wenigen, endlos langen Sekunden menschenleer war, und sie haben Nummernschilder, an denen man sie erkennen könnte, und du schreist und schreist, und dein Körper beißt endlich zu, als man dir den Mund zudrücken will, und plötzlich gibt der vordere Scooter den Gehweg frei, und dich gibt man ebenfalls frei, das siehst du von weit weg, und du schaffst es, dich zum Aufstehen zu bringen und loszurennen, du rennst, so schnell du kannst, und noch schneller, denn der zweite Scooter folgt dir, die beiden Typen auf dem Scooter schauen zu dir zurück, und derjenige, der hinten sitzt, streckt den Arschlochfinger in den Himmel, ruft dir etwas zu und schaut dir dabei in die Augen, ganz tief.

Im Nachhinein willst du sagen, es seien böse Augen, pervers böse funkelnde Teufelsaugen gewesen, aber es sind ganz normale braune Augen, die sich eingebrannt haben in dein Hirn, und darunter ein Grinsen.

Im Nachhinein wollen alle, denen du von der Attacke erzählst, dass du sagst, es seien Migranten, Flüchtlinge, oder zumindest Araber, Schwarze –

Im Nachhinein fragt die Polizei als Erstes, ob du reich –

Oder weshalb du sonst überfallen –

Und warum du solch einen teuren Rucksack –

»*You said it is made from leather?*«

Und weshalb du allein unterwegs und überhaupt, wenn du keine ID –

Und du müssest jetzt warten und du müssest jetzt mitkommen in den zweiten Stock, und du müssest jetzt –

Die Gänge sind dunkel, und in den graugrün gestrichenen Stuben sitzen die jungen Polizisten in ihren graugrünen Uniformen breitbeinig um klobige Pulte herum, die ihnen als Kaffeetische dienen oder als Ablage für ihre Füße, die in wadenhohen Stiefeln stecken (im Nachhinein willst du »Springerstiefel« sagen), die Schnürsenkel gelockert, und sie rauchen und lachen und verstummen kurz, um dich anzustarren, bevor sie ihren Blick abwenden, meist auf den Fernseher, der in jeder Stube an der Wand hängt, und als der dritte Offizier im zweiten Stock, dieser in Zivil, sich wortlos Latexhandschuhe überzieht, wünschst du ihm »*Kalinichta!*«, und dein geschlagener Körper schleicht, huscht, rennt die Treppe runter und raus auf die Straße, wo noch immer Nacht ist – wie lange sie dauert, diese Nacht, in der du die Tür verbarrikadierst mit deinem eigenhändig lackierten Esstisch, wie du schon einmal eine Tür verbarrikadiert hast in einer anderen Stadt in einem anderen Leben, bevor du Paul anrufst: »Bitte komm mich holen.«

* * *

Du sagst es von Anfang an: Die Zahlen, die Zeiten, sie sind kein Zufall, sie sind ein Zeichen, sie zeigen auf, dass etwas schief, schräg, Schraube locker, dass es wieder so weit –

Schon ganz zu Beginn sagst du es. Herrn Schmitz und dem restlichen Pflegepersonal, den Assistenzärztinnen und der Oberärztin, deinen Zimmergenossen. Niemand will es hören, aber aus unterschiedlichen Gründen. Die sogenannten Fachleute lehnen es als Unsinn ab, und die anderen Patienten lächeln nur müde, weil sie das Phänomen selbst so gut kennen, ihr alle es so gut kennt, es euch alle heimsucht.

Aber du siehst sie wieder. Die Zahlen. Überall, wo du hinschaust, hängt eine Uhr, springt dir eine Zahl entgegen.

10:01, 10:10, 11:11, 12:12, 12:21.

Die Zahlen reden mit dir, sie sagen: »Du spinnst!«

Sie sagen: »Wir werden immer bei dir sein, werden dich nie verlassen.«

Du beginnst, mit deinem Handy Fotos zu schießen von den Uhren mit den Zahlen, die zu dir sprechen, weil du weißt, dass diese grelle Müdigkeit eines Tages aufhören muss und du Beweismittel benötigst: »Ich bin nicht verrückt. Schau! Die Zahlen, sie reden mit mir.«

Sobald du dich hinlegst oder sitzend die Augen schließt, bist du hellwach. Du willst – und du meinst das wörtlich, das Klischee ist wahr – deinen Kopf gegen die Wand trümmern, bis er zu Brei wird. Du redest dir ein, das Problem seien die anderen Männer in dem kleinen Zimmer, die sich wälzen und grunzen und furzen und manchmal reden im Schlaf, also nimmst du dein Kissen und gehst in den Ruheraum mit den Gymnastikbällen und Yogamatten und billigen Synthetikdecken – *Bitte Schuhe ausziehen!*

Endlich Stille.

Aber in dieser Stille hörst du dein Hirn noch lauter, und dein Hirn spricht und spricht, wie die Zahlen es tun, obwohl du viel zu erschöpft bist, um klar zu denken. Du hast bereits zwei der Neuroleptika genommen, von denen dich üblicherweise schon eine Vierteltablette nach wenigen Minuten in den Schlaf zieht. Du fragst nach der doppelten Ration des Antihistaminikums, das du gegen die Hautirritationen bekommst, die du nur deshalb erfunden hast, weil Antihistaminika müde machen. Du trinkst übel schmeckenden Schlaftee und atmest ätherische Öle ein, du machst Atemübungen, gehst den Flur auf und ab und anerkennst in einer kleinen Zeremonie das Existenzrecht der Uhren. Du schwörst, es sind nun fünf Tage und vier Nächte vergangen, seit du geschlafen hast. Du frierst, stolperst und weinst vor Erschöpfung. Bis der Nachtpfleger sich weigert, dir weiter zuzuschauen, und die diensthabende Ärztin ruft, die dir eine chemische Keule verabreicht, die ein Fohlen niederstrecken könnte. Zweiundzwanzig Stunden später wachst du auf und findest die Fotos der Zahlen auf deinem Handy, und du weißt, sobald es dunkel wird auf der Station, beginnen sie erneut zu sprechen und nehmen dich gefangen auf ewig an diesem Ort, der in dir selbst liegt und von dem du bisher nicht geglaubt hast, dass er existiert, weil du nie an die Hölle –

* * *

B wie »Belastungsprobe« aus dem Mund der Oberärztin. Und B wie Benzos: Temesta, vielleicht fünf, und Xanax, vielleicht zehn.

N wie »Nein, ich möchte nicht nach Hause« oder Neuroleptika: Seroquel, sehr viele, und Prazine, keine Ahnung, die sind so klein und leicht zu schlucken.

A wie »Aber es ist an der Zeit, dass Sie es versuchen« und A wie Antidepressiva: Remeron, auch keine Ahnung, und bestimmt je ein Blister Citalopram und Trittico.

S wie Schmerz und Schlaf: Dafalgan und Panadol, was halt da ist, plus Benocten und die absolut wirkungslosen Dragees von Z wie Zeller.

Sowie – zurück zum Anfang und ganz klug: ein Antibrechmittel, von dem du ganz zu Beginn zwei, drei Pillen schluckst.

Bevor du die anderen Sachen in eine Schüssel gibst und zum Sofa trägst und runterspülst, als bestünde das Alphabet aus lauter M&Ms.

* * *

Als der Pfleger mit der blauen Plastiktüte wiederkommt, in die er vor wenigen Minuten, vor vielen Stunden, du weißt es nicht, deine Kleider, deine Schuhe gestopft hat. Als er deine Sachen zu durchwühlen beginnt. Als er insistiert, du müssest ihm sagen, in welcher Jacken-, in welcher Hosentasche sich dein Telefon –

Als er es findet und darauf beharrt, dass du ihm die Zahlenkombination zur Entsperrung des Bildschirms diktierst.

Als er dich bittet, ihm deinen Notfallkontakt anzugeben. »Vielleicht unter Ihren gespeicherten Favoriten?«

Als er dich beinahe anfährt, du sollest dich konzentrieren.

Da begreifst du, dass du an einer Schwelle stehst und dich entscheiden musst. Hier und jetzt auf dieser Spitalpritsche unter dem grellen Licht, dein ganzes Gesicht, dein Hals, deine Hände kohleverschmiert wie für ein heidnisches Ritual.

Die Kohle soll die Giftstoffe binden in deinem Körper. Sie ist flüssig und kommt aus kleinen orangefarbenen Flaschen, die auf dem Sims neben deiner Pritsche aufgereiht sind.

Man ruft das Toxikologische Institut an, was dich in deinem Dämmerzustand erstaunt: Wissen sie selbst nicht –

»Bitte trinken Sie«, sagt die Frau, die dich zu füttern versucht wie ein Baby. »Schauen Sie mich an. Bleiben Sie bei mir!«

Fünfzig Flaschen, heißt es. Einen Teil davon lassen sie von einer Privatklinik in Spitalnähe kommen, da der eigene Vorrat nicht reicht.

Die Flüssigkohle ist überhaupt nicht flüssig, sondern zäh wie Brei, und sie schmeckt bitter.

Du würgst, hast kaum die Kraft zu schlucken. Die dickflüssige Masse läuft dir aus den Mundwinkeln wieder heraus.

»Bleiben Sie bei mir. Sie schaffen das!«

Man ruft erneut das Toxikologische Institut an. Die Anzahl der Flaschen sinkt auf dreiundzwanzig. Was für eine absurde Zahl, denkst du. Hat denn niemand eine Ahnung von dem, was zu tun ist? Aber wie auch? Wo du nicht einmal genau sagen kannst, was für Pillen du in welchen Mengen –

Plötzlich stehen doppelt so viele Menschen in der Kabine wie vorher. Sie scheinen sich zu beraten. Ihre Stimmen wirken sanft, und die Geschäftigkeit von vorher ist verebbt. Das Geflüster legt sich wie Schneestille über den Raum.

Dann erneut die Frage nach deiner Notfallnummer.

Und du verstehst.

»Sie müssen Ihr Handy entsperren«, sagt der Pfleger.

Aber gleichzeitig verstehst du nichts.

Sollst du selbst jemanden anrufen, um Bescheid zu geben, dass du es nicht schaffst?

Du nickst leise, und das Kissen unter deinem Kopf raschelt laut in deinen Ohren. Es ist weicher als alle, auf denen du je gelegen –

»Jetzt sofort.«

Es sind diese beiden Worte, die dich in einem letzten Kraftakt den Finger heben und wahllos auf irgendeine Nummer zeigen lassen, bevor du die Augen schließt.

Die Frau von vorher rüttelt dich an der Schulter. Ihre Hand unter deinem Kinn, zwingt sie deinen Kopf nach hinten, legt eine weitere Flasche dir an den Mund.

Und du trinkst und trinkst von der zähflüssigen Kohle, die dunkel eintrocknet auf deinem ganzen Körper, auf der Pritsche und den Händen der Frau. Du trinkst, so viel du kannst, und schaust dabei ins grelle Licht, um wach zu bleiben, denn du hast deine Entscheidung getroffen, hier an der Schwelle zwischen hell und dunkel.

Du willst kotzen. Du willst nicht länger sterben.

* * *

Draußen ist es finster, als du aufschreckst und dich an nichts erinnerst. Das rechteckige Fenster rahmt einen Mond wie gemalt, zweidimensional und zu fahl, um das Zimmer zu erhellen.

Panisch kramst du in deinem Kopf nach dem Schönschreibheft deiner Kindheit. Du schlägst es auf und zeichnest auf die vorgedruckte hellblaue Linie und in Schnürchenschrift ein kleines A, dann ein kleines Z.

Zunehmend, der Mond vor dem Fenster ist zunehmend.

Du willst dich bewegen, findest aber keine Kraft, bist nichts, außer das Pochen hinter deinen Schläfen.

Drinnen leuchten verschiedene Lämpchen. Sie beginnen zu tanzen vor deinem Gesicht, also schließt du die Augen wieder, lauschst dem Surren der Elektronik dicht neben deinem Kopf.

Jemand muss vergessen haben, den Computer auszuschalten.

Aber wessen Computer?

Das Surren in deinen Ohren geht plötzlich in ein Pfeifen über und dann in ein lautes rhythmisches Piepsen. Du öffnest die Augen, versuchst, dich an eine Bar zu erinnern oder einen Klub – und jetzt: Wachst du bei einem Wildfremden auf?

Das Deckenlicht geht an, und im selben Moment stürzt jemand ins Zimmer.

Du blinzelst und spürst, wie verklebt deine Augen sind, spürst die Körner in den Augenwinkeln. Du drehst den Kopf und kneifst die Augen halb zu, um die verschwommene Gestalt, die sich über dich beugt, scharf zu stellen.

Du glaubst, die Frau zu erkennen.

Warst du schon einmal hier?

Als du dich hochstemmst, spannt die Haut an deinen Unterarmen. Der Schmerz schießt dir bis in die Schläfen.

Du schaust an dir herunter.

Du bist verkabelt mit dünnen Schläuchen aus Plastik.

Die Frau drückt dich zurück auf die Matratze, nimmt deine Hand und lässt sie nicht mehr los. Sie spricht mit dir wie mit einem Kind, fragt dich nach deinem Namen.

Wenn du nicht schon lägest, du würdest dich zurücklehnen wollen und dich tragen lassen. Du bist zu müde, um zu antworten: »Ich bin Dürrst.«

Dank

Zuallererst danke ich im Sinne Armistead Maupins sowohl meiner biologischen als auch meiner logischen Familie: Moira, Robert und Britta sowie André Moser, Philipp Grünenfelder, Jenja Roman Doerig und Björn Neukom – plus allen Anverwandten.

Ein ganz herzlicher Dank geht an den Bilgerverlag: Ricco Bilger für sein Vertrauen, den unermüdlichen Einsatz und die Geduld, Christian Döring für das umsichtige und äußerst wertvolle Lektorat sowie Sarah Schroepf für das Korrektorat und Dario Benassa für die Gestaltung.

Ein ebenso herzlicher Dank geht an den Diogenes Verlag: Philipp Keel, Verleger, und Margaux de Weck, Programmleitung Taschenbuch, sowie Ralf Oberndorfer für den ersten Funken und insbesondere Martha Schoknecht für die großartige Betreuung plus allen anderen Beteiligten, die dafür sorgen, dass »mein« Dürrst weiterlebt.

Außerdem danke ich Ulrike Ulrich für die Arbeit am Text und die Freundschaft; ebenso Matthias Amann sowie Ruth Schweikert – ruhe in Frieden und Freiheit; Steivan Wyss und Christoph Lindt; Stefan Jung, Viviane Egli, Nicole Pfister Fetz, Richard Höchner, Yves (Bohne) Bächtiger, Franziska Reich von Ins, Anna Sophie Wendel, Reto Finger und Filipe Moreira; Dagny Gioulami, Donat Blum und Franz Brandmeier; allen Autorinnen und Autoren von *index* sowie Esther Kempf; der New Yorker Gang, insbesondere Fabian Hischmann und Antje Rávic Strubel sowie Juliane Camfield, Peter Blackstock, Brittany Hazelwood und Kathriana Kengni; dem ganzen Tanzhaus-Team; der Psychiatrischen Universitätsklinik Zürich, insbesondere allen Mitarbeitenden der Station F1, sowie der Pro Infirmis Zürich für die Einblicke; zudem Thomas Frey, Carsten Depmeier und Miriam Straub, die mich über die Jahre bei Verstand gehalten haben.

Für die Unterstützung der Arbeit an diesem Text danke ich der Stadt Zürich für das Halbe Werkjahr und der Ausserrhodischen Kulturstiftung für den Werkbeitrag sowie der Pro Helvetia, dem Schweizerischen Generalkonsulat in New York und dem Deutschen Haus an der New York University für den Schreibaufenthalt.

Romana Ganzoni
Magdalenas Sünde

Roman · Diogenes

Roman
128 Seiten
Auch erhältlich als eBook und Hörbuch-Download

Magdalena hält sich für unrettbar. Mehr schlecht als recht hangelt sie sich durch ihren Alltag als Verkäuferin in einer Konditorei, als Tochter eines sterbenskranken Vaters, als Liebhaberin des grausamen »Meteoriten«. Bei ihren Ritualen mit Kaffee und heißgeliebten Madeleines wird ihre Sehnsucht nach Freundschaft und Geborgenheit immer größer – bis sie zur Erkenntnis gelangt, dass sie mehr als ein Wunder für sich will. Wie gut, dass eines Sonntags jemand unerwartet in ihr Leben tritt.

Roman
384 Seiten

Die Slowenin Zora lernt ihren Ehemann, den Arzt Pietro Del Buono, am Ende des Ersten Weltkriegs kennen. Sie folgt ihm nach Bari in Süditalien, wo sie in einer eleganten Villa ein großbürgerliches Leben führen und sich zugleich als überzeugte Kommunisten im Widerstand gegen den Faschismus Mussolinis engagieren. Zora – herrisch, klug und temperamentvoll – will mehr sein, als sie es in ihrer Zeit kann, und drückt ihrer Familie über Generationen ihren Stempel auf.